中国古典文学名著丛书

喻世明言

上

[明] 冯梦龙 著

華夏出版社
HUAXIA PUBLISHING HOUSE

图书在版编目（CIP）数据

喻世明言／（明）冯梦龙著．—北京：华夏出版社，2012.07（2024.09重印）

（中国古典文学名著丛书）

ISBN 978-7-5080-6351-5

Ⅰ．①喻… Ⅱ．①冯… Ⅲ．①话本小说-中国-明代 Ⅳ．①I242.3

中国版本图书馆 CIP 数据核字（2011）第 074523 号

出版发行：华夏出版社
（北京市东直门外香河园北里 4 号　邮编 100028）
经　　销：新华书店
印　　制：永清县晔盛亚胶印有限公司
版　　次：2012 年 07 月北京第 1 版
2024 年 09 月北京第 2 次印刷
开　　本：670×970　1/16 开
印　　张：31.5
字　　数：478.6 千字
定　　价：63.00 元（上下）

本版图书凡印制、装订错误，可及时向我社发行部调换

前　言

《喻世明言》原名《古今小说》，又称《全像古今小说》，是中国古代白话短篇小说最重要的选集之一，明末清初冯梦龙编著。与《警世通言》、《醒世恒言》合称“三言”。

冯梦龙（1574 年 - 1646 年），字犹龙，又字子犹，号龙子犹、墨憨斋主人、顾曲散人、茂苑野史等。南直隶苏州府长洲县（今江苏省苏州市）人。少年时就很有才情，受叛逆思想家李卓吾影响，思想非常开放。他博学多闻，为同辈所钦服。为人旷达，不拘一格。曾与文震孟、姚希孟、钱谦益等名人结社作文。屡考科举不中，落魄奔走，以坐馆教书为生。直到崇祯三年（1630），他五十七岁时才补为贡生，次年破例授丹徒训导。崇祯七年（1634）升任福建寿宁知县。四年以后回到家乡。清兵南下时，他以七十高龄四处奔走宣传反清，刊行《中兴伟略》诸书。清顺治三年（1646）春忧愤而死，一说被清兵所杀。冯梦龙除了写诗文，主要精力在于写历史小说和言情小说，他的诗集《七乐斋稿》已散佚，但值得庆幸的是由他编纂的三十余种著作得以传世，为我国文化宝库留下了一批不朽的珍宝。其中除世人皆知的“三言”外，还有《新列国志》、《增补三遂平妖传》、《古今烈女演义》、《智囊》、《古今谈概》、《太平广记钞》、《情史》、《墨憨斋定本传奇》以及许多解经、纪史、采风、修志的著作，而以编著“三言”的影响最大最广。

《喻世明言》初版时名为《古今小说》，共四十卷，为天许斋刻本。该本并未注明作者，只是卷首有绿天馆主人序。绿天馆主人姓名不详，但序中所称“茂苑野史”系冯梦龙别号。该刻本扉页上有天许斋题识，其中说到“本斋购得古今名人演义一百二十种，现已三分之一为初刻云”，而且在目录之前也有“古今小说一刻”的字样，说明《古今小说》最初计划为几本小说集的总书名。但该书二刻、三刻出版时都有了各自名称《警世通言》和《醒世恒言》，这样，一刻《古今小说》再版时标题也就改为《喻世明言》了。《古今小说》如今只是《喻世明言》的别称。

《喻世明言》共有40卷,每卷为一个短篇小说,故事产生的时代包括宋、元、明三代,其中多数为宋元旧作话本,如《史弘肇龙虎君臣会》、《宋四公大闹禁魂张》,少数为明朝拟话本,如《蒋兴哥重会珍珠衫》、《沈小霞相会出师表》。另外有些是明人对宋元旧作的改编加工,如《新桥市韩五卖春情》、《闹阴司司马貌断狱》等。由于产生年代不同,因此在内容、手法、语言、风格等方面存在一定差异,但又因为属于同一个小说发展系统,其题材也都和城市生活联系密切,所以各篇之间还有很多共通之处。

《喻世明言》各篇小说多取材于现实生活,主题主要是爱情、婚姻、朋友情义等。其中《金玉奴棒打薄情郎》谴责了负心男子对爱情的不忠;《蒋兴哥重会珍珠衫》描写了对失身妻子旧情难忘而破镜重圆;《羊角哀舍命全交》、《吴保安弃家赎友》、《范巨卿鸡黍死生交》等则歌颂了不计生死利害而忠于友情的精神;《杨思温燕山逢故人》、《木绵庵郑虎臣报冤》、《杨八老越国奇逢》触及了异族入侵、权臣误国等现实政治题材。《喻世明言》还收录和改编了一些历史传奇故事,如《晏平仲二桃杀三士》,该篇描写的是春秋时期齐相晏婴的故事,他的"南橘北枳"、"二桃杀三士"都是著名典故。

《喻世明言》今存版本有藏于日本尊经阁的天许斋《古今小说》原刻本与藏于日本内阁文库的天许斋《古今小说》复刻本,但都残缺。现代的王古鲁对此两版本予以拍摄成胶卷,互相补充,拼成较完整的版本,1947年由商务印书馆涵芬楼根据胶卷排印成铅印版,1955年文学古籍刊行社重印。

目　录

第一卷　蒋兴哥重会珍珠衫

仕至千钟非贵，年过七十常稀。浮名身后有谁知？万事空花游戏。休逞少年狂荡，莫贪花酒便宜。脱离烦恼是和非，随分安闲得意。

这首词，名为《西江月》，是劝人安分守己，随缘作乐，莫为"酒"、"色"、"财"、"气"四字，损却精神，亏了行止。求快活时非快活，得便宜处失便宜。说起那四字中，总到不得那"色"字利害。眼是情媒，心为欲种。起手时，牵肠挂肚；过后去，丧魄销魂。假如墙花路柳，偶然适兴，无损于事；若是生心设计，败俗伤风，只图自己一时欢乐，却不顾他人的百年恩义，——假如你有娇妻爱妾，别人调戏上了，你心下如何？古人有四句道得好：

人心或可昧，天道不差移。

我不淫人妇，人不淫我妻。

看官，则今日听我说《珍珠衫》这套词话①，可见果报不爽，好教少年子弟做个榜样。

话中单表一人，姓蒋名德，小字兴哥，乃湖广襄阳府枣阳县人氏。父亲叫做蒋世泽，从小走熟广东做客买卖。因为丧了妻房罗氏，只遗下这兴哥，年方九岁，别无男女，这蒋世泽割舍不下，又绝不得广东的衣食道路②，千思百计，无可奈何，只得带那九岁的孩子同行作伴，就教他学些乖巧。这孩子虽则年小，生得：

眉清目秀，齿白唇红。行步端庄，言辞敏捷。聪明赛过读书家，伶俐不输长大汉。人人唤做粉孩儿，个个羡他无价宝。

蒋世泽怕人妒忌，一路上不说是嫡亲儿子，只说是内侄罗小官人。原来罗

---

① 词话——说唱艺术的一种，起于宋元，流行到明代。明代也把夹有诗词的章回小说称为词话。

② 道路——生意；买卖。

家也是走广东的,蒋家只走得一代,罗家倒走过三代了。那边客店牙行①,都与罗家世代相识,如自己亲眷一般。这蒋世泽做客,起头也还是丈人罗公领他走起的;因罗家近来屡次遭了屈官司,家道消乏②,好几年不曾走动。这些客店牙行见了蒋世泽,那一遍不动问罗家消息,好生牵挂!今番见蒋世泽带个孩子到来,问知是罗家小官人,且是生得十分清秀,应对聪明,想着他祖父三辈交情,如今又是第四辈了,那一个不欢喜。

闲话休提。却说蒋兴哥跟随父亲做客,走了几遍,学得伶俐乖巧,生意行中,百般都会,父亲也喜不自胜。何期到一十七岁上,父亲一病身亡。且喜刚在家中,还不做客途之鬼。兴哥哭了一场,免不得揩干泪眼,整理大事。殡殓之外,做些功德超度,自不必说。七七四十九日内,内外宗亲,都来吊孝。本县有个王公,正是兴哥的新岳丈,也来上门祭奠,少不得蒋门亲戚陪侍叙话。中间说起:兴哥少年老成,这般大事,亏他独力支持。因话随话间,就有人撺掇③ 道:"王老亲翁,如今令爱④ 也长成了,何不乘凶完配,教他夫妇作伴,也好过日。"王公未肯应承,当日相别去了。众亲戚等安葬事毕,又去撺掇兴哥。兴哥初时也不肯,却被撺掇了几番,自想孤身无伴,只得应允。央原媒人往王家去说,王公只是推辞,说道:"我家也要备些薄薄妆奁⑤,一时如何来得?况且孝未期年⑥,于礼有碍。便要成亲,且待小祥⑦ 之后再议。"媒人回话,兴哥见他说得正理,也不相强。

光阴如箭,不觉周年已到。兴哥祭过了父亲灵位,换去粗麻衣服,再央媒人王家去说,方才依允。不隔几日,六礼完备,娶了新妇进门。有《西江月》为证:

孝幕翻成红幕,色衣⑧ 换去麻衣。画楼结彩烛光辉,合卺花筵齐

---

① 牙行——专在买卖当中做中间人,协助买卖双方成交而从中取得佣金的商号和个人。
② 消乏——耗尽;零落;贫困。
③ 撺掇——怂恿。
④ 令爱——尊称对方的女儿。
⑤ 妆奁(lián)——嫁妆。
⑥ 期年——一整年。
⑦ 小祥——古代父母丧后一周年的祭名。
⑧ 色衣——带颜色的衣裳,也叫色服。

备。　那美妆奁富盛，难求丽色娇妻。今宵云雨足欢娱，来日人称恭喜。

说这新妇是王公最幼之女，小名唤做三大儿；因他是七月七日生的，又唤做三巧儿。王公先前嫁过的两个女儿，都是出色标致的。枣阳县中，人人称羡，造出四句口号①，道是：

天下妇人多，王家美色寡。

有人娶着他，胜似为驸马。

常言道："做买卖不着，只一时；讨老婆不着，是一世。"若干官宦大户人家，单拣门户相当，或是贪他嫁资丰厚，不分皂白，定了亲事。后来娶下一房奇丑的媳妇，十亲九眷面前，出来相见，做公婆的好没意思。又且丈夫心下不喜，未免私房走野②。偏是丑妇极会管老公，若是一般见识的，便要反目；若使顾惜体面，让他一两遍，他就做大③ 起来。有此数般不妙，所以蒋世泽闻知王公惯生得好女儿，从小便送过财礼，定下他幼女与儿子为婚。今日娶过门来，果然娇姿艳质，说起来，比他两个姐儿加倍标致。正是：

吴宫西子不如，楚国南威④ 难赛。

若比水月观音，一样烧香礼拜。

蒋兴哥人才本自齐整，又娶得这房美色的浑家⑤，分明是一对玉人，良工琢就，男欢女爱，比别个夫妻更胜十分。三朝之后，依先⑥ 换了些浅色衣服，只推制中⑦，不与外事，专在楼上与浑家成双捉对，朝暮取乐。真个行坐不离，梦魂作伴。自古苦日难熬，欢时易过，暑往寒来，早已孝服完满。起灵⑧ 除孝，不在话下。

兴哥一日间想起父亲存日广东生理，如今担搁三年有余了，那边还放

---

① 口号——一种诗体的名称，随口吟咏。

② 走野——指搞不正当的男女关系。

③ 做大——摆架子；神气活现。

④ 南威——即南之威，春秋时代的一个美女。

⑤ 浑家——此指妻子。

⑥ 依先——照旧。

⑦ 制中——居丧叫做制。制中，就是在丧中。

⑧ 起灵——除灵。

下许多客帐，不曾取得，夜间与浑家商议，欲要去走一遭。浑家初时也答应道“该去”，后来说到许多路程，恩爱夫妻，何忍分离？不觉两泪交流。兴哥也自割舍不得，两下凄惨一场，又丢开了。如此已非一次。

光阴荏苒①，不觉又捱过了二年。那时兴哥决意要行，瞒过了浑家，在外面暗暗收拾行李。拣了个上吉的日期，五日前方对浑家说知，道："常言'坐吃山空'，我夫妻两口，也要成家立业，终不然抛了这行衣食道路？如今这二月天气，不寒不暖，不上路更待何时？"浑家料是留他不住了，只得问道："丈夫此去几时可回？"兴哥道："我这番出外，甚不得已，好歹一年便回，宁可第二遍多去几时罢了。"浑家指着楼前一棵椿树道："明年此树发芽，便盼着官人回也。"说罢，泪下如雨。兴哥把衣袖替他揩拭，不觉自己眼泪也挂下来。两下里怨离惜别，分外恩情，一言难尽。

到第五日，夫妇两个啼啼哭哭，说了一夜的说话，索性不睡了。五更时分，兴哥便起身收拾，将祖遗下的珍珠细软，都交付与浑家收管，自己只带得本钱银两、帐目底本及随身衣服、铺陈② 之类，又有预备下送礼的人事③，都装叠得停当。原有两房家人，只带一个后生些的去；留一个老成的在家，听浑家使唤，买办日用。两个婆娘，专管厨下。又有两个丫头，一个叫晴云，一个叫暖雪，专在楼中伏侍，不许远离。吩咐停当了，对浑家说道："娘子耐心度日。地方轻薄子弟不少，你又生得美貌，莫在门前窥瞰④，招风揽火。"浑家道："官人放心，早去早回。"两下掩泪而别。正是：

世上万般哀苦事，无非死别与生离。

兴哥上路，心中只想着浑家，整日的不瞅不保⑤。不一日，到了广东地方，下了客店。这伙旧时相识都来会面，兴哥送了些人事，排家⑥ 的治酒接风，一连半月二十日，不得空闲。兴哥在家时，原是淘虚了的身子，一路受些劳碌，到此未免饮食不节，得了个疟疾，一夏不好，秋间转成水痢。

---

① 荏苒(rěnrǎn)——(时间)渐渐过去。

② 铺陈——被褥；铺盖。

③ 人事——礼物。

④ 窥瞰(kuīkàn)——窥探；暗中偷看。

⑤ 不瞅不保(chǒucǎi)——就是一切都不过问，诸事不理睬。

⑥ 排家——逐家；挨家挨户。

每日请医切脉，服药调治，直延到秋尽，方得安痊。把买卖都担搁了，眼见得一年回去不成。正是：

只为蝇头微利，抛却鸳被良缘。

兴哥虽然想家，到得日久，索性把念头放慢了。

不提兴哥做客之事，且说这里浑家王三巧儿，自从那日丈夫吩咐了，果然数月之内，目不窥户，足不下楼。光阴似箭，不觉残年将尽，家家户户，闹轰轰的暖火盆[①]，放爆竹，吃合家欢耍子。三巧儿触景伤情，思想丈夫，这一夜好生凄楚！正合古人的四句诗，道是：

腊尽愁难尽，春归人未归。

朝来嗔寂寞，不肯试新衣。

明日正月初一日，是个岁朝[②]。晴云，暖雪两个丫头，一力劝主母在前楼去看看街坊景象。原来蒋家住宅前后通连的两带楼房，第一带临着大街，第二带方做卧室，三巧儿闲常只在第二带中坐卧。这一日被丫头们撺掇不过，只得从边厢里走过前楼，吩咐推开窗子，把帘儿放下，三口儿在帘内观看。这日街坊上好不闹杂！三巧儿道："多少东行西走的人，偏没个卖卦先生在内；若有时，唤他来卜问官人消息也好。"晴云道："今日是岁朝，人人要闲耍的，那个出来卖卦？"暖雪叫道："娘限在我两个身上，五日内包唤一个来占卦便了。"

到初四日早饭过后，暖雪下楼小解，忽听得街上当当的敲响。响的这件东西，唤做"报君知"[③]，是瞎子卖卦的行头。暖雪等不及解完，慌忙捡了裤腰，跑出门外，叫住了瞎先生，拨转脚头一口气跑上楼来，报知主母。三巧儿吩咐：唤在楼下坐启[④]内坐着。讨他课钱，通陈[⑤]过了，走下楼梯，听他剖断。那瞎先生占成一卦，问是何用。那时厨下两个婆娘，听得热闹，也都跑将来了，替主母传语道："这卦是问行人的。"瞎先生道："可是妻问夫么？"婆娘道："正是。"先生道："青龙治世，财爻发动；若是妻问夫，

---

① 暖火盆——除夕之夜庭院中架起松柏树枝，点火焚烧。

② 岁朝——夏历正月初一。

③ 报君知——算命占卦的盲人手敲的铁、铜片，碰击发声，以报人知。

④ 坐启——日常起居、会客的便厅。

⑤ 通陈——祷告；祷祝。

行人在半途，金帛千箱有，风波一点无。青龙属木，木旺于春，立春前后，已动身了。月尽月初，必然回家，更兼十分财采。”三巧儿叫买办的，把三分银子打发他去，欢天喜地，上楼去了。真所谓“望梅止渴”，“画饼充饥”。

大凡人不做指望，倒也不在心上；一做指望，便痴心妄想，时刻难过。三巧儿只为信了卖卦先生之语，一心只想丈夫回来，从此时常走向前楼，在帘内东张西望。直到二月初旬，椿树抽芽，不见些儿动静。三巧儿思想丈夫临行之约，愈加心慌，一日几遍，向外探望。也是合当有事，遇着这个俊俏后生。正是：

有缘千里能相会，无缘对面不相逢。

这个俊俏后生是谁？原来不是本地，是徽州新安县人氏，姓陈名商，小名叫做大喜哥，后来改口呼为大郎。年方二十四岁，且是生得一表人物，虽胜不得宋玉、潘安，也不在两人之下。这大郎也是父母双亡，凑了二三千金本钱，来走襄阳贩籴些米豆之类，每年常走一遍。他下处[①]自在城外，偶然这日进城来，要到大市街汪朝奉[②]典铺中问个家信。那典铺正在蒋家对门，因此经过。你道怎生打扮？头上带一顶苏样的百柱鬃帽[③]，身上穿一件鱼肚白的湖纱道袍，又恰好与蒋兴哥平昔穿着相像。三巧儿远远瞧见，只道是他丈夫回了，揭开帘子，定睛而看。陈大郎抬头，望见楼上一个年少的美妇人，目不转睛的，只道心上欢喜了他，也对着楼上丢个眼色。谁知两个都错认了。三巧儿见不是丈夫，羞得两颊通红，忙忙把窗儿拽转，跑在后楼，靠着床沿上坐地[④]，兀自[⑤]心头突突的跳一个不住。谁知陈大郎的一片精魂，早被妇人眼光儿摄上去了。回到下处，心心念念的放他不下，肚里想道：“家中妻子，虽是有些颜色，怎比得妇人一半？欲待通个情款，争奈无门可入。若得谋他一宿，就消花[⑥]这些本钱，也不枉为人在世。”叹了几口气，忽然想起大市街东巷，有个卖珠子的薛婆，曾

---

① 下处——歇宿的地方；客店、寓处。
② 朝奉——官名，一般也用作对富翁的称呼。
③ 鬃(zōng)帽——一种用棕、藤编织成的帽子。样子像一钟状的盔。
④ 坐地——坐着。
⑤ 兀自——还；犹。
⑥ 消花——用掉。

与他做过交易。这婆子能言快语①，况且日逐串街走巷，那一家不认得？须是与他商议，定有道理。

这一夜翻来覆去，勉强过了。次日起个清早，只推有事，讨些凉水梳洗，取了一百两银子、两大锭金子，急急的跑进城来。这叫做：

欲求生受用，须下死工夫。

陈大郎进城，一径来到大市街东巷，去敲那薛婆的门。薛婆蓬着头，正在天井里拣珠子，听得敲门，一头收过珠包，一头问道："是谁？"才听说出"徽州陈"三字，慌忙开门请进，道："老身未曾梳洗，不敢为礼了。大官人起得好早！有何贵干？"陈大郎道："特特而来，若迟时，怕不相遇。"薛婆道："可是作成老身出脱② 些珍珠首饰么？"陈大郎道："珠子也要买，还有大买卖作成你。"薛婆道："老身除了这一行货③，其余都不熟惯。"陈大郎道："这里可说得话么？"薛婆便把大门关上，请他到小阁儿坐着，问道："大官人有何吩咐？"大郎见四下无人，便向衣袖里摸出银子，解开布包，摊在卓④ 上，道："这一百两白银，干娘收过了，方才敢说。"婆子不知高低，那里肯受。大郎道："莫非嫌少？"慌忙又取出黄灿灿的两锭金子，也放在卓上，道："这十两金子，一并奉纳。若干娘再不收时，便是故意推调了。今日是我来寻你，非是你来求我。只为这桩大买卖，不是老娘成不得，所以特地相求。便说做不成时，这金银你只管受用；终不然我又来取讨，日后再没相会的时节了？我陈商不是恁般⑤ 小样⑥ 的人！"看官，你说从来做牙婆⑦ 的那个不贪钱钞？见了这般黄白之物，如何不动火⑧？薛婆当时满脸堆下笑来，便道："大官人休得错怪，老身一生不曾要别人一厘一毫不明不白的钱财。今日既承大官人吩咐，老身权且留下；若是不能效劳，依旧奉纳。"说罢，将金锭放银包内，一齐包起，叫声："老身大胆了。"拿向卧

---

① 能言快语——能说会道。
② 出脱——货物卖出成交，即卖脱、销掉。
③ 行货——货物，商品。
④ 卓——同桌。
⑤ 恁(nèn)般——这般；这样。
⑥ 小样——不大方，小器。
⑦ 牙婆——买卖的居间人，牙婆是女的牙人，也叫牙嫂。
⑧ 动火——此指动心、起贪心。

房中藏过,忙踅[1] 出来,道:"大官人,老身且不敢称谢,你且说甚么买卖,用着老身之处?"大郎道:"急切要寻一件救命之宝,是处[2] 都无;只大市街上一家人家方有,特央干娘去借借。"婆子笑将起来,道:"又是作怪!老身在这条巷住过二十多年,不曾闻大市街有甚救命之宝。大官人你说,有宝的还是谁家?"大郎道:"敝乡里汪三朝奉典铺对门高楼子内是何人之宅?"婆子想了一回,道:"这是本地蒋兴哥家里。他男子出外做客,一年多了,止有女眷在家。"大郎道:"我这救命之宝,正要问他女眷借借。"便把椅儿掇近了婆子身边,向他诉出心腹,如此如此。婆子听罢,连忙摇首道:"此事大难!蒋兴哥新娶这房娘子,不上四年,夫妻两个如鱼似水,寸步不离。如今没奈何出去了,这小娘子足不下楼,甚是贞节。因兴哥做人有些古怪,容易嗔嫌[3],老身辈从不曾上他的阶头。连这小娘子面长面短,老身还不认得,如何应承得此事?方才所赐,是老身薄福,受用不成了。"陈大郎听说,慌忙双膝跪下。婆子去扯他时,被他两手拿住衣袖,紧紧按定在椅上,动掸[4] 不得。口里说:"我陈商这条性命,都在干娘身上。你是必思量个妙计,作成我入马[5],救我残生。事成之日,再有白金百两相酬。若是推阻,即今便是个死。"慌得婆子没理会处,连声应道:"是,是,莫要折杀老身,大官人请起,老身有话讲。"陈大郎方才起身,拱手道:"有何妙策,作速见教。"薛婆道:"此事须从容图之,只要成就,莫论岁月。若是限时限日,老身决难奉命。"陈大郎道:"若果然成就,便迟几日何妨?只是计将安出?"薛婆道:"明日不可太早,不可太迟,早饭后,相约在汪三朝奉典铺中相会。大官人可多带银两,只说与老身做买卖,其间自有道理。若是老身这两只脚跨进得蒋家门时,便是大官人的造化。大官人便可急回下处,莫在他门首盘桓,被人识破,误了大事。讨得三分机会,老身自来回覆。"陈大郎道:"谨依尊命。"唱了个肥喏,欣然开门而去。正是:

未曾灭项兴刘,先见筑坛拜将。

---

① 踅——转折;来回地走。

② 是处——到处;处处。

③ 嗔嫌(chēnxián)——生气;不满意。

④ 动掸——同动弹。

⑤ 入马——马,是妇女的隐语。入马,即和女人勾搭得手。

当日无话。到次日，陈大郎穿了一身齐整衣服，取上三四百两银子，放在个大皮匣内，唤小郎① 背着，跟随到大市街汪家典铺来。瞧见对门楼窗紧闭，料是妇人不在，便与管典的② 拱了手，讨个木凳儿坐在门前，向东而望。不多时，只见薛婆抱着一个篾丝箱儿来了。陈大郎唤住，问道："箱内何物？"薛婆道："珠宝首饰，大官人可用么？"大郎道："我正要买。"薛婆进了典铺，与管典的相见了，叫声聒噪③，便把箱儿打开。内中有十来包珠子，又有几个小匣儿，都盛着新样簇花点翠的首饰，奇巧动人，光灿夺目。陈大郎拣几吊④ 极粗极白的珠子，和那些簪珥之类，做一堆儿放着，道："这些我都要了。"婆子便把眼儿瞅着，说道："大官人要用时尽用，只怕不肯出这样大价钱。"陈大郎已自会意，开了皮匣，把这些银两白花花的，摊做一台，高声的叫道："有这些银子，难道买你的货不起！"此时邻舍闲汉已自走过七八个人，在铺前站着看了。婆子道："老身取笑，岂敢小觑大官人。这银两须要仔细，请收过了，只要还得价钱公道便好。"两下一边的讨价多，一边的还钱少，差得天高地远。那讨价的一口不移。这里陈大郎拿着东西，又不放手，又不增添，故意走出屋檐，件件的翻覆认看，言真道假、弹觔估两的在日光中烜耀⑤。惹得一市人都来观看，不住声的有人喝采。婆子乱嚷道："买便买，不买便罢，只管担搁人则甚⑥！"陈大郎道："怎么不买？"两个又论了一番价。正是：

只因酬价争钱口，惊动如花似玉人。

王三巧儿听得对门喧嚷，不觉移步前楼，推窗偷看。只见珠光闪烁，宝色辉煌，甚是可爱。又见婆子与客人争价不定，便吩咐丫鬟去唤那婆子，借他东西看看。晴云领命，走过街去，把薛婆衣袂一扯，道："我家娘请你。"婆子故意问道："是谁家？"晴云道："对门蒋家。"婆子把珍珠之类，劈手夺将过来，忙忙的包了，道："老身没有许多空闲，与你歪缠！"陈大郎道：

---

① 小郎——此指年轻的仆役。

② 管典的——当铺伙计。

③ 聒噪——声音杂乱；吵闹。这里为打扰之意。

④ 吊——串。

⑤ 烜(xuān)耀——盛大；显著。

⑥ 则甚——干什么。

"再添些卖了罢。"婆子道:"不卖不卖,象你这样价钱,老身卖去多时了。"一头说,一头放入箱儿里,依先关锁了,抱着便走。晴云道:"我替你老人家拿罢。"婆子道:"不消。"头也不回,径到对门去了。陈大郎心中暗喜,也收拾银两,别了管典的,自回下处。正是:

眼望捷旌旗,耳听好消息。

晴云引薛婆上楼,与三巧儿相见了。婆子看那妇人,心下想道:"真天人也!怪不得陈大郎心迷,若我做男子,也要浑了。"当下说道:"老身久闻大娘贤慧,但恨无缘拜识。"三巧儿问道:"你老人家尊姓?"婆子道:"老身姓薛,只在这里东巷住,与大娘也是个邻里。"三巧儿道:"你方才这些东西,如何不卖?"婆子笑道:"若不卖时,老身又拿出来怎的?只笑那下路客人,空自一表人才,不识货物。"说罢便去开了箱儿,取出几件簪珥,递与那妇人看,叫道:"大娘,你道这样首饰,便工钱也费多少!他们还得忒不象样,教老身在主人家面前,如何告得许多消乏?"又把几串珠子提将起来,道:"这般头号的货,他们还做梦哩。"三巧儿问了他讨价还价,便道:"真个亏你些儿。"婆子道:"还是大家宝眷,见多识广,比男子汉眼力,倒胜十倍。"三巧儿唤丫鬟看茶,婆子道:"不扰茶了。老身有件要紧的事,欲往西街走走,遇着这个客人,缠了多时,正是:'买卖不成,担误工程。'这箱儿连锁放在这里,权烦大娘收拾。老身暂去,少停就来。"说罢,便走。三巧儿叫晴云送他下楼,出门向西去了。

三巧儿心上爱了这几件东西,专等婆子到来酬价,一连五日不至。到第六日午后,忽然下一场大雨。雨声未绝,砰砰的敲门声响。三巧儿唤丫鬟开看,只见薛婆衣衫半湿,提个破伞进来,口儿道:

晴干不肯走,直待雨淋头。

把伞儿放在楼梯边,走上楼来万福[①] 道:"大娘,前晚失信了。"三巧儿慌忙答礼道:"这几日在那里去了?"婆子道:"小女托赖新添了个外孙,老身去看看,留住了几日,今早方回。半路上下起雨来,在一个相识人家借得把伞,又是破的,却不是晦气!"三巧儿道:"你老人家几个儿女?"婆子道:"只一个儿子,完婚过了。女儿到有四个,这是我第四个了,嫁与徽州朱八朝奉做偏房,就在这北门外开盐店的。"三巧儿道:"你老人家女儿多,不把

---

① 万福——妇女的敬礼,一面作揖,一面说万福。

来当事了。本乡本土少什么一夫一妇的，怎舍得与异乡人做小？”婆子道：“大娘不知，倒是异乡人有情怀。虽则偏房，他大娘子只在家里，小女自在店中，呼奴使婢，一般受用。老身每遍去时，他当个尊长看待，更不怠慢。如今养了个儿子，愈加好了。”三巧儿道：“也是你老人家造化，嫁得着。”说罢，恰好晴云讨茶上来，两个吃了。婆子道：“今日雨天没事，老身大胆，敢求大娘的首饰一看，看些巧样儿在肚里也好。”三巧儿道：“也只是平常生活，你老人家莫笑话。”就取一把钥匙，开了箱笼，陆续搬出许多钗、钿、缨络之类。薛婆看了，夸美不尽，道：“大娘有恁般珍异，把老身这几件东西，看不在眼了。”三巧儿道：“好说，我正要与你老人家请个实价。”婆子道：“娘子是识货的，何消老身费嘴？”三巧儿把东西捡过，取出薛婆的篾丝箱儿来，放在卓上，将钥匙递与婆子道：“你老人家开了，捡看个明白。”婆子道：“大娘忒精细了。”当下开了箱儿，把东西逐件搬出。三巧儿品评价钱，都不甚远。婆子并不争论，欢欢喜喜的道：“恁地，便不枉了人。老身就少赚几贯钱，也是快活的。”三巧儿道：“只是一件，目下凑不起价钱，只好现奉一半。等待我家官人回来，一并清楚。他也只在这几日回了。”婆子道：“便迟几日，也不妨事。只是价钱上相让多了，银水要足纹① 的。”三巧儿道：“这也小事。”便把心爱的几件首饰及珠子收起。唤晴云取杯见成②酒来，与老人家坐坐。婆子道：“造次如何好搅扰？”三巧儿道：“时常清闲，难得你老人家到此，作伴扳③ 话。你老人家若不嫌怠慢，时常过来走走。”婆子道：“多谢大娘错爱，老身家里当不过嘈杂，象宅上又忒清闲了。”三巧儿道：“你家儿子做甚生意？”婆子道：“也只是接些珠宝客人，每日的讨酒讨浆，刮④ 的人不耐烦。老身亏杀各宅们走动，在家时少，还好。若只在六尺地上转，怕不燥⑤ 死了人。”三巧儿道：“我家与你相近，不耐烦时，就过来闲话。”婆子道：“只不敢频频打搅。”三巧儿道：“老人家说那里话。”

---

① 足纹——成色足的银子。

② 见(xiàn，同现)成——即现成。

③ 扳(pān，同攀)——攀谈；设法接触。

④ 刮——吵闹；喧闹。

⑤ 燥——同躁。烦恼。

只见两个丫鬟轮番的走动，摆了两副杯箸，两碗腊鸡，两碗腊肉，两碗鲜鱼，连果碟素菜，共一十六个碗。婆子道："如何盛设！"三巧儿道："见成的，休怪怠慢。"说罢，斟酒递与婆子，婆子将杯回敬，两下对坐而饮。原来三巧儿酒量尽去得，那婆子又是酒壶酒瓮，吃起酒来，一发① 相投了，只恨会面之晚。那日直吃到傍晚，刚刚雨止，婆子作谢要回。三巧儿又取出大银盅来，劝了几盅，又陪他吃了晚饭，说道："你老人家再宽坐一时，我将这一半价钱付你去。"婆子道："天晚了，大娘请自在，不争② 这一夜儿，明日却来领罢。连这篾丝箱儿，老身也不拿去了，省得路上泥滑滑的不好走。"三巧儿道："明日专专望你。"婆子作别下楼，取了破伞，出门去了。正是：

世间只有虔婆③ 嘴，哄动多多少少人。

却说陈大郎在下处呆等了几日，并无音信。见这日天雨，料是婆子在家，拖泥带水的进城来问个消息，又不相值。自家在酒肆中吃了三杯，用了些点心，又到薛婆门首打听，只是未回。看看天晚，却待转身，只见婆子一脸春色，脚略斜④ 的走入巷来。陈大郎迎着他，作了揖，问道："所言如何？"婆子摇手道："尚早。如今方下种，还没有发芽哩。再隔五六年，开花结果，才到得你口。你莫在此探头探脑，老娘不是管闲事的。"陈大郎见他醉了，只得转去。

次日，婆子买了些时新果子、鲜鸡、鱼、肉之类，唤个厨子安排停当，装做两个盒子，又买一瓮上好的酽酒，央间壁小二挑了，来到蒋家门首。三巧儿这日，不见婆子到来，正教晴云开门出来探望，恰好相遇。婆子教小二挑在楼下，先打发他去了。晴云已自报知主母，三巧儿把婆子当个贵客一般，直到楼梯口边迎他上去。婆子千恩万谢的福⑤ 了一回，便道："今日老身偶有一杯水酒，将来与大娘消遣。"三巧儿道："到要你老人家赔钞，不当受了。"婆子央两个丫鬟搬将上来，摆做一卓子。三巧儿道："你老人

---

① 一发——越发；更加。

② 争——差。

③ 虔婆——旧时开设妓院的妇女。也称老鸨。

④ 略斜——形容脚步歪斜。

⑤ 福——明代妇女行礼下拜，膝盖微屈，而身不弯。

家忒迂阔了，恁般大弄① 起来。"婆子笑道："小户人家，备不出甚么好东西，只当一茶奉献。"晴云便去取杯箸，暖雪便吹起水火炉② 来。霎时酒暖，婆子道："今日是老身薄意，还请大娘转坐客位。"三巧儿道："虽然相扰，在寒舍岂有此理？"两下谦让多时，薛婆只得坐了客席。这是第三次相聚，更觉熟分了。

饮酒中间，婆子问道："官人出外好多时了，还不回，亏他撇得大娘下。"三巧儿道："便是，说过一年就转，不知怎地担搁了？"婆子道："依老身说，放下了恁般如花似玉的娘子，便博个堆金积玉也不为罕。"婆子又道："大凡走江湖的人，把客当家，把家当客。比如我第四个女婿朱八朝奉，有了小女，朝欢暮乐，那里想家？或三年四年，才回一遍，住不上一两个月，又来了。家中大娘子替他担孤受寡，那晓得他外边之事？"三巧儿道："我家官人到不是这样人。"婆子道："老身只当闲话讲，怎敢将天比地？"当日两个猜谜掷色③，吃得酩酊而别。

第三日，同小二来取家火④，就领这一半价钱。三巧儿又留他吃点心。

从此以后，把那一半赊钱为由，只做问兴哥的消息，不时行走。这婆子俐齿伶牙，能言快语，又半痴不颠的惯与丫鬟们打诨⑤，所以上下都欢喜他。三巧儿一日不见他来，便觉寂寞，叫老家人认了薛婆家里，早晚常去请他，所以一发来得勤了。世间有四种人惹他不得，引起了头，再不好绝他。是那四种？

游方僧道，乞丐，闲汉⑥，牙婆。

上三种人犹可，只有牙婆是穿房入户的，女眷们怕冷静时，十个九个到要扳他来往。今日薛婆本是个不善之人，一般甜言软语，三巧儿遂与他成了至交，时刻少他不得。正是：

---

① 大弄——放开手干；铺张。

② 水火炉——一种便于移动携带的铜制小炉，旁有一小火门，上有两孔，以置茶壶小镬，可供暖酒热水之用。

③ 掷色——色子，就是骰子。一种游戏用具或赌具。掷色，即掷骰子。

④ 家火——用具；东西。

⑤ 打诨——开玩笑；说笑话。

⑥ 闲汉——帮闲的人。

画虎画皮难画骨，知人知面不知心。

陈大郎几遍讨个消息，薛婆只回言尚早。其时五月中旬，天渐炎热。婆子在三巧儿面前，偶说起家中蜗窄，又是朝西房子，夏月最不相宜，不比这楼上高厂风凉。三巧儿道："你老人家若撇[①] 得家下，到此过夜也好。"婆子道："好是好，只怕官人回来。"三巧儿道："他就回，料道不是半夜三更。"婆子道："大娘不嫌蒿恼[②]，老身惯是掗相知[③] 的，只今晚就取铺陈过来，与大娘作伴，何如？"三巧儿道："铺陈尽有，也不须拿得。你老人家回覆家里一声，索性在此过了一夏家去不好？"婆子真个对家里儿子媳妇说了，只带个梳匣儿过来。三巧儿道："你老人家多事，难道我家油梳子也缺了，你又带来怎地？"婆子道："老身一生怕的是同汤洗脸，合具梳头。大娘怕没有精致的梳具，老身如何敢用？其他姐儿们的，老身也怕用得，还是自家带了便当。只是大娘吩咐在那一门房安歇？"三巧儿指着床前一个小小藤榻儿，道："我预先排下你的卧处了，我两个亲近些，夜间睡不着好讲些闲话。"说罢，捡出一顶青纱帐来，教婆子自家挂了，又同吃了一会酒，方才歇息。两个丫鬟原在床前打铺相伴，因有了婆子，打发他在间壁房里去睡。

从此为始，婆子日间出去串街做买卖，黑夜便到蒋家歇宿。时常携壶挈榼的殷勤热闹，不一而足。床榻是丁字样铺下的，虽隔着帐子，却象是一头同睡。夜间絮絮叨叨，你问我答，凡街坊秽亵之谈，无所不至。这婆子或时装醉诈风[④] 起来，到说起自家少年时偷汉的许多情事，去勾动那妇人的春心。害得那妇人娇滴滴一副嫩脸，红了又白，白了又红。婆子已知妇人心活，只是那话儿不好启齿。

光阴迅速，又到七月初七日了，正是三巧儿的生日。婆子清早备下两盒礼，与他做生[⑤]。三巧儿称谢了，留他吃面。婆子道："老身今日有些穷忙，晚上来陪大娘，看牛郎织女做亲。"说罢，自去了。

---

① 撇——抛；丢。

② 蒿恼——骚扰；打搅。

③ 掗(yà)相知——强要与人相交。

④ 诈风——假装疯癫。

⑤ 做生——庆贺生辰。

下得阶头不几步，正遇着陈大郎。路上不好讲话，随到个僻静巷里。陈大郎攒着两眉，埋怨婆子道："干娘，你好慢心肠！春去夏来，如今又立过秋了。你今日也说尚早，明日也说尚早，却不知我度日如年。再延捱几日，他丈夫回来，此事便付东流，却不活活的害死我也！阴司去少不得与你索命。"婆子道："你且莫喉急①，老身正要相请，来得恰好。事成不成，只在今晚，须是依我而行。"如此如此，这般这般，"全要轻轻悄悄，莫带累人。"陈大郎点头道："好计，好计！事成之后，定当厚报。"说罢，欣然而去。正是：

排成窃玉偷香阵，费尽携云握雨心。

却说薛婆约定陈大郎这晚成事，午后细雨微茫，到晚却没有星月。婆子黑暗里引着陈大郎埋伏在左近，自己却去敲门。晴云点个纸灯儿，开门出来。婆子故意把衣袖一摸，说道："失落了一条临清汗巾儿。姐姐，劳你大家寻一寻。"哄得晴云便把灯向街上照去。这里婆子捉个空②，招着陈大郎一溜溜进门来，先引他在楼梯背后空处伏着。婆子便叫道："有了，不要寻了。"晴云道："恰好火也没了，我再去点个来照你。"婆子道："走熟的路，不消用火。"两个黑暗里关了门，摸上楼来。三巧儿问道："你没了什么东西？"婆子袖里扯出个小帕儿来，道："就是这个冤家，虽然不值甚钱，是一个北京客人送我的，却不道：'礼轻人意重。'"三巧儿取笑道："莫非是你老相交送的表记。"婆子笑道："也差不多。"当夜两个耍笑饮酒。婆子道："酒肴尽多，何不把些赏厨下男女③？也教他闹轰轰，像个节夜。"三巧儿真个把四碗菜，两壶酒，吩咐丫鬟，拿下楼去。那两个婆娘，一个汉子，吃了一回，各去歇息，不提。

再说婆子饮酒中间，问道："官人如何还不回家？"三巧儿道："便是算来一年半了。"婆子道："牛郎织女，也是一年一会，你比他到多隔了半年。常言道：'一品官，二品客。'做客的那一处没有风花雪月？只苦了家中娘子。"三巧儿叹了口气，低头不语。婆子道："是老身多嘴了。今夜牛女佳期，只该饮酒作乐，不该说伤情话儿。"说罢，便斟酒去劝那妇人。

---

① 喉急——发急；性急。

② 捉个空——乘人不备；趁机。

③ 男女——对人的贱称；常称奴仆为男女。

约莫半酣，婆子又把酒去劝两个丫鬟，说道："这是牛郎织女的喜酒，劝你多吃几杯。后日嫁个恩爱的老公，寸步不离。"两个丫鬟被缠不过，勉强吃了，各不胜酒力，东倒西歪。三巧儿吩咐关了楼门，发放他先睡。他两个自在吃酒。

婆子一头吃，口里不住的说啰说皂，道："大娘几岁上嫁的？"三巧儿道："十七岁。"婆子道："破得身迟，还不吃亏；我是十三岁上就破了身。"三巧儿道："嫁得恁般早？"婆子道："论起嫁，倒是十八岁了。不瞒大娘说，因是在间壁人家学针指，被他家小官人调诱，一时间贪他生得俊俏，就应承与他偷了。初时好不疼痛，两三遍后，就晓得快活。大娘你可也是这般么？"三巧儿只是笑。婆子又道："那话儿到是不晓得滋味的到好，尝过的便丢不下，心坎里时时发痒。日里还好，夜间好难过哩。"三巧儿道："想你在娘家时阅人多矣，亏你怎生充得黄花女儿嫁去？"婆子道："我的老娘也晓得些影像①，生怕出丑，教我一个童女方，就遮过了。"三巧儿道："你做女儿时，夜间也少不得独睡。"婆子道："还记得在娘家时节，哥哥出外，我与嫂嫂一头同睡。"三巧儿道："两个女人做对，有甚好处？"婆子走过三巧儿那边，挨肩坐了，说道："大娘，你不知，只要大家知音，一般有趣，也撒得火。"三巧儿举手把婆子肩胛上打一下，说道："我不信，你说谎。"婆子见他欲心已动，有心去挑拨他，又道："老身今年五十二岁了，夜间常痴性发作，打熬② 不过，亏得你少年老成。"三巧儿道："你老人家打熬不过，终不然还去打汉子③。"婆子道："败花枯柳，如今那个要我了？不瞒大娘说，我也有个自取其乐，救急的法儿。"三巧儿道："你说谎，又是甚么法儿？"婆子道："少停到床上睡了，与你细讲。"

说罢，只见一个飞蛾在灯上旋转，婆子便把扇来一扑，故意扑灭了灯，叫声："阿呀！老身自去点个灯来。"便去开楼门。陈大郎已自走上楼梯，伏在门边多时了。——都是婆子预先设下的圈套。婆子道："忘带个取灯儿④ 去了。"又走转来，便引着陈大郎到自己榻上伏着。婆子下楼去了一

① 影像——影子；踪迹；印象。指不很清楚的知识或记忆。

② 打熬——熬；忍受；支撑。

③ 打汉子——偷汉子。

④ 取灯儿——即发烛。用以引火用的小火炬。

回,复上来道:“夜深了,厨下火种都熄了,怎么处?”三巧儿道:“我点灯睡惯了,黑魆魆地,好不怕人!”婆子道:“老身伴你一床睡何如?”三巧儿正要问他救急的法儿,应道:“甚好。”婆子道:“大娘,你先上床,我关了门就来。”三巧儿先脱了衣服,床上去了,叫道:“你老人家快睡罢。”婆子应道:“就来了。”却在榻上拖陈大郎上来,赤条条的㧐在三巧儿床上去。三巧儿摸着身子,道:“你老人家许多年纪,身上恁般光滑!”那人并不回言,钻进被里。那妇人一则多了杯酒,醉眼朦胧;二则被婆子挑拨,春心飘荡,到此不暇致详[1],凭他轻薄。

一个是闺中怀春的少妇,一个是客邸慕色的才郎。一个打熬许久,如文君初遇相如;一个盼望多时,如必正初谐陈女[2]。分明久旱逢甘雨,胜过他乡遇故知。

陈大郎是走过风月场的人,颠鸾倒凤,曲尽其趣,弄得妇人魂不附体。云雨毕后,三巧儿方问道:“你是谁?”陈大郎把楼下相逢,如此相慕,如此苦央薛婆用计,细细说了:“今番得遂平生,便死瞑目。”婆子走到床间,说道:“不是老身大胆,一来可怜大娘青春独宿,二来要救陈郎性命。你两个也是宿世姻缘,非干老身之事。”三巧儿道:“事已如此,万一我丈夫知觉,怎么好?”婆子道:“此事你知我知,只买定了晴云、暖雪两个丫头,不许他多嘴,再有谁人漏泄?在老身身上,管成你夜夜欢娱,一些事也没有;只是日后不要忘记了老身。”三巧儿到此,也顾不得许多了,两个又狂荡起来。直到五更鼓绝,天色将明,两个兀自不舍。婆子催促陈大郎起身,送他出门去了。

自此无夜不会,或是婆子同来,或是汉子自来。两个丫鬟被婆子把甜话儿偎[3]他,又把利害话儿吓他,又教主母赏他几件衣服,汉子到时,不时把些零碎银子赏他们买果儿吃,骗得欢欢喜喜,已自做了一路。夜来明去,一出一入,都是两个丫鬟迎送,全无阻隔。真个是你贪我爱,如胶似漆,胜如夫妇一般。陈大郎有心要结识这妇人,不时的制办好衣服、好首

---

① 致详——深究;细察。

② 必正初谐陈女——宋代传说:河南人潘必正与女贞观女道士陈妙常恋爱,最后结成夫妇。

③ 偎——哄;安慰;打动。

饰送他,又替他还了欠下婆子的一半价钱。又将一百两银子谢了婆子。往来半年有余,这汉子约有千金之费。三巧儿也有三十多两银子东西,送那婆子。婆子只为图这些不义之财,所以肯做牵头①。这都不在话下。

古人云:“天下无不散的筵席。”

才过十五元宵夜,又是清明三月天。

陈大郎思想蹉跎了多时生意,要得还乡。夜来与妇人说知,两下恩深义重,各不相舍。妇人倒情愿收拾了些细软,跟随汉子逃走,去做长久夫妻。陈大郎道:“使不得。我们相交始末,都在薛婆肚里。就是主人家吕公,见我每夜进城,难道没有些疑惑?况客船上人多,瞒得那个?两个丫鬟又带去不得。你丈夫回来,跟究② 出情由,怎肯干休?娘子权且耐心,到明年此时,我到此,觅个僻静下处,悄悄通个信儿与你,那时两口儿同走,神鬼不觉,却不安稳?”妇人道:“万一你明年不来,如何?”陈大郎就设起誓来。妇人道:“既然你有真心,奴家也决不相负。你若到了家乡,倘有便人,托他捎个书信到薛婆处,也教奴家放意③。”陈大郎道:“我自用心,不消吩咐。”

又过几日,陈大郎雇下船只,装载粮食完备,又来与妇人作别。这一夜倍加眷恋,两下说一会,哭一会,又狂荡一会,整整的一夜不曾合眼。到五更起身,妇人便去开箱,取出一件宝贝,叫做“珍珠衫”,递与陈大郎道:“这件衫儿,是蒋门祖传之物,暑天若穿了他,清凉透骨。此去天道渐热,正用得着。奴家把与你做个记念,穿了此衫,就如奴家贴体一般。”陈大郎哭得出声不得,软做一堆。妇人就把衫儿亲手与汉子穿下,叫丫鬟开了门户,亲自送他出门,再三珍重而别。诗曰:

昔年含泪别夫郎,今日悲啼送所欢。
堪恨妇人多水性,招来野鸟胜文鸾。

话分两头。却说陈大郎有了这珍珠衫儿,每日贴体穿着,便夜间脱下,也放在被窝中同睡,寸步不离。一路遇了顺风,不两月行到苏州府枫桥地面。那枫桥是柴米牙行聚处,少不得投个主家脱货,不在话下。

---

① 牵头——牵线人;不正当男女关系的拉拢人。

② 跟究——查究;追究。

③ 放意——放心。

忽一日，赴个同乡人的酒席。席上遇个襄阳客人，生得风流标致。那人非别，正是蒋兴哥。原来兴哥在广东贩了些珍珠、玳瑁、苏木①、沉香②之类，搭伴起身。那伙同伴商量，都要到苏州发卖。兴哥久闻得“上说天堂，下说苏杭”，好个大马头所在，有心要去走一遍，做这一回买卖，方才回去。还是去年十月中到苏州的。因是隐姓为商，都称为罗小官人，所以陈大郎更不疑惑。他两个萍水相逢，年相若，貌相似，谈吐应对之间，彼此敬慕。即席间问了下处，互相拜望，两下遂成知己，不时会面。

兴哥讨完了客帐，欲待起身，走到陈大郎寓所作别。大郎置酒相待，促膝谈心，甚是款洽。此时五月下旬，天气炎热。两个解衣饮酒，陈大郎露出珍珠衫来。兴哥心中骇异，又不好认他的，只夸奖此衫之美。陈大郎恃了相知，便问道：“贵县大市街有个蒋兴哥家，罗兄可认得否？”兴哥到也乖巧，回道：“在下出外日多，里中虽晓得有这个人，并不相认。陈兄为何问他？”陈大郎道：“不瞒兄长说，小弟与他有些瓜葛。”便把三巧儿相好之情，告诉了一遍。扯着衫儿看了，眼泪汪汪道：“此衫是他所赠。兄长此去，小弟有封书信，奉烦一寄，明日侵早送到贵寓。”兴哥口里答应道：“当得，当得。”心下沉吟：“有这等异事！现在珍珠衫为证，不是个虚话了。”当下如针刺肚，推故不饮，急急起身别去。回到下处，想了又恼，恼了又想，恨不得学个缩地法儿，顷刻到家。连夜收拾，次早便上船要行。

只见岸上一个人气吁吁的赶来，却是陈大郎。亲把书信一大包，递与兴哥，叮嘱千万寄去。气得兴哥面如土色，说不得，话不得，死不得，活不得。只等陈大郎去后，把书看时，面上写道：“此书烦寄大市街东巷薛妈妈家。”兴哥性起，一手扯开，却是八尺多长一条桃红绉纱汗巾。又有个纸糊长匣儿，内有羊脂玉凤头簪一根。书上写道：“微物二件，烦干娘转寄心爱娘子三巧儿亲收，聊表记念。相会之期，准在来春。珍重，珍重。”兴哥大怒，把书扯得粉碎，撇在河中；提起玉簪在船板上一掼，折做两段。一念想起道：“我好糊涂！何不留此做个证见也好。”便捡起簪儿和汗巾，做一包收拾，催促开船。急急的赶到家乡，望见了自家门首，不觉堕下泪来。想起：“当初夫妻何等恩爱，只为我贪着蝇头微利，撇他少年守寡，弄出这场

---

① 苏木——即苏枋，常绿小乔木，浸汁可作染料。可入药。

② 沉香——一种上等的香料，入水即沉，所以称为沉香。

丑来，如今悔之何及！”在路上性急，巴不得赶回。及至到了，心中又苦又恨，行一步，懒一步。进得自家门里，少不得忍住了气，勉强相见。兴哥并无言语，三巧儿自己心虚，觉得满脸惭愧，不敢殷勤上前扳话。兴哥搬完了行李，只说去看看丈人丈母，依旧到船上住了一晚。

次早回家，向三巧儿说道：“你的爹娘同时害病，势甚危笃。昨晚我只得住下，看了他一夜。他心中只牵挂着你，欲见一面。我已雇下轿子在门首，你可作速回去，我也随后就来。”三巧儿见丈夫一夜不回，心里正在疑虑；闻说爹娘有病，却认真了，如何不慌？慌忙把箱笼上匙钥递与丈夫，唤个婆娘跟了，上轿而去。兴哥叫住了婆娘，向袖中摸出一封书来，吩咐他送与王公：“送过书，你便随轿回来。”

却说三巧儿回家，见爹娘双双无恙，吃了一惊。王公见女儿不接而回，也自骇然。在婆子手中接书，拆开看时，却是休书一纸。上写道：

立休书人蒋德，系襄阳府枣阳县人，从幼凭媒聘定王氏为妻，岂期过门之后，本妇多有过失，正合七出之条①。因念夫妻之情，不忍明言，情愿退还本宗，听凭改嫁，并无异言。休书是实。

成化二年　　月　　日　　　　手掌为记。

书中又包着一条桃红汗巾，一枝打折的羊脂玉凤头簪。王公看了，大惊，叫过女儿问其缘故。三巧儿听说丈夫把他休了，一言不发，啼哭起来。王公气忿忿的一径跟到女婿家来，蒋兴哥连忙上前作揖，王公回礼，便问道：“贤婿，我女儿是清清白白嫁到你家的，如今有何过失，你便把他休了？须还我个明白。”蒋兴哥道：“小婿不好说得，但问令爱便知。”王公道：“他只是啼哭，不肯开口，教我肚里好闷！小女从幼聪慧，料不到得② 犯了淫盗。若是小小过失，你可也看老汉薄面，恕了他罢。你两个是七八岁上定下的夫妻，完婚后并不曾争论一遍两遍，且是和顺。你如今做客才回，又不曾住过三朝五日，有什么破绽落在你眼里？你直如此狠毒，也被人笑话，说你无情无义。”蒋兴哥道：“丈人在上，小婿也不敢多讲。家下有祖遗下珍珠衫一件，是令爱收藏，只问他如今在否。若在时，半字休提；若不

① 七出之条——古代休妻的七个条件，即：无子、淫佚、不事舅姑、口舌、盗窃、妒忌、恶疾。

② 不到得——不会；不至于。

在，只索[1]休怪了。”王公忙转身回家，问女儿道：“你丈夫只问你讨什么珍珠衫，你端的[2]拿与何人去了？”那妇人听得说着了他紧要的关目[3]，羞得满脸通红，开不得口，一发号啕大哭起来，慌得王公没做理会处。王婆劝道：“你不要只管啼哭，实实的说个真情与爹妈知道，也好与你分剖。”妇人那里肯说，悲悲咽咽，哭一个不住。王公只得把休书和汗巾簪子，都付与王婆，教他慢慢的偎着女儿，问他个明白。

王公心中纳闷，走在邻家闲话去了。王婆见女儿哭得两眼赤肿，生怕苦坏了他，安慰了几句言语，走往厨房下去暖酒，要与女儿消愁。三巧儿在房中独坐，想着珍珠衫泄漏的缘故，好生难解！这汗巾簪子，又不知那里来的。沉吟了半晌道：“我晓得了：这折簪是镜破钗分之意，这条汗巾，分明教我悬梁自尽。他念夫妻之情，不忍明言，是要全我的廉耻。可怜四年恩爱，一旦决绝，是我做的不是，负了丈夫恩情。便活在人间，料没有个好日，不如缢死，到得干净。”说罢，又哭了一回，把个坐兀子[4]填高，将汗巾兜在梁上，正欲自缢。也是寿数未绝，不曾关上房门。恰好王婆暖得一壶好酒走进房来，见女儿安排这事，急得他手忙脚乱，不放酒壶，便上前去拖拽。不期一脚踢番[5]坐兀子，娘儿两个跌做一团，酒壶都泼翻了。王婆爬起来，扶起女儿，说道：“你好短见！二十多岁的人，一朵花还没有开足，怎做这没下梢[6]的事？莫说你丈夫还有回心转意的日子，便真个休了，恁般容貌，怕没人要你？少不得别选良姻，图个下半世受用。你且放心过日子去，休得愁闷。”王公回家，知道女儿寻死，也劝了他一番，又嘱咐王婆用心提防。过了数日，三巧儿没奈何，也放下了念头。正是：

夫妻本是同林鸟，大限来时各自飞。

再说蒋兴哥把两条索子，将晴云、暖雪捆缚起来，拷问情由。那丫头初时抵赖，吃打不过，只得从头至尾，细细招将出来，已知都是薛婆勾引，

---

① 只索——只得；只好。
② 端的——究竟。
③ 关目——情节。
④ 坐兀子——小矮凳。
⑤ 番——同翻。
⑥ 没下梢——梢，就是末端。没下梢指没结果，没结局。

不干他人之事。到明朝,兴哥领了一伙人,赶到薛婆家里,打得他雪片相似,只饶他拆了房子。薛婆情知自己不是,躲过一边,并没一人敢出头说话。兴哥见他如此,也出了这口气。回去唤个牙婆,将两个丫头都卖了。楼上细软箱笼,大小共十六只,写三十二条封皮,打叉封了,更不开动。这是甚意儿?只因兴哥夫妇,本是十二分相爱的。虽则一时休了,心中好生痛切。见物思人,何忍开看?

话分两头。却说南京有个吴杰进士,除授广东潮阳县知县,水路上任,打从襄阳经过。不曾带家小,有心要择一美妾。一路看了多少女子,并不中意。闻得枣阳县王公之女,大有颜色,一县闻名,出五十金财礼,央媒议亲。王公到也乐从,只怕前婿有言,亲到蒋家,与兴哥说知。兴哥并不阻挡。临嫁之夜,兴哥雇了人夫,将楼上十六个箱笼,原封不动,连钥匙送到吴知县船上,交割与三巧儿,当个赔嫁。妇人心上到过意不去。傍人晓得这事,也有夸兴哥做人忠厚的,也有笑他痴騃① 的,还有骂他没志气的:正是人心不同。

闲话休提。再说陈大郎在苏州脱货完了,回到新安,一心只想着三巧儿。朝暮看了这件珍珠衫,长吁短叹。老婆平氏心知这衫儿来得跷蹊,等丈夫睡着,悄悄的偷去,藏在天花板上。陈大郎早起要穿时,不见了衫儿,与老婆取讨。平氏那里肯认。急得陈大郎性发,倾箱倒箧的寻个遍,只是不见,便破口骂老婆起来。惹得老婆啼啼哭哭,与他争嚷,闹吵了两三日。陈大朗情怀撩乱,忙忙的收拾银两,带个小郎,再望襄阳旧路而进。

将近枣阳,不期遇了一伙大盗,将本钱尽皆劫去,小郎也被他杀了。陈商眼快,走向船梢舵上伏着,幸免残生。思想还乡不得,且到旧寓住下,待会了三巧儿,与他借些东西,再图恢复。叹了一口气,只得离船上岸。

走到枣阳城外主人吕公家,告诉其事;又道如今要央卖珠子的薛婆,与一个相识人家借些本钱营运。吕公道:"大郎不知,那婆子为勾引蒋兴哥的浑家,做了些丑事。去年兴哥回来,问浑家讨什么'珍珠衫',原来浑家赠与情人去了,无言回答,兴哥当时休了浑家回去,如今转嫁与南京吴进士做第二房夫人了。那婆子被蒋家打得个片瓦不留,婆子安身不牢,也

① 痴騃(chīái)——呆笨;不灵敏。

搬在隔县①去了。”

陈大郎听得这话，好似一桶冷水没头淋下，这一惊非小。当夜发寒发热，害起病来。这病又是郁症，又是相思症，也带些怯症②，又有些惊症，床上卧了两个多月，翻翻覆覆只是不愈，连累主人家小厮，伏侍得不耐烦。陈大郎心上不安，打熬起精神，写成家书一封，请主人来商议，要觅个便人捎信往家中，取些盘缠，就要个亲人来看觑③同回。这几句正中了主人之意，恰好有个相识的承差④，奉上司公文要往徽宁一路，水陆驿递，极是快的。吕公接了陈大郎书札，又替他应出五钱银子，送与承差，央他乘便寄去。果然的“自行由得我，官差急如火”，不够几日，到了新安县。问着陈商家里，送了家书，那承差飞马去了。正是：

只为千金书信，又成一段姻缘。

话说平氏拆开家信，果是丈夫笔迹，写道：

陈商再拜，贤妻平氏见字：别后襄阳遇盗，劫资杀仆。某受惊患病，见卧旧寓吕家，两月不愈。字到可央一的当⑤亲人，多带盘缠，速来看视。伏枕草草。

平氏看了，半信半疑，想道：“前番回家，亏折了千金赀本。据这件珍珠衫，一定是邪路上来的。今番又推被盗，多讨盘缠，怕是假话。”又想道：“他要个的当亲人，速来看视，必然病势利害。这话是真，也未可知。如今央谁人去好?”左思右想，放心不下。与父亲平老朝奉商议。收拾起细软家私，带了陈旺夫妇，就请父亲作伴，顾个船只，亲往襄阳看丈夫去。到得京口，平老朝奉痰火病发，央人送回去了。平氏引着男女，上水⑥前进。

不一日，来到枣阳城外，问着了旧主人吕家。原来十日前，陈大郎已故了。吕公赔些钱钞，将就入殓。平氏哭倒在地，良久方醒。慌忙换了孝服，再三向吕公说，欲待开棺一见，另买副好棺材，重新殓过。吕公执意不

---

① 隔县——邻县。

② 怯症——痨病。

③ 看觑(qù)——看望。

④ 承差——递送文书的官差。

⑤ 的当——妥当；恰当。

⑥ 上水——逆水。

肯。平氏没奈何,只得买木做个外棺包裹,请僧做法事超度,多焚冥资。吕公已自索了他二十两银子谢仪,随他闹吵,并不言语。

过了一月有余,平氏要选个好日子,扶柩而回。吕公见这妇人年少姿色,料是守寡不终,又且囊中有物,思想儿子吕二,还没有亲事,何不留住了他,完其好事,可不两便？吕公买酒请了陈旺,央他老婆委曲进言,许以厚谢。陈旺的老婆是个蠢货,那晓得什么委曲？不顾高低,一直的对主母说了。平氏大怒,把他骂了一顿,连打几个耳光子,连主人家也数落[1] 了几句。吕公一场没趣,敢怒而不敢言。正是:

羊肉馒头没的吃,空教惹得一身骚。

吕公便去撺掇陈旺逃走。陈旺也思量没甚好处了,与老婆商议,教他做脚,里应外合,把银两首饰,偷得罄尽,两口儿连夜走了。吕公明知其情,反埋怨平氏道:不该带这样歹人出来,幸而偷了自家主母的东西,若偷了别家的,可不连累人！又嫌这灵柩碍他生理,教他快些抬去。又道后生寡妇,在此住居不便,催促他起身。平氏被逼不过,只得别赁下一间房子住了。雇人把灵柩移来,安顿在内。这凄凉景象,自不必说。

间壁有个张七嫂,为人甚是活动。听得平氏啼哭,时常走来劝解。平氏又时常央他典卖几件衣服用度,极感其意。不够几月,衣服都典尽了。从小学得一手好针线,思量要到个大户人家,教习女红度日,再作区处。正与张七嫂商量这话,张七嫂道:"老身不好说得,这大户人家,不是你少年人走动的。死的没福自死了,活的还要做人。你后面日子正长哩,终不然做针线娘[2] 了得你下半世？况且名声不好,被人看得轻了。还有一件,这个灵柩,如何处置？也是你身上一件大事。便出赁房钱,终久是不了之局。"平氏道:"奴家也都虑到,只是无计可施了。"张七嫂道:"老身倒有一策,娘子莫怪我说。你千里离乡,一身孤寡,手中又无半钱,想要搬这灵柩回去,多是虚了。莫说你衣食不周,到底难守;便多守得几时,亦有何益？依老身愚见,莫若趁此青年美貌,寻个好对头,一夫一妇的,随了他去。得些财礼,就买块土来葬了丈夫,你的终身又有所托,可不生死无憾?"平氏见他说得近理,沉吟了一会,叹口气道:"罢,罢,奴家卖身葬夫,

---

① 数落——责骂;埋怨。

② 针线娘——富豪人家的专司缝纫的女佣人。

傍人也笑我不得。"张七嫂道:"娘子若定了主意时,老身现有个主儿在此。年纪与娘子相近,人物齐整,又是大富之家。"平氏道:"他既是富家,怕不要二婚的。"张七嫂道:"他也是续弦了,原对老身说:不拘头婚二婚,只要人才出众。似娘子这般丰姿,怕不中意。"原来张七嫂曾受蒋兴哥之托,央他访一头好亲。因是前妻三巧儿出色标致,所以如今只要访个美貌的。那平氏容貌,虽不及得三巧儿,论起手脚伶俐,胸中泾渭,又胜似他。

张七嫂次日就进城,与蒋兴哥说了。兴哥闻得是下路人,愈加欢喜。这里平氏分文财礼不要,只要买块好地殡葬丈夫要紧。张七嫂往来回复了几次,两相依允。

话休烦絮。却说平氏送了丈夫灵柩入土,祭奠毕了,大哭一场,免不得起灵除孝。临期,蒋家送衣饰过来,又将他典下的衣服都赎回了。成亲之夜,一般大吹大擂,洞房花烛。正是:

规矩熟闲虽旧事,恩情美满胜新婚。

蒋兴哥见平氏举止端庄,甚相敬重。一日,从外而来,平氏正在打叠衣箱,内有珍珠衫一件。兴哥认得了,大惊问道:"此衫从何而来?"平氏道:"这衫儿来得跷蹊。"便把前夫如此张致①,夫妻如此争嚷,如此赌气分别,述了一遍。又道:"前日艰难时,几番欲把他典卖,只愁来历不明,怕惹出是非,不敢露人眼目。连奴家至今,不知这物事那里来的。"兴哥道:"你前夫陈大郎名字,可叫做陈商?可是白净面皮,没有须,左手长指甲的么?"平氏道:"正是。"蒋兴哥把舌头一伸,合掌对天道:"如此说来,天理昭彰,好怕人也!"平氏问其缘故,蒋兴哥道:"这件珍珠衫,原是我家旧物。你丈夫奸骗了我的妻子,得此衫为表记。我在苏州相会,见了此衫,始知其情,回来把王氏休了。谁知你丈夫客死,我今续弦,但闻是徽州陈客之妻,谁知就是陈商!却不是一报还一报!"平氏听罢,毛骨竦然。从此恩情愈笃。这才是"蒋兴哥重会珍珠衫"的正话②。诗曰:

天理昭昭不可欺,两妻交易孰便宜?
分明欠债偿他利,百岁姻缘暂换时。

再说蒋兴哥有了管家娘子,一年之后,又往广东做买卖。也是合当有

---

① 张致——举止;样子。

② 正话——正题;正文。

事，一日到合浦县贩珠，价都讲定。主人家老儿，只拣一粒绝大的偷过了，再不承认。兴哥不忿[①]，一把扯他袖子要搜。何期去得势重，将老儿拖翻在地，跌下便不做声。忙去扶时，气已断了。儿女亲邻，哭的哭，叫的叫，一阵的簇拥将来，把兴哥捉住。不由分说，痛打一顿，关在空房里。连夜写了状词，只等天明，县主[②] 早堂[③]，连人进状。县主准了，因这日有公事，吩咐把凶身锁押，次日候审。

你道这县主是谁？姓吴名杰，南畿[④] 进士，正是三巧儿的晚老公。初选原在潮阳，上司因见他清廉，调在这合浦县采珠的所在来做官。是夜，吴杰在灯下将准过的状词细阅。三巧儿正在旁边闲看，偶见宋福所告人命一词，凶身罗德，枣阳县客人，不是蒋兴哥是谁！想起旧日恩情，不觉痛酸，哭告丈夫道："这罗德是贱妾的亲哥，出嗣在母舅罗家的。不期客边，犯此大辟。官人可看妾之面，救他一命还乡。"县主道："且看临审如何。若人命果真，教我也难宽宥。"三巧儿两眼噙泪，跪下苦苦哀求。县主道："你且莫忙，我自有道理。"明早出堂，三巧儿又扯住县主衣袖哭道："若哥哥无救，贱妾亦当自尽，不能相见了。"

当日县主升堂，第一就问这起。只见宋福、宋寿弟兄两个，哭啼啼的与父亲执命，禀道："因争珠怀恨，登时打闷，仆地身死。望爷爷做主。"县主问众干证[⑤] 口词，也有说打倒的，也有说推跌的。蒋兴哥辩道："他父亲偷了小人的珠子，小人不忿，与他争论。他因年老脚跸[⑥]，自家跌死，不干小人之事。"县主问宋福道："你父亲几岁了？"宋福道："六十七岁了。"县主道："老年人容易昏绝，未必是打。"宋福、宋寿坚执是打死的。县主道："有伤无伤，须凭检验。既说打死，将尸发在漏泽园[⑦] 去，俟晚堂听检。"原来宋家也是个大户，有体面的，老儿曾当过里长，儿子怎肯把父亲在尸场剔骨？两个双双叩头道："父亲死状，众目共见，只求爷爷到小人家里相

---

① 不忿——不平；不服气。

② 县主——知县。

③ 早堂——官府每日清晨卯时坐衙理事，受群吏参谒叫早堂。

④ 南畿——明代称南京附近地区为南畿。

⑤ 干证——与案件有关的证人。

⑥ 脚跸——跸，失误的意思。脚跸，脚下疏失；失足。

⑦ 漏泽园——官设的义冢。

验，不愿发检。”县主道：“若不见贴骨伤痕，凶身怎肯伏罪？没有尸格[①]，如何申得上司过？”弟兄两个只是求告，县主发怒道：“你既不愿检，我也难问。”慌的他弟兄两个连连叩头道：“但凭爷爷明断。”县主道：“望七[②]之人，死是本等[③]。倘或不因打死，屈害了一个平人[④]，反增死者罪过。就是你做儿子的，巴得父亲到许多年纪，又把个不得善终的恶名与他，心中何忍？但打死是假，推仆是真，若不重罚罗德，也难出你的气。我如今教他披麻戴孝，与亲儿一般行礼；一应殡殓之费，都要他支持。你可服么？”弟兄两个道：“爷爷吩咐，小人敢不遵依。”兴哥见县主不用刑罚，断得干净，喜出望外。当下原被告都叩头称谢。县主道：“我也不写审单[⑤]，着差人押出，待事完回话，把原词[⑥]与你销讫便了。”正是：

公堂造业真容易，要积阴功亦不难。

试看今朝吴大尹[⑦]，解冤释罪两家欢。

却说三巧儿自丈夫出堂之后，如坐针毡。一闻得退衙，便迎住问个消息。县主道：“我……如此如此断了，看你之面，一板也不曾责他。”三巧儿千恩万谢，又道：“妾与哥哥久别，渴思一会，问取爹娘消息。官人如何做个方便，使妾兄妹相见，此恩不小。”县主道：“这也容易。”看官们，你道三巧儿被蒋兴哥休了，恩断义绝，如何恁地用情？他夫妇原是十分恩爱的，因三巧儿做下不是，兴哥不得已而休之，心中兀自不忍；所以改嫁之夜，把十六只箱笼，完完全全的赠他。只这一件，三巧儿的心肠，也不容不软了。今日他身处富贵，见兴哥落难，如何不救？这叫做知恩报恩。

再说蒋兴哥遵了县主所断，着实小心尽礼，更不惜费，宋家弟兄都没话了。丧葬事毕，差人押到县中回复，县主唤进私衙赐坐，说道：“尊舅这场官司，若非令妹再三哀恳，下官几乎得罪了。”兴哥不解其故，回答不出。少停茶罢，县主请入内书房，教小夫人出来相见。你道这番意外相逢，不

---

① 尸格——验尸时填具的表格，也叫“验状”、“尸单”。

② 望七——将近七十岁。

③ 本等——本分；本来。

④ 平人——好人；无罪之人。

⑤ 审单——审判书。

⑥ 原词——原状。

⑦ 大尹——对知府、知县的尊称。

象个梦景么？他两个也不行礼，也不讲话，紧紧的你我相抱，放声大哭。就是哭爹哭娘，从没见这般哀惨，连县主在旁，好生不忍，便道："你两人且莫悲伤，我看你不象哥妹，快说真情，下官有处。"两个哭得半休不休的，那个肯说？却被县主盘问不过，三巧儿只得跪下，说道："贱妾罪当万死，此人乃妾之前夫也。"蒋兴哥料瞒不得，也跪下来，将从前恩爱，及休妻再嫁之事，一一诉知。说罢，两人又哭做一团，连吴知县也堕泪不止，道："你两人如此相恋，下官何忍拆开？幸然在此三年，不曾生育，即刻领去完聚。"两个插烛也似拜谢。

县主即忙讨个小轿，送三巧儿出衙；又唤集人夫，把原来赔嫁的十六个箱笼抬去，都教兴哥收领；又差典吏① 一员，护送他夫妇出境。——此乃吴知县之厚德。正是：

珠还合浦② 重生采，剑合丰城③ 倍有神。
堪羡吴公存厚道，贪财好色竟何人？

此人向来艰子④，后行取⑤ 到吏部，在北京纳宠，连生三子，科第不绝，人都说阴德之报，这是后话。

再说蒋兴哥带了三巧儿回家，与平氏相见。论起初婚，王氏在前；只因休了一番，这平氏到是明媒正娶，又且平氏年长一岁，让平氏为正房，王氏反做偏房。两个姊妹相称，从此一夫二妇，团圆到老。有诗为证：

恩爱夫妻虽到头，妻还作妾亦堪羞。
殃祥果报无虚谬，咫尺青天莫远求。

---

① 典吏——司、道、府、州、县衙门的属吏。

② 珠还合浦——典出《后汉书·孟尝传》。合浦郡（今广西合浦县东北）海中出珍珠，历来太守都贪得无厌，所以珍珠渐移往别处。后孟尝为太守，尽革前弊，珍珠复还。

③ 剑合丰城——晋代传说，张华望见丰城有剑气，乃以雷焕为丰城令，雷焕掘得双剑，一口送给张华，一口自佩。张华、雷焕死后，双剑入延平津复合，化为二龙。

④ 艰子——不生儿子。

⑤ 行取——地方官员调京另行授职。

第二卷　陈御史巧勘金钗钿

世事番腾似转轮，眼前凶吉未为真。

请看久久分明应，天道何曾负善人？

闻得老郎[①]们相传的说话，不记得何州甚县，单说有一人，姓金名孝，年长未娶。家中只有个老母，自家卖油为生。一日挑了油担出门，中途因里急，走上茅厕大解，拾得一个布裹肚[②]，内有一包银子，约莫有三十两。金孝不胜欢喜，便转担回家，对老娘说道："我今日造化，拾得许多银子。"老娘看见，到吃了一惊，道："你莫非做下歹事偷来的么？"金孝道："我几曾偷惯了别人的东西？却恁般说！早是[③]邻舍不曾听得哩。这裹肚，其实不知什么人遗失在茅坑旁边，喜得我先看见了，拾取回来。我们做穷经纪的人，容易得这主大财？明日烧个利市[④]，把来做贩油的本钱，不强似赊别人的油卖？"老娘道："我儿，常言道：'贫富皆由命。'你若命该享用，不生在挑油担的人家来了。依我看来，这银子虽非是你设心[⑤]谋得来的，也不是你辛苦挣来的。只怕无功受禄，反受其殃。这银子，不知是本地人的，远方客人的？又不知是自家的，或是借贷来的？一时间失脱了，抓寻[⑥]不见，这一场烦恼非小。连性命都失图[⑦]了，也不可知。曾闻古

---

① 老郎——这里是艺人们对本行中前辈的一种称呼。

② 裹肚——兜肚。宋代则称围腰巾为裹肚。

③ 早是——幸而；幸亏。

④ 烧利市——烧纸祭献福神。

⑤ 设心——居心；存心。

⑥ 抓寻——寻找。

⑦ 失图——丢掉；保不住。

人裴度还带积德[1],你今日原到拾银之处,看有甚人来寻,便引来还他原物,也是一番阴德,皇天必不负你。"

金孝是个本分的人,被老娘教训了一场,连声应道:"说得是,说得是。"放下银包裹肚,跑到那茅厕边去。只见闹嚷嚷的一丛人围着一个汉子,那汉子气忿忿的叫天叫地。金孝上前问其缘故。原来那汉子是他方客人,因登东[2],解脱了裹肚,失了银子,找寻不见。只道卸下茅坑,唤几个泼皮[3] 来,正要下去掏摸。街上人都拥着闲看。金孝便问客人道:"你银子有多少?"客人胡乱应道:"有四五十两。"金孝老实,便道:"可有个白布裹肚么?"客人一把扯住金孝,道:"正是,正是。是你拾着,还了我,情愿出赏钱。"众人中有快嘴的便道:"依着道理,平半分也是该的。"金孝道:"真个是我拾得,放在家里,你只随我去便有。"众人都想道:拾得钱财,巴不得瞒过了人,那曾见这个人到去寻主儿还他?也是异事。金孝和客人动身时,这伙人一哄都跟了去。

金孝到了家中,双手儿捧出裹肚,交还客人。客人捡出银包看时,晓得原物不动;只怕金孝要他出赏钱,又怕众人乔主张[4] 他平分,反使欺心,赖着金孝,道:"我的银子,原说有四五十两,如今只剩得这些。你匿过一半了,可将来还我!"金孝道:"我才拾得回来,就被老娘逼我出门,寻访原主还他,何曾动你分毫?"那客人赖定短少了他的银两,金孝负屈忿恨,一个头肘子撞去。那客人力大,把金孝一把头发提起,象只小鸡一般,放番[5] 在地,捻着拳头便要打。引得金孝七十岁的老娘,也奔出门前叫屈。众人都有些不平,似杀阵般嚷将起来。

恰好县尹相公在这街上过去,听得喧嚷,歇了轿,吩咐做公的拿来审问。众人怕事的,四散走开去了。也有几个大胆的,站在旁边看县尹相公

---

① 裴度还带积德:唐代裴度未发迹时,有一天游香山寺,拾到了两条玉带和一条犀带,这三条带是一个女人从别人处借来营救她那陷在狱中的父亲的。裴度问明后,把带还给失主。据迷信的说法他因这事积了德,所以后来一直做到宰相。

② 登东——上厕所。

③ 泼皮——无赖;流氓。

④ 乔主张——乱做主张。

⑤ 放番——弄倒;摔倒。

怎生断这公事。

却说做公的将客人和金孝母子拿到县尹面前，当街跪下，各诉其情。一边道："他拾了小人的银子，藏过一半不还。"一边道："小人听了母亲言语，好意还他，他反来图赖小人。"县尹问众人："谁做证见？"众人都上前禀道："那客人脱了银子，正在茅厕边抓寻不着，却是金孝自走来承认了，引他回去还他。这是小人们众目共睹。只银子数目多少，小人不知。"县令道："你两下不须争嚷，我自有道理。"教做公的带那一干人到县来。

县尹升堂，众人跪在下面。县尹教取裹肚和银子上来，吩咐库吏，把银子兑准①回复。库吏复道："有三十两。"县主又问客人道："你银子是许多？"客人道："五十两。"县主道："你看见他拾取的，还是他自家承认的？"客人道："实是他亲口承认的。"县主道："他若是要赖你的银子，何不全包都拿了？却止藏一半，又自家招认出来？他不招认，你如何晓得？可见他没有赖银之情了。你失的银子是五十两，他拾的是三十两，这银子不是你的，必然另是一个人失落的。"客人道："这银子实是小人的，小人情愿只领这三十两去罢。"县尹道："数目不同，如何冒认得去？这银两合断与金孝领去，奉养母亲；你的五十两，自去抓寻。"金孝得了银子，千恩万谢的，扶着老娘去了。那客人已经官断，如何敢争？只得含羞噙泪而去。众人无不称快。这叫做：

欲图他人，翻失自己。自己羞惭，他人欢喜。

看官，今日听我说"金钗钿"这桩奇事。有老婆的翻没了老婆，没老婆的翻得了老婆。只如金孝和客人两个，图银子的翻失了银子，不要银子的翻得了银子。事迹虽异，天理则同。

却说江西赣州府石城县，有个鲁廉宪②，一生为官清介，并不要钱，人都称为"鲁白水"。那鲁廉宪与同县顾佥事③ 累世通家。鲁家一子，双名学曾；顾家一女，小名阿秀，两下面约为婚。来往间亲家相呼，非止一日。因鲁奶奶病故，廉宪携着孩儿在于任所，一向迁延，不曾行得大礼。谁知廉宪在任，一病身亡。学曾扶柩回家，守制三年，家事愈加消乏，止存下几

---

① 兑准——兑，用天平称金银。兑准，即称准了。

② 廉宪——廉访使的俗称。

③ 佥事——官名。

间破房子,连口食都不周了。

顾佥事见女婿穷得不象样,遂有悔亲之意,与夫人孟氏商议道:"鲁家一贫如洗,眼见得六礼难备,婚娶无期;不若别求良姻,庶不误女儿终身之托。"孟夫人道:"鲁家虽然穷了,从幼许下的亲事,将何辞以绝之?"顾佥事道:"如今只差人去说男长女大,催他行礼。两边都是宦家,各有体面,说不得'没有'两个字,也要出得他的门,入的我的户。那穷鬼自知无力,必然情愿退亲。我就要了他休书,却不一刀两断?"孟夫人道:"我家阿秀性子有些古怪,只怕他倒不肯。"顾佥事道:"在家从父,这也由不得他。你只慢慢的劝他便了。"

当下孟夫人走到女儿房中,说知此情。阿秀道:"妇人之义,从一而终;婚姻论财,夷虏之道。爹爹如此欺贫重富,全没人伦,决难从命。"孟夫人道:"如今爹去催鲁家行礼,他若行不起礼,倒愿退亲,你只索罢休。"阿秀道:"说那里话!若鲁家贫不能聘,孩儿情愿守志① 终身,决不改适②。当初钱玉莲投江全节③,留名万古。爹爹若是见逼,孩儿就拼却一命,亦有何难!"孟夫人见女执性,又苦他,又怜他。心生一计:除非瞒过佥事,密地④ 唤鲁公子来,助他些东西,教他作速行聘,方成其美。

忽一日,顾佥事往东庄收租,有好几日担搁。孟夫人与女儿商量停当了,唤园公⑤ 老欧到来。夫人当面吩咐,教他去请鲁公子,后门相会,如此如此,"不可泄漏,我自有重赏。"老园公领命,来到鲁家。但见:

门如败寺,屋似破窑。窗槅离披,一任风声开闭;厨房冷落,绝无烟气蒸腾。颓墙漏瓦权栖足,只怕雨来;旧椅破床便当柴,也少火力。尽说宦家门户倒,谁怜清吏子孙贫?

说不尽鲁家穷处。

却说鲁学曾有个姑娘,嫁在梁家,离城将有十里之地。姑夫已死,止

---

① 守志——守节。

② 改适——适,旧指女子出嫁。改适即改嫁。

③ 钱玉莲投江全节——传说宋王十朋妻钱玉莲,继母逼其改嫁富人孙汝权,玉莲不从,自投于瓯江中。

④ 密地——悄悄地;暗暗地。

⑤ 园公——管园的林人。

存一子梁尚宾，新娶得一房好娘子，三口儿一处过活，家道粗足。这一日鲁公子恰好到他家借米去了，只有个烧火的白发婆婆在家。老管家只得传了夫人之命，教他作速寄信去请公子回来："此是夫人美情，趁这几日老爷不在家中，专等专等，不可失信。"嘱罢自去了。这里老婆子想道：此事不可迟缓，也不好转托他人传话。当初奶奶存日，曾跟到姑娘家去，有些影像在肚里。当下嘱咐邻人看门，一步一跌的问到梁家。梁妈妈正留着侄儿在房中吃饭，婆子向前相见，把老园公言语细细述了。姑娘道："此是美事。"撺掇侄儿快去。

鲁公子心中不胜欢喜，只是身上蓝缕，不好见得岳母，要与表兄梁尚宾借件衣服遮丑。原来梁尚宾是个不守本分的歹人，早打下欺心草稿，便答应道："衣服自有，只是今日进城，天色已晚了；宦家门墙，不知深浅，令岳母夫人虽然有话，众人未必尽知，去时也须仔细。凭着愚见，还屈贤弟在此草榻，明日只可早往，不可晚行。"鲁公子道："哥哥说得是。"梁尚宾道："愚兄还要到东村一个人家，商量一件小事，回来再得奉陪。"又嘱咐梁妈妈道："婆子走路辛苦，一发留他过宿，明日去罢。"妈妈也只道孩儿是个好意，真个把两人都留住了。谁知他是个奸计，只怕婆子回去时，那边老园公又来相请，露出鲁公子不曾回家的消息，自己不好去打脱冒① 了。正是：

　　欺天行当人难识，立地机关鬼不知。

梁尚宾背却公子，换了一套新衣，悄地出门，径投城中顾佥事家来。

却说孟夫人是晚教老园公开了园门伺候。看看日落西山，黑影里只见一个后生，身上穿得齐齐整整，脚儿走得慌慌张张，望着园门欲进不进的。老园公问道："郎君可是鲁公子么？"梁尚宾连忙鞠个躬应道："在下正是。因老夫人见召，特地到此，望乞通报。"老园公慌忙请到亭子中暂住，急急的进去，报与夫人。孟夫人就差个管家婆出来传话，请公子到内室相见。才下得亭子，又有两个丫鬟，提着两碗纱灯来接。弯弯曲曲行过多少房子，忽见朱楼画阁，方是内室。孟夫人揭起朱帘，秉烛而待。那梁尚宾一来是个小家出身，不曾见恁般富贵样子；二来是个村郎②，不通文墨；三

---

① 打脱冒——冒充；冒骗。

② 村郎——村，粗俗，土气。村郎，没有文化知识的粗人。

来自知假货，终是怀着个鬼胎，意气不甚舒展。上前相见时，跪拜应答，眼见得礼貌粗疏，语言涩滞。孟夫人心下想道："好怪！全不象宦家子弟。"一念又想道："常言'人贫智短'，他恁地贫困，如何怪得他失张失智①？"转了第二个念头，心下愈加可怜起来。

茶罢，夫人吩咐忙排夜饭，就请小姐出来相见。阿秀初时不肯，被母亲逼了两三次，想着：父亲有赖婚之意，万一如此，今宵便是永诀；若得见亲夫一面，死亦甘心。当下离了绣阁，含羞而出。孟夫人道："我儿过来见了公子，只行小礼罢。"假公子朝上连作两个揖，阿秀也福了两福，便要回步。夫人道："既是夫妻，何妨同坐。"便教他在自已肩下坐了。假公子两眼只瞧那小姐，见他生得端丽，骨髓里都发痒起来。这里阿秀只道见了真丈夫，低头无语，满腹栖惶，只饶得② 哭下一场。正是：真假不同，心肠各别。

少顷，饮馔已到，夫人教排做两桌，上面一桌请公子坐，打横一桌娘儿两个同坐。夫人道："今日仓卒奉邀，只欲周旋公子姻事，殊不成礼，休怪休怪。"假公子刚刚谢得个"打搅"二字，面皮都急得通红了。席间夫人把女儿守志一事，略叙一叙。假公子应了一句，缩了半句。夫人也只认他害羞，全不为怪。那假公子在席上自觉局促，本是能饮的，只推量窄，夫人也不强他。又坐了一回，夫人吩咐收拾铺陈在东厢下，留公子过夜。假公子也假意作别要行，夫人道："彼此至亲，何拘形迹？我母子还有至言相告。"假公子心中暗喜。只见丫鬟来禀，东厢内铺设已完，请公子安置。假公子作揖谢酒，丫鬟掌灯送到东厢去了。

夫人唤女儿进房，赶去侍婢，开了箱笼，取出私房银子八十两，又银杯二对，金首饰一十六件，约值百金，一手交付女儿，说道："做娘的手中只有这些，你可亲去交与公子，助他行聘完婚之费。"阿秀道："羞答答如何好去？"夫人道："我儿，礼有经权③，事有缓急。如今尴尬之际，不是你亲去嘱咐，把夫妻之情打动他，他如何肯上紧④？穷孩子不知世事，倘或与外

① 失张失智——惊慌失措；失神落魄。

② 只饶得——只剩；只欠。

③ 经权——遵守常规与灵活变通。

④ 上紧——抓紧；用心。

人商量，被人哄诱，把东西一时花了，不枉了做娘的一片用心？那时悔之何及！这东西也要你袖里藏去，不可露人眼目。”阿秀听了这一班道理，只得依允，便道：“娘，我怎好自去？”夫人道：“我教管家婆跟你去。”当下唤管家婆来到，吩咐他只等夜深，密地送小姐到东厢，与公子叙话。又附耳道：“送到时，你只在门外等候，省得两下碍眼，不好交谈。”管家婆已会其意了。

再说假公子独坐在东厢，明知有个跷蹊缘故，只是不睡。果然一更之后，管家婆捱门而进，报道：“小姐自来相会。”假公子慌忙迎接，重新叙礼。有这等事：那假公子在夫人前一个字也讲不出，及至见了小姐，偏会温存絮话！这里小姐，起初害羞，遮遮掩掩。今番背却夫人，一般也老落[①] 起来。两个你问我答，叙了半晌。阿秀话出衷肠，不觉两泪交流。那假公子也装出捶胸叹气，揩眼泪缩鼻涕，许多丑态。又假意解劝小姐，抱持绰趣[②]，尽他受用。管家婆在房门外，听见两下悲泣，连累他也恓惶，堕下几点泪来。谁知一边是真，一边是假。阿秀在袖中摸出银两首饰，递与假公子，再三嘱咐，自不必说。假公子收过了，便一手抱住小姐把灯儿吹灭，苦要求欢。阿秀怕声张起来，被丫鬟们听见了，坏了大事，只得勉从。有人作《如梦令》词云：

可惜名花一朵，绣幞深闺藏护。不遇探花郎，抖被狂蜂残破。错误，错误！怨杀东风吩咐。

常言：“事不三思，终有后悔。”孟夫人要私赠公子，玉成亲事，这是锦片的一团美意，也是天大的一桩事情，如何不教老园公亲见公子一面？及至假公子到来，只合当面嘱咐一番，把东西赠他，再教老园公送他回去，看个下落，万无一失。千不合，万不合，教女儿出来相见，又教女儿自往东厢叙话，这分明放一条方便路，如何不做出事来？莫说是假的，就是真的，也使不得，枉做了一世牵扳[③] 的话柄。这也算做姑息之爱，反害了女儿的终身。

闲话休提。且说假公子得了便宜，放松那小姐去了。五鼓时，夫人教

---

① 老落——老练；自在。

② 绰趣——逗趣；取乐。

③ 牵扳——拉扯闲谈。

丫鬟催促起身梳洗，用些茶汤点心之类。又嘱咐道："拙夫不久便回，贤婿早做准备，休得怠慢。"假公子别了夫人，出了后花园门，一头走一头想道："我白白里骗了一个宦家闺女，又得了许多财帛，不曾露出马脚，万分侥幸。只是今日鲁家又来，不为全美。听得说顾佥事不久便回，我如今再担搁他一日，待明日才放他去。若得顾佥事回来，他便不敢去了，这事就十分干净了。"计较已定，走到个酒店上自饮三杯，吃饱了肚里，直延挨到午后方才回家。

鲁公子正等得不耐烦，只为没有衣服，转身不得。姑娘也焦燥① 起来，教庄家往东村寻取儿子，并无踪迹。走向媳妇田氏房前问道："儿子衣服有么？"田氏道："他自己捡在箱里，不曾留得钥匙。"原来田氏是东村田贡元② 的女儿，到有十分颜色，又且通书达礼。田贡元原是石城县中有名的一个豪杰，只为一个有司官与他做对头，要下手害他，却是梁尚宾的父亲与他舅子鲁廉宪说了，廉宪也素闻其名，替他极口分辩，得免其祸。因感激梁家之恩，把这女儿许他为媳。那田氏象了父亲，也带三分侠气，见丈夫是个蠢货，又且不干好事，心下每每不说，开口只叫做"村郎"。以此夫妇两不和顺，连衣服之类，都是那"村郎"自家收拾，老婆不去管他。

却说姑侄两个正在心焦，只见梁尚宾满脸春色回家。老娘便骂道："兄弟在此专等你的衣服，你却在那里噇③ 酒，整夜不归？又没寻你去处！"梁尚宾不回娘话，一径到自己房中，把袖里东西都藏过了，才出来对鲁公子道："偶为小事缠住身子，担搁了表弟一日，休怪休怪。今日天色又晚了，明日回宅罢。"老娘骂道："你只顾把件衣服借与做兄弟的，等他自己干正务，管他今日明日！"鲁公子道："不但衣服，连鞋袜都要告借。"梁尚宾道："有一双青段子鞋在间壁皮匠家尣底④，今晚催来，明日早奉穿去。"鲁公子没奈何，只得又住了一宿。

到明朝，梁尚宾只推头疼，又睡个日高三丈。早饭都吃过了，方才起身，把道袍、鞋、袜慢慢的逐件搬将出来，无非要延捱时刻，误其美事。鲁

① 焦燥——燥，通躁。着急而烦躁。
② 贡元——对贡生的一种尊称。
③ 噇——没有节制地吃喝。
④ 尣(zhǎng)底——上鞋底。

公子不敢就穿，又借个包袱儿包好，付与老婆子拿了。姑娘收拾一包白米和些瓜菜之类，唤个庄客送公子回去，又嘱咐道："若亲事就绪，可来回复我一声，省得我牵挂。"鲁公子作揖转身，梁尚宾相送一步，又说道："兄弟你此去须是仔细，不知他意儿好歹，真假如何。依我说，不如只往前门硬挺着身子进去，怕不是他亲女婿，赶你出来？又且他家差老园公请你，有凭有据，须不是你自轻自贱。他有好意，自然相请；若是翻转脸来，你拚得与他诉落① 一场，也教街坊上人晓得。倘到后园旷野之地，被他暗算，你却没有个退步。"鲁公子又道："哥哥说得是。"正是：

背后害他当面好，有心人对没心人。

鲁公子回到家里，将衣服鞋袜装扮起来。只有头巾分寸不对，不曾借得。把旧的脱将下来，用清水摆净，教婆子在邻舍家借个熨斗，吹些火来熨得直直的；有些磨坏的去处，再把些饭儿粘得硬硬的，墨儿涂得黑黑的。只是这顶巾，也弄了一个多时辰，左带右带，只怕不正。教婆子看得件件停当了，方才移步径投顾佥事家来。门公认是生客，回道："老爷东庄去了。"鲁公子终是宦家的子弟，不慌不忙的说道："可通报老夫人，说道：鲁某在此。"门公方知是鲁公子，却不晓得来情，便道："老爷不在家，小人不敢乱传。"鲁公子道："老夫人有命，唤我到来。你去通报自知，须不连累你们。"门公传话进去，禀说："鲁公子在外要见，还是留他进来，还是辞他？"

孟夫人听说，吃了一惊。想：他前日去得，如何又来？且请到正厅坐下。先教管家婆出去，问他有何话说。管家婆出来瞧了一瞧，慌忙转身进去，对老夫人道："这公子是假的，不是前夜的脸儿。前夜是胖胖儿的，黑黑儿的；如今是白白儿的，瘦瘦儿的。"夫人不信道："有这等事！"亲到后堂，从帘内张看，果然不是了。孟夫人心上委决不下，教管家婆出去，细细把家事盘问，他答来一字无差。孟夫人初见假公子之时，心中原有些疑惑；今番的人才清秀，语言文雅，倒象真公子的样子。再问他今日为何而来，答道："前蒙老园公传语呼唤，因鲁某羁滞乡间，今早才回，特来参谒，望恕迟误之罪。"夫人道："这是真情无疑了。只不知前夜打脱冒的冤家，又是那里来的？"慌忙转身进房，与女儿说其缘故，又道："这都是做爹的不存天理，害你如此，悔之不及！幸而没人知道，往事不须提起了。如今女

---

① 诉落——数责；理论；争吵。

婿在外，是我特地请来的，无物相赠，如之奈何？”正是：

只因一着错，满盘都是空。

阿秀听罢，呆了半晌。那时一肚子情怀，好难描写：说慌又不是慌，说羞又不是羞，说恼又不是恼，说苦又不是苦。分明似乱针刺体，痛痒难言。喜得他志气过人，早有了三分主意，便道：“母亲且与他相见，我自有道理。”孟夫人依了女儿言语，出厅来相见公子。公子掇一把校椅①，朝上放下：“请岳母大人上坐，待小婿鲁某拜见。”孟夫人谦让了一回，从旁站立，受了两拜，便教管家婆扶起看坐。公子道：“鲁某只为家贫，有缺礼数。蒙岳母大人不弃，此恩生死不忘。”夫人自觉惶愧，无言可答。忙教管家婆把厅门掩上，请小姐出来相见。

阿秀站住帘内，如何肯移步。只教管家婆传语道：“公子不该担搁乡间，负了我母子一片美意。”公子推故道：“某因患病乡间，有失奔趋。今方践约，如何便说相负？”阿秀在帘内回道：“三日以前，此身是公子之身；今迟了三日，不堪伏侍巾栉，有玷清门。便是金帛之类，亦不能相助了。所存金钗二股，金钿一对，聊表寸意。公子宜别选良姻，休得以妾为念。”管家婆将两般首饰递与公子，公子还疑是悔亲的说话，那里肯收。阿秀又道：“公子但留下，不久自有分晓②。公子请快转身，留此无益。”说罢，只听得哽哽咽咽的哭了进去。

鲁学曾愈加疑惑，向夫人发作道：“小婿虽贫，非为这两件首饰而来。今日小姐似有决绝之意，老夫人如何不出一语？既如此相待，又呼唤鲁某则甚？”夫人道：“我母子并无异心。只为公子来迟，不将姻事为重，所以小女心中愤怨，公子休得多疑。”鲁学曾只是不信，叙起父亲存日许多情分，“如今一死一生，一贫一富，就忍得改变了？鲁某只靠得岳母一人做主，如何三日后，也生退悔之心？”唠唠叨叨的说个不休。孟夫人有口难辩，倒被他缠住身子，不好动身。

忽听得里面乱将起来。丫鬟气喘喘的奔来报道：“奶奶，不好了！快来救小姐！”吓得孟夫人一身冷汗，巴不得再添两只脚在肚下。管家婆扶着左腋，跑到绣阁，只见女儿将罗帕一幅，缢死在床上。急急解救时，气已

---

① 校椅——可以折叠的轻便坐具。

② 分晓——明白；清楚。

绝了，叫唤不醒，满房人都哭起来。鲁公子听小姐缢死，还道是做成的圈套，撚[①]他出门，兀自在厅中嚷刮[②]。孟夫人忍着疼痛，传话请公子进来。公子来到绣阁，只见牙床锦被上，直挺挺躺着个死小姐。夫人哭道："贤婿，你今番认一认妻子。"公子当下如万箭攒心，放声大哭。夫人道："贤婿，此处非你久停之所，怕惹出是非，贻累不小，快请回罢。"教管家婆将两般首饰，纳在公子袖中，送他出去。鲁公子无可奈何，只得挹泪出门去了。

这里孟夫人一面安排入殓，一面东庄去报顾佥事回来。只说女儿不愿停婚[③]，自缢身死。顾佥事懊悔不迭[④]，哭了一场，安排成丧出殡不题。后人有诗赞阿秀云：

死生一诺重千金，谁料奸谋祸穽深？
三尺红罗报夫主，始知污体不污心。

却说鲁公子回家看了金钗钿，哭一回，叹一回，疑一回，又解一回，正不知什么缘故，也只是自家命薄所致耳。过了一晚，次日把借来的衣服鞋袜，依旧包好，亲到姑娘家去送还。梁尚宾晓得公子到来，到躲了出去。公子见了姑娘，说起小姐缢死一事，梁妈妈连声感叹，留公子酒饭去了。

梁尚宾回来，问道："方才表弟到此，说曾到顾家去不曾？"梁妈妈道："昨日去的，不知甚么缘故，那小姐嗔怪他来迟三日，自缢而死。"梁尚宾不觉失口叫声："呵呀，可惜好个标致小姐！"梁妈妈道："你那里见来？"梁尚宾遮掩不来，只得把自己打脱冒事，述了一遍。梁妈妈大惊，骂道："没天理的禽兽，做出这样勾当！你这房亲事还亏母舅作成你的，你今日恩将仇报，反去破坏了做兄弟的姻缘，又害了顾小姐一命，汝心何安？"千禽兽，万禽兽，骂得梁尚宾开口不得。走到自己房中，田氏闭了房门，在里面骂道："你这样不义之人，不久自有天报，休想善终！从今你自你，我自我，休得来连累人！"梁尚宾一肚气，正没出处。又被老婆诉说，一脚跌[⑤]开房门，揪了老婆头发便打。又是梁妈妈走来，喝了儿子出去。田氏捶胸大哭，要

---

① 撚(niǎn，同撵)——驱逐；赶走。

② 嚷刮——喊叫；吵闹。

③ 停婚——把原来的婚事搁起。

④ 不迭——不及。

⑤ 跌(diē)——蹬。

死要活。梁妈妈劝他不住，唤个小轿抬回娘家去了。

梁妈妈又气又苦，又受了惊，又愁事迹败露，当晚一夜不睡，发寒发热。病了七日，呜呼哀哉。田氏闻得婆婆死了，特来奔丧带孝。梁尚宾旧愤不息，便骂道："贼泼妇！只道你住在娘家一世，如何又有回家的日子？"两下又争闹起来。田氏道："你干了亏心的事，气死了老娘，又来消遣①我！我今日若不是婆死，永不见你村郎之面！"梁尚宾道："怕断了老婆种，要你这泼妇见我！只今日便休了你去，再莫上门！"田氏道："我宁可终身守寡，也不愿随你这样不义之徒。若是休了到得干净，回去烧个利市。"梁尚宾一向夫妻无缘，到此说了尽头话，瘪一口气②，真个就写了离书手印，付与田氏。田氏拜别婆婆灵位，哭了一场，出门而去。正是：

有心去调他人妇，无福难招自己妻。
可惜田家贤慧女，一场相骂便分离。

话分两头。再说孟夫人追思女儿，无日不哭。想道：信是老欧寄去的，那黑胖汉子，又是老欧引来的，若不是通同作弊，也必然漏泄他人了。等丈夫出门拜客，唤老欧到中堂，再三讯问。却说老欧传命之时，其实不曾泄漏，是鲁学曾自家不合借衣，惹出来的奸计。当夜来的是假公子，三日后来的是真公子，孟夫人肚里明明晓得有两个人，那老欧肚里还自认做一个人，随他分辩，如何得明白？夫人大怒，喝教手下把他拖翻在地，重责三十板子，打得皮开血喷。

顾佥事一日偶到园中，叫老园公扫地，听说被夫人打坏，动掸不得。教人扶来，问其缘故。老欧将夫人差去约鲁公子来家，及夜间房中相会之事，一一说了。顾佥事大怒道："原来如此！"便叫打轿，亲到县中，与知县诉知其事，要将鲁学曾抵偿女儿之命。知县教补了状词，差人拿鲁学曾到来，当堂审问。鲁公子是老实人，就把实情细细说了："见有金钗钿两般，是他所赠；其后园私会之事，其实没有。"知县就唤园公老欧对证。这老人家两眼模糊，前番黑夜里认假公子的面庞不真，又且今日家主吩咐了说话，一口咬定鲁公子，再不松放。知县又徇了顾佥事人情，着实用刑拷打。鲁公子吃苦不过，只得招道："顾奶奶好意相唤，将金钗钿助为聘资。偶见

---

① 消遣——此处指捉弄；对付。

② 瘪(biē)口气——赌口气。

阿秀美貌,不合辄起淫心,强逼行奸。到第三日,不合又往,致阿秀羞愤自缢。"知县录了口词,审得鲁学曾与阿秀空言议婚,尚未行聘过门,难以夫妻而论。既因奸致死,合依威逼律问绞。一面发在死囚牢里,一面备文书申详上司。孟夫人闻知此信大惊,又访得他家,只有一个老婆子也吓得病倒,无人送饭,想起:"这事与鲁公子全没相干,到是我害了他。"私下处些银两,吩咐管家婆央人替他牢中使用,又屡次劝丈夫保全公子性命,顾佥事愈加忿怒。石城县把这件事当做新闻,沿街传说。正是:

好事不出门,恶事行千里。

顾佥事为这声名不好,必欲置鲁学曾于死地。

再说有个陈濂御史,湖广籍贯,父亲与顾佥事是同榜进士,以此顾佥事叫他是年侄。此人少年聪察,专好辨冤析枉,其时正奉差巡按江西。未入境时,顾佥事先去嘱托此事。陈御史口虽领命,心下不以为然。莅任三日,便发牌① 按临赣州,吓得那一府官吏尿流屁滚。审录日期,各县将犯人解进。陈御史审到鲁学曾一起,阅了招词,又把金钗钿看了,叫鲁学曾问道:"这金钗钿是初次与你的么?"鲁学曾道:"小人只去得一次,并无二次。"御史道:"招上说三日后又去,是怎么说?"鲁学曾口称"冤枉",诉道:"小人的父亲存日,定下顾家亲事。因父亲是个清官,死后家道消乏,小人无力行聘。岳父顾佥事欲要悔亲,是岳母不肯,私下差老园公来唤小人去,许赠金帛。小人羁身在乡,三日后方去。那日只见得岳母,并不曾见小姐之面,这奸情是屈招的。"御史道:"既不曾见小姐,这金钗钿何人赠你?"鲁学曾道:"小姐立在帘内,只责备小人来迟误事,莫说婚姻,连金帛也不能相赠了,这金钗钿权留个忆念。小人还只认做悔亲的话,与岳母争辩。不期小姐房中缢死,小人至今不知其故。"御史道:"恁般说,当夜你不曾到后园去了。"鲁学曾道:"实不曾去。"御史想了一回:若特地唤去,岂止赠他钗钿二物?想阿秀抱怨口气,必然先有人冒去东西,连奸骗都是有的,以致羞愤而死。便叫老欧问道:"你到鲁家时,可曾见鲁学曾么?"老欧道:"小人不曾面见。"御史道:"既不曾面见,夜间来的你如何就认得是他?"老欧道:"他自称鲁公子,特来赴约,小人奉主母之命,引他进见的,怎赖得没有?"御史道:"相见后,几时去的?"老欧道:"闻得里面夫人留酒,又

---

① 发牌——官员上路,必发牌先行,宋时称为先牌,明清之间叫作起马牌。

赠他许多东西,五更时去的。"鲁学曾又叫屈起来。御史喝住了,又问老欧:"那鲁学曾第二遍来,可是你引进的?"老欧道:"他第二遍是前门来的,小人并不知。"御史道:"他第一次如何不到前门,却到后园来寻你?"老欧道:"我家奶奶着小人寄信,原教他在后园来的。"御史唤鲁学曾问道:"你岳母原教你到后园来,你却如何往前门去?"鲁学曾道:"他虽然相唤,小人不知意儿真假,只怕园中旷野之处,被他暗算,所以径奔前门,不曾到后园去。"御史想来,鲁学曾与园公,分明是两样说话,其中必有情弊。御史又指着鲁学曾问老欧道:"那后园来的,可是这个嘴脸,你可认得真么?不要胡乱答应。"老欧道:"昏黑中小人认得不十分真,象是这个脸儿。"御史道:"鲁学曾既不在家,你的信却寄与何人的?"老欧道:"他家只有个老婆婆,小人对他说的,并无闲人在旁。"御史道:"毕竟还对何人说来?"老欧道:"并没第二个人知觉。"御史沉吟半晌,想道:"不究出根由,如何定罪?怎好回复老年伯?"又问鲁学曾道:"你说在乡,离城多少?家中几时寄到的信?"鲁学曾道:"离北门外只十里,是本日得信的。"御史拍案叫道:"鲁学曾,你说三日后方到顾家,是虚情了。既知此信,有恁般好事,路又不远,怎么迟延三日?理上也说不去!"鲁学曾道:"爷爷息怒,小人细禀:小人因家贫,往乡间姑娘家借米。闻得此信,便欲进城。怎奈衣衫蓝缕,与表兄借件遮丑,已蒙许下。怎奈这日他有事出去,直到明晚方归。小人专等衣服,所以迟了两日。"御史道:"你表兄晓得你借衣服的缘故不?"鲁学曾道:"晓得的。"御史道:"你表兄何等人?叫甚名字?"鲁学曾道:"名唤梁尚宾,庄户人家。"御史听罢,喝散众人,明日再审。正是:

如山巨笔难轻判,似佛慈心待细参。
公案见成翻者少,覆盆何处不冤含?

次日,察院① 小开门,挂一面宪牌② 出来。牌上写道:

"本院偶染微疾,各官一应公务,俱候另示施行。
本月　　日"

府县官朝暮问安,自不必说。

话分两头。再说梁尚宾自闻鲁公子问成死罪,心下到宽了八分。一

① 察院——都察院的简称。
② 宪牌——此指官府的告示牌。

日，听得门前喧嚷，在壁缝张看时，只见一个卖布的客人，头上带一顶新孝头巾，身穿旧白布道袍，口内打江西乡谈①，说是南昌府人，在此贩布买卖。闻得家中老子身故，星夜要赶回。存下几百匹布，不曾发脱②，急切要投个主儿，情愿让些价钱。众人中有要买一匹的，有要两匹三匹的，客人都不肯，道："恁地零星卖时，再几时还不得动身。那个财主家一总③脱去，便多让他些也罢。"梁尚宾听了多时，便走出门来问道："你那客人存下多少布？值多少本钱？"客人道："有四百余匹，本钱二百两。"梁尚宾道："一时间那得个主儿？须是肯折④些，方有人贪你。"客人道："便折十来两，也说不得。只要快当⑤，轻松了身子，好走路。"梁尚宾看了布样，又到布船上去翻复细看，口里只夸："好布，好布！"客人道："你又不做个要买的，只管翻乱了我的布包，担搁人的生意。"梁尚宾道："怎见得我不象个买的？"客人道："你要买时，借银子来看。"梁尚宾道："你若加二⑥肯折，我将八十两银子，替你出脱了一半。"客人道："你也是呆话，做经纪的，那里折得起加二？况且只用一半，这一半我又去投谁？一般样担搁了。我说不象要买的！"又冷笑道："这北门外许多人家，就没个财主，四百匹布便买不起！罢，罢，摇到东门寻主儿去。"梁尚宾听说，心中不忿，又见价钱相因⑦，有些出息，放他不下。便道："你这客人好欺负人！我偏要都买了你的，看如何？"客人道："你真个都买我的，我便让你二十两。"梁尚宾定要折四十两，客人不肯。众人道："客人，你要紧脱货，这位梁大官，又是贪便宜的，依我们说，从中酌处，一百七十两，成了交易罢。"客人初时也不肯，被众人劝不过，道："罢，这十两银子，奉承列位面上。快些把银子兑过，我还要连夜赶路。"梁尚宾道："银子凑不来许多，有几件首饰，可用得着么？"客人道："首饰也就是银子，只要公道作价。"梁尚宾邀入客坐⑧，将银子和两

---

① 打乡谈——说家乡话；操方言。
② 发脱——卖掉。
③ 一总——全部；总共。
④ 折——亏损。
⑤ 快当——迅速；干脆。
⑥ 加二——就是二成。
⑦ 相因——便宜。
⑧ 客坐——客堂；客厅。

对银钟，共兑准了一百两；又金首饰尽数搬来，众人公同估价，勾了七十两之数。与客收讫，交割了布匹。梁尚宾看这场交易，尽有便宜，欢喜无限。正是：

贪痴无底蛇吞象，祸福难明螳捕蝉。

原来这贩布的客人，正是陈御史装的。他托病关门，密密吩咐中军官① 聂千户②，安排下这些布匹，先雇下小船，在石城县伺候。他悄地带个门子③ 私行到此，聂千户就扮做小郎跟随，门子只做看船的小厮，并无人识破，这是做官的妙用。

却说陈御史下了小船，取出见成写就的宪牌填上梁尚宾名字，就着聂千户密拿。又写书一封，请顾佥事，到府中相会。比及御史回到察院，说病好开门，梁尚宾已解到了，顾佥事也来了。御史忙教摆酒后堂，留顾佥事小饭。

坐间，顾佥事又提起鲁学曾一事。御史笑道："今日奉屈老年伯到此，正为这场公案，要剖个明白。"便教门子开了护书匣④，取出银钟二对，及许多首饰，送与顾佥事看。顾佥事认得是家中之物，大惊问道："那里来的？"御史道："令爱小姐致死之由，只在这几件东西上。老年伯请宽坐，容小侄出堂，问这起数与老年伯看，释此不决之疑。"

御史吩咐开门，仍唤鲁学曾一起复审。御史且教带在一边，唤梁尚宾当面⑤。御史喝道："梁尚宾，你在顾佥事家，干得好事！"梁尚宾听得这句，好似青天里闻了个霹雳，正要硬着嘴分辩。只见御史教门子把银钟、首饰与他认赃，问道："这些东西那里来的？"梁尚宾抬头一望，那御史正是卖布的客人，唬得顿口无言，只叫："小人该死。"御史道："我也不动夹棍，你只将实情写供状来。"梁尚宾料赖不过，只得招称了。你说招词怎么写来？有词名《锁南枝》一只为证：

写供状，梁尚宾。只因表弟鲁学曾，岳母念他贫，约他助行聘。为

---

① 中军官——掌兵权者手下的首领官。

② 千户——宋元明卫所之官，率兵一千人，世袭。

③ 门子——官员的侍从。

④ 护书匣——放书札、柬帖的小匣子。

⑤ 当面——对面；见面。此指过堂、见官。

借衣服知此情，不合使欺心，缓他行。乘昏黑，假学曾，园公引入内室门，见了孟夫人，把金银厚相赠。因留宿，有了奸骗情。三日后学曾来，将小姐送一命。

御史取了招词，唤园公老欧上来："你仔细认一认，那夜间园上假装鲁公子的，可是这个人？"老欧睁开两眼看了，道："爷爷，正是他。"御史喝教皂隶，把梁尚宾重责八十，将鲁学曾枷杻打开，就套在梁尚宾身上。合依强奸论斩，发本县监候处决。布四百匹，追出，仍给铺户取价还库。其银两、首饰，给与老欧领回。金钗、金钿，断还鲁学曾。俱释放宁家①。鲁学曾拜谢活命之恩。正是：

奸如明镜照，恩喜覆盆开。

生死俱无憾，神明御史台。

却说顾佥事在后堂，听了这番审录，惊骇不已。候御史退堂，再三称谢道："若非老公祖神明烛照，小女之冤，几无所伸矣。但不知银两、首饰，老公祖何由取到？"御史附耳道："小侄……如此如此。"顾佥事道："妙哉！只是一件，梁尚宾妻子，必知其情，寒家首饰，定然还有几件在彼，再望老公祖一并逮问。"御史道："容易。"便行文书，仰石城县提梁尚宾妻严审，仍追余赃回报。顾佥事别了御史自回。

却说石城县知县见了察院文书，监中取出梁尚宾问道："你妻子姓甚？这一事曾否知情？"梁尚宾正怀恨老婆，答应道："妻田氏，因贪财物，其实同谋的。"知县当时佥禀差人提田氏到官。

话分两头。却说田氏父母双亡，只在哥嫂身边，针指度日。这一日，哥哥田重文正在县前，闻知此信，慌忙奔回，报与田氏知道。田氏道："哥哥休慌，妹子自有道理。"当时带了休书上轿，径抬到顾佥事家，来见孟夫人。夫人发一个眼花，分明看见女儿阿秀进来。及至近前，却是个蓦生②标致妇人，吃了一惊，问道："是谁？"田氏拜倒在地，说道："妾乃梁尚宾之妻田氏，因恶夫所为不义，只恐连累，预先离异了。贵宅老爷不知，求夫人救命。"说罢，就取出休书呈上。

夫人正在观看，田氏忽然扯住夫人衫袖，大哭道："母亲，俺爹害得我

① 宁家——回家。

② 蓦生——陌生。

好苦也!”夫人听得是阿秀的声音,也哭起来。便叫道:“我儿,有甚话说?”只见田氏双眸紧闭,哀哀的哭道:“孩儿一时错误,失身匪人,羞见公子之面,自缢身亡,以守贞性。何期爹爹不行细访,险些反害了公子性命。幸得暴白了,只是他无家无室,终是我母子担误了他。母亲若念孩儿,替爹爹说声,周全其事,休绝了一脉姻亲。孩儿在九泉之下,亦无所恨矣。”说罢,跌倒在地。夫人也哭昏了。

管家婆和丫鬟、养娘① 都团聚将来,一齐唤醒。那田氏还呆呆的坐地,问他时全然不省。夫人看了田氏,想起女儿,重复哭起,众丫鬟劝住了。夫人悲伤不已,问田氏:“可有爹娘?”田氏回说:“没有。”夫人道:“我举眼无亲,见了你,如见我女儿一般。你做我的义女肯么?”田氏拜道:“若得伏侍夫人,贱妾有幸。”夫人欢喜,就留在身边了。

顾佥事回家,闻说田氏先期离异,与他无干,写了一封书帖,和休书送与县官,求他免提,转回察院。又见田氏贤而有智,好生敬重,依了夫人收为义女。夫人又说起女儿阿秀负魂② 一事,他千叮万嘱,休绝了鲁家一脉姻亲。如今田氏少艾③,何不就招鲁公子为婿?以续前姻。顾佥事见鲁学曾无辜受害,甚是懊悔。今番夫人说话有理,如何不依?只怕鲁公子生疑,亲到其家,谢罪过了,又说续亲一事。鲁公子再三推辞不过,只得允从。就把金钗钿为聘,择日过门成亲。

原来顾佥事在鲁公子面前,只说过继的远房侄女;孟夫人在田氏面前,也只说赘个秀才,并不说真名真姓。到完婚以后,田氏方才晓得就是鲁公子,公子方才晓得就是梁尚宾的前妻田氏。自此夫妻两口和睦,且是十分孝顺。顾佥事无子,鲁公子承受了他的家私,发愤攻书。顾佥事见他三场通透,送入国子监,连科及第。所生二子,一姓鲁,一姓顾,以奉两家宗祀。梁尚宾子孙遂绝。诗曰:

一夜欢娱害自身,百年姻眷属他人。
世间用计行奸者,请看当时梁尚宾。

---

① 养娘——婢女。
② 负魂——死人的魂魄附在活人身上,叫负魂,这是古人的一种迷信。
③ 少艾——年轻美丽。

第三卷　新桥市韩五卖春情

情宠娇多不自由，骊山举火戏诸侯。

只知一笑倾人国，不觉胡尘满玉楼。

这四句诗，是胡曾①《咏史诗》，专道着昔日周幽王宠一个妃子，名曰褒姒，千方百计的媚他。因要取褒姒一笑，向骊山之上，把与诸侯为号的烽火烧起来。诸侯只道幽王有难，都举兵来救。及到幽王殿下，寂然无事。褒姒呵呵大笑。后来犬戎起兵来攻，诸侯皆不来救，犬戎遂杀幽王于骊山之下。又春秋时，有个陈灵公，私通于夏征舒之母夏姬，与其臣孔宁、仪行父日夜往其家，饮酒作乐。征舒心怀愧恨，射杀灵公。后来六朝时，陈后主宠爱张丽华、孔贵嫔，自制《后庭花》曲，姱美其色，沉湎淫逸，不理国事。被隋兵所追，无处躲藏，遂同二妃投入井中，为隋将韩擒虎所获，遂亡其国。诗云：

欢娱夏厩② 忽兴戈，眢井③ 犹闻《玉树》歌。

试看二陈同一律，从来亡国女戎多。

当时隋炀帝，也宠萧妃之色。要看扬州景，用麻叔度为帅，起天下民夫百万，开汴河一千余里，役死人夫无数。造凤舰龙舟，使宫女牵之，两岸乐声闻于百里。后被宇文化及造反江都，斩炀帝于吴公台下，其国亦倾。有诗为证：

千里长河一旦开，亡隋波浪九天来。

锦帆未落干戈起，惆怅龙舟更不回。

至于唐明皇宠爱杨贵妃之色，春纵春游，夜专夜宠。谁想杨妃与安禄

---

① 胡曾——唐邵阳人，懿宗、僖宗时代，曾任西川节度使幕府官，著有《九疑图经》、《咏史诗》、《安定集》等。

② 夏厩——春秋时，陈灵公与孔宁、仪行父私通夏徵舒之母夏姬，徵舒俟灵公出来，自厩中射杀之。

③ 眢(yuān)井——枯井。

山私通，却抱禄山做孩儿。一日云雨方罢，杨妃钗横鬓乱，被明皇撞见，支吾过了。明皇从此疑心，将禄山除出在渔阳地面做节度使。那禄山思恋杨妃，举兵反叛。正是：

渔阳鼙鼓动地来，惊破《霓裳羽衣》曲。

那明皇无计奈何，只得带取百官逃难。马嵬山下兵变，逼死了杨妃。明皇直走到西蜀，亏了郭令公① 血战数年，才恢复得两京。

且如说这几个官家②，都只为贪爱女色，致于亡国捐躯；如今愚民小子，怎生不把色欲警戒！

说话的③，你说那戒色欲则甚？自家今日说一个青年子弟，只因不把色欲警戒，去恋着一个妇人，险些儿坏了堂堂六尺之躯，丢了泼天④ 的家计，惊动新桥市上，变成一本风流说话。正是：

好将前事错，传与后人知。

说这宋朝临安府，去城十里，地名湖墅；出城五里，地名新桥。那市上有个富户吴防御⑤，妈妈潘氏，止生一子，名唤吴山，娶妻余氏，生得四岁一个孩儿。防御门首开个丝绵铺，家中放债积谷，果然是金银满箧，米谷成仓。去新桥五里地名灰桥市上，新造一所房屋，令子吴山，再拨主管⑥帮扶，也好开一个铺。家中收下的丝绵，发到铺中，卖与在城⑦ 机户⑧。吴山生来聪俊，粗知礼义，干事朴实，不好花哄⑨，因此防御不虑他在外边闲理会⑩。

且说吴山每日早晨到铺中卖货，天晚回家。这铺中房屋，只占得门面，里头房屋都是空的。忽一日，吴山在家有事，至晌午才到铺中。走进

① 郭令公——指郭子仪。

② 官家——皇帝。

③ 说话的——说书人。

④ 泼天——天一般大。

⑤ 防御——本是官名。后为一般的称呼，与员外、朝奉相似。

⑥ 主管——管家。

⑦ 在城——城里，本城。

⑧ 机户——织户。

⑨ 花哄——瞎起哄；哄骗。

⑩ 闲理会——无事生非；惹事。

看时，只见屋后河边泊着两只剥船①，船上许多箱笼、桌、凳、家伙，四五个人尽搬入空屋里来。船上走起三个妇人，一个中年胖妇人，一个老婆子，一个小妇人，尽走入屋里来。只因这妇人入屋，有分② 教吴山：

身如五鼓衔山月，命似三更油尽灯。

吴山问主管道："甚么人不问事由，擅自搬入我屋来？"主管道："在城人家，为因里役，一时间无处寻屋，央此间邻居范老来说，暂住两三日便去。正欲报知，恰好官人自来。"吴山正欲发怒，见那小娘子敛袂③ 向前深深的道个万福："告官人息怒，非干主管之事，是奴家大胆，一时事急，出于无奈，不及先来宅上禀知，望乞恕罪，容住三四日寻了屋就搬去，房金依例拜纳。"吴山便放下脸来道："既如此，便多住些时也不妨。请自稳便④。"妇人说罢，就去搬箱运笼。吴山看得心痒，也替他搬了几件家伙。

说话的，你说吴山平生鲠直，不好花哄，因何见了这个妇人，回嗔作喜，又替他搬家伙？你不知道：吴山在家时，被父母拘管得紧，不容他闲走。他是个聪明俊俏的人，干事活动，又不是一个木头的老实；况且青春年少，正是他的时节，父母又不在面前，浮铺⑤ 中见了这个美貌的妇人，如何不动心？

那胖妇人与小妇人都道："不劳官人用力。"吴山道："在此间住，就是自家一般，何必见外？"彼此俱各欢喜。天晚，吴山回家，吩咐主管与里面新搬来的说，写纸房契来与我。主管答应了，不在话下。

且说吴山回到家中，并不把搬来一事说与父母知觉。当夜心心念念，想着那小妇人。次日早起，换身好衣服，打扮齐整，叫个小厮寿童跟着，摇摆到店中来。正是：

没兴⑥ 店中赊得酒，命衰撞着有情人。

---

① 剥船——同驳船。载货船。

② 有分(fèn)——有机会；有可能。

③ 敛袂——整理衣袖。

④ 稳便——稳当；便利。

⑤ 浮铺——店面铺子。

⑥ 没(mò)兴——倒楣；晦气。

吴山来到铺中,卖了一回货,里面走动的八老[①]来接吃茶,要纳房状[②]。吴山心下,正要进去,恰好得八老来接,便起身入去。只见那小妇人笑容可掬,接将出来万福:“官人请里面坐。”吴山到中间轩子内坐下。那老婆子和胖妇人都来相见陪坐,坐间止有三个妇人。吴山动问道:“娘子高姓?怎么你家男儿汉不见一个?”胖妇人道:“拙夫姓韩,与小儿在衙门跟官,早去晚回,官身[③]不得相会。”坐了一回,吴山低着头睃那小妇人,这小妇人一双俊俏眼觑着吴山道:“敢问官人青春多少?”吴山道:“虚度二十四岁,拜问娘子青春?”小妇人道:“与官人一缘一会[④],奴家也是二十四岁。城中搬下来,偶辏遇官人,又是同岁,正是有缘千里能相会。”那老妇人和胖妇人看见关目[⑤],推个事故起身去了。止有二人对坐,小妇人到把些风流话儿挑引吴山。吴山初然只道好人家,容他住,不过研光[⑥]而已。谁想见面,到来刮涎[⑦],才晓得是不停当[⑧]的。欲待转身出去,那小妇人又走过来挨在身边坐定,作娇作痴,说道:“官人,你将头上金簪子来借我看一看。”吴山除下帽子,正欲拔时,被小妇人一手按住吴山头髻,一手拔了金簪,就便起身道:“官人,我和你去楼上说句话。”一头说,径走上楼去了,吴山随后跟上楼来讨簪子。正是:

由你奸似鬼,也吃洗脚水。

吴山走上楼来,叫道:“娘子,还我簪子,家中有事,就要回去。”妇人道:“我与你是宿世姻缘,你不要妆假,愿谐枕席之欢。”吴山道:“行不得!倘被人知觉,却不好看,况此间耳目较近。”待要下楼,怎奈那妇人放出那万种妖娆,搂住吴山,倒在怀中,携手上床,成其云雨。霎时云收雨散,两个起来偎倚而坐。吴山且惊且喜,问道:“姐姐,你叫做甚么名字?”妇人道:“奴家排行第五,小字赛金。长大,父母顺口叫道金奴。敢问官人排行

---

① 八老——娼妓家的仆役。

② 房状——房契。

③ 官身——承当着公事或官差的役吏。

④ 一缘一会——天缘凑合的意思。

⑤ 关目——名堂;内情。

⑥ 研光——调情;偷情;勾引妇女。

⑦ 刮涎——勾引;挑逗。

⑧ 停当——适当;妥帖。

第几？宅上做甚行业？”吴山道：“父母止生得我一身，家中收丝放债，新桥市上出名的财主。此间门前铺子，是我自家开的。”金奴暗喜道：“今番缠得这个有钱的男儿，也不枉了。”

原来这人家是隐名的娼妓，又叫做“私窠子”，是不当官吃衣饭① 的。家中别无生意，只靠这一本帐。那老妇人是胖妇人的娘，金奴是胖妇人的女儿。在先胖妇人也是好人家出来的，因为丈夫无用，阘阓② 不得，已干这般勾当。金奴自小生得标致，又识几个字，当时已自嫁与人去了。只因在夫家不跐叠③，做出来，发回娘家。事有凑巧，物有偶然，此时胖妇人年纪约近五旬，孤老④ 来得少了，恰好得女儿来接代，也不当断这样行业，索性大做了。原在城中住，只为这样事，被人告发，慌了，搬下来躲避。却恨吴山偶然撞在他手里，圈套都安排停当，漏⑤ 将人来，不由你不落水。怎地男儿汉不见一个？但看有人来，父子们都回避过了，做成的规矩。这个妇人，但贪他的，便着他的手，不止陷了一个汉子。

当时金奴道：“一时慌促搬来，缺少盘费。告官人，有银子乞借应五两，不可推故。”吴山应允了，起身整了衣冠，金奴依先还了金簪。两个下楼，依旧坐在轩子内。吴山自思道：“我在此耽搁了半晌，虑恐邻舍们谈论。”又吃了一杯茶，金奴留吃午饭，吴山道：“我耽搁长久，不吃饭了。少间就送盘缠来与你。”金奴道：“午后特备一杯菜酒，官人不要见却。”说罢，吴山自出铺中。

原来外边近邻见吴山进去。那房屋却是两间六椽的楼屋，金奴只占得一间做房，这边一间就是丝铺，上面却是空的。有好事哥哥，见吴山半晌不出来，伏在这间空楼壁边，入马之时，都张见明白。比及吴山出来，坐在铺中。只见几个邻人都来和哄⑥ 道：“吴小官人，恭喜恭喜！”吴山初时已自心疑他们知觉，次后见众人来取笑，他通红了脸皮，说道：“好没来

---

① 吃衣饭——挂牌营业；做买卖。

② 阘阓(zhèng chuài)——挣扎。

③ 不跐(cuò)叠——不检点。

④ 孤老——官人的隐语，妓女、小贩等常称其相熟的顾主为孤老。

⑤ 漏——引诱；诱骗。

⑥ 和哄——起哄；哄骗。

由[①]！有甚么喜贺!”内中有原张见的，是对门开杂货铺的沈二郎，叫道：“你兀自赖哩，拔了金簪子，走上楼去做甚么?”吴山被他一句说着了，顿口无言，推个事故，起身便走。众人拦住道:“我们斗[②]分银子，与你作贺。”吴山也不顾众说，使性子往西走了。

去到娘舅潘家，讨午饭吃了。踱到门前，向一个店家借过等子，将身边买丝银子秤了二两，放在袖中。又闲坐了一回，捱到半晚，复到铺中来。主管道:“里面住的正在此请官人吃酒。”恰好八老出来道:“官人，你那里闲耍？教老子[③]没处寻。家中特备菜酒，止请主管相陪，再无他客。”吴山就同主管走到轩子下，已安排齐整，无非鱼、肉、酒、果之类。吴山正席，金奴对坐，主管在旁，三人坐定，八老筛酒。吃过几杯，主管会意，只推要收铺中，脱身出来。吴山平日酒量浅，主管去了，开怀与金奴吃了十数杯，便觉有些醉来。将袖中银子送与金奴，便起身挽了金奴手，道:“我有一句话和你说:这桩事，却有些不谐当[④]。邻舍们都知了，来打和哄。倘或传到我家去，父母知道，怎生是好？此间人眼又紧，口嘴又歹，容不得人。倘有人不惬气[⑤]，在此飞砖掷瓦，安身不稳。姐姐，依着我口，寻个僻静所在去住，我自常来看顾你。”金奴道:“说得是，奴家就与母亲商议。”说罢，那老子又将两杯茶来。吃罢，免不得又做些干生活。吴山辞别动身，嘱咐道:“我此去未来哩，省得众人口舌。待你寻得所在，八老来说知，我来送你起身。”说罢，吴山出来铺中，吩咐主管说话，一径自回，不在话下。

且说金奴送吴山去后，天色已晚，上楼卸了浓妆，下楼来吃了晚饭，将吴山所言移屋一节，备细[⑥]说与父母知道，当夜各自安歇。次早起来，胖妇人吩咐八老，悄地打听邻舍消息。八老到门前站了一回，蹔[⑦]到间壁粜米张大郎门前，闲坐了一回。只听得这几家邻舍指指搠搠，只说这事。

---

① 没来由——无缘无故；毫无道理。

② 斗——此指拼、凑。

③ 老子——老年男子的自称。即老头子、老人家。

④ 谐当——妥善；稳当。

⑤ 不惬气——由于嫉妒而不满。

⑥ 备细——仔细；详细。

⑦ 蹔——同暂。

八老回家,对这胖妇人说道:“街坊上嘴舌不是养人[①] 的去处。”胖妇人道:“因为在城中被人打搅,无奈搬来。指望寻个好处安身,久远居住,谁想又撞这般的邻舍!”说罢叹了口气。一面教老公去寻房子,一面看邻舍动静计较。

却说吴山自那日回家,怕人嘴舌,瞒着父母,只推身子不快,一向不到店中来。主管自行卖货。金奴在家清闲不惯,八老又去招引旧时主顾,一般来走动。那几家邻舍初然只晓得吴山行踏[②],次后见往来不绝,方晓得是个大做的。内中有生事的道:“我这里都是好人家,如何容得这等鏖糟[③] 的在此住?常言道:‘近奸近杀。’倘若争锋起来,致伤人命,也要带累邻舍。”说罢,却早那八老听得,进去说:今日邻舍们又如此如此说。胖妇人听得八老说了,没出气处,碾那老婆子道:“你七老八老,怕兀谁[④]?不出去门前叫骂这短命多嘴的鸭黄儿[⑤]!”婆子听了,果然就起身走到门前叫骂道:“那个多嘴贼鸭黄儿,在这里学放屁!若还敢来应我的,做这条老性命结识他。那个人家没亲眷来往?”邻舍们听得,道:“这个贼做大的出精老狗,不说自家干这般没理的事,到来欺邻骂舍!”开杂货店沈二郎正要应那婆子,中间又有守本分的劝道:“且由他,不要与这半死的争好歹,赶他起身便了。”婆子骂了几声,见无人来睬他,也自入去。

却说众邻舍都来与主管说:“是你没分晓[⑥],容这等不明不白的人在这里住。不说自家理短,反教老婆子叫骂邻舍,你耳内须听得。我们都到你主家说与防御知道,你身上也不好看。”主管道:“列位高邻息怒,不必说得,早晚就着他搬去。”众人说罢,自去了。主管当时到里面对胖妇人说道:“你们可快快寻个所在搬去,不要带累我。看这般模样,住也不秀气[⑦]。”胖妇人道:“不劳吩咐,拙夫已寻屋在城,只在旦晚就搬。”说罢,主管出来。

---

① 养人——存活人;覆育人。

② 行踏——走动;往来。

③ 鏖糟(áozāo)——即鏖糟:肮脏;不干净。

④ 兀谁——什么人;谁。

⑤ 鸭黄儿——骂人话。王八蛋;乌龟。

⑥ 没分晓——糊涂;不明事理。

⑦ 不秀气——做事不漂亮、不争气。

胖妇人与金奴说道:“我们明早搬入城,今日可着八老,悄地与吴小官说知,只莫教他父母知觉。”八老领语,走到新桥市上吴防御丝绵大铺,不敢径进,只得站在对门人家檐下踅去,一眼只看着铺里。不多时,只见吴山踱将出来,看见八老,慌忙走过来,引那老子离了自家门首,借一个织熟绢人家坐下,问道:“八老有甚话说?”八老道:“家中五姐领官人尊命,明日搬入城去居住,特着老汉来与官人说知。”吴山道:“如此最好,不知搬在城中何处?”八老道:“搬在游奕营① 羊毛寨南横桥街上。”吴山就身边取出一块银子,约有二钱,送与八老道:“你自将去买杯酒吃。明日晌午,我自来送你家起身。”八老收了银子,作谢了,一径自回。

且说吴山到次日巳牌时分,唤寿童跟随出门,走到归锦桥② 边南货店里,买了两包干果,与小厮拿着,来到灰桥市上铺里。主管相叫③ 罢,将日逐卖丝的银子帐来算了一回。吴山起身,入到里面与金奴母子叙了寒温,将寿童手中果子,身边取出一封银子,说道:“这两包粗果,送与姐姐泡茶④;银子三两,权助搬屋之费。待你家过屋后,再来看你。”金奴接了果子并银两,母子两个起身谢道:“重蒙见惠,何以克当!”吴山道:“不必谢,日后正要往来哩。”说罢,起身看时,箱笼家伙已自都搬下船了。金奴道:“官人,去后几时来看我?”吴山道:“只在三五日间便来相望。”金奴一家别了吴山,当日搬入城去了。正是:

此处不留人,自有留人处。

且说吴山原有害夏⑤ 的病,每过炎天时节,身体便觉疲倦,形容清减。此时正值六月初旬,因此请个针灸医人,背后灸了几穴火,在家调养,不到店内。心下常常思念金奴,争奈灸疮疼,出门不得。

却说金奴从五月十七搬移在横桥街上居住,那条街上俱是营里军家,不好此事,路又僻拗⑥,一向没人走动。胖妇人向金奴道:“那日吴小官许

---

① 游奕营——宋临安(今杭州市)地名。

② 归锦桥——临安北桥名,俗称“卖鱼桥”。

③ 相叫——见礼。

④ 泡茶——宋、明时人,往往把干果、蜜饯等和茶叶沏在一起,称为泡茶。

⑤ 害夏——苦夏;疰夏。夏季长期发烧的病。

⑥ 僻拗——偏僻不便。

下我们三五日间就来，到今一月，缘何不见来走一遍？若是他来，必然也看觑我们。”金奴道：“可着八老去灰桥市上铺中探望他。”

当时八老去，就出艮山门① 到灰桥市上丝铺里见主管。八老相见罢，主管道：“阿公来有甚事？”八老道：“特来望吴小官。”主管道：“官人灸火在家未痊，向不到此。”八老道：“主管若是回宅，烦寄个信，说老汉到此不遇。”八老也不耽搁，辞了主管便回家中，回覆了金奴。金奴道：“可知不来，原来灸火在家。”

当日金奴与母亲商议，教八老买两个猪肚磨净，把糯米莲肉灌在里面，安排烂熟。次早，金奴在房中磨墨挥笔，拂开鸾笺，写封简道：

> 贱妾赛金再拜，谨启情郎吴小官人：自别尊颜，思慕之心，未尝少怠，悬悬不忘于心。向蒙期约，妾倚门凝望，不见降临。昨遣八老探拜，不遇而回。妾移居在此，甚是荒凉。听闻贵恙灸火疼痛，使妾坐卧不安。空怀思忆，不能代替。谨具猪肚二枚，少申问安之意，幸希笑纳。情照不宣。仲夏二十一日，贱妾赛金再拜。

写罢，折成简子，将纸封了。猪肚装在盒里，又用帕子包了，都交付八老，叮嘱道：“你到他家，寻见吴小官，须索与他亲收。”

八老提了盒子，怀中揣着简帖②，出门径往大街，走出武林门③，直到新桥市上，吴防御门首，坐在街檐石上。只见小厮寿童走出，看见叫道：“阿公，你那里来，坐在这里？”八老扯寿童到人静去处说：“我特来见你官人说话。我只在此等，你可与我报与官人知道。”寿童随即转身，去不多时，只见吴山踱将出来。八老慌忙作揖：“官人，且喜贵体康安。”吴山道：“好，阿公，你盒子里什么东西？”八老道：“五姐记挂官人灸火，没甚好物，只安排得两个猪肚，送来与官人吃。”吴山遂引那老子到个酒店楼上坐定，问道：“你家搬在那里好么？”八老道：“甚是消索。”怀中将柬帖子递与吴山，吴山接柬在手，拆开看毕，依先折了藏在袖中。揭开盒子拿一个肚子，

---

① 艮山门——临安(今杭州市)东北城门。

② 简帖——信简。

③ 武林门——杭州城北门，俗呼北关门，宋时叫余杭门，至明改称武林门。

教酒博士[①]切做一盘,吩咐烫[②]两壶酒来。吴山道:"阿公,你自在这里吃,我家去写回字与你。"八老道:"官人请稳便。"吴山来到家里卧房中,悄悄的写了回简,又秤五两白银,复到酒店楼上,又陪八老吃了几杯酒。八老道:"多谢官人好酒,老汉吃不得了。"起身回去。吴山遂取银子并回柬说道:"这五两银子,送与你家盘缠。多多拜覆五姐:过三两日,定来相望。"八老收了银简,起身下楼,吴山送出酒店。

却说八老走到家中,天晚入门,将银简都付与金奴收了。将简拆开灯下看时,写道:

> 山顿首,字覆爱卿韩五娘妆次:向前会间,多蒙厚款。又且云情雨意,枕席钟情,无时少忘。所期正欲趋会,生因贱躯灸火,有失卿之盼望。又蒙遣人垂顾,兼惠可口佳肴,不胜感感。二三日间,容当面会。白金五两,权表微情,伏乞收入。吴山再拜。

看简毕,金奴母子得了五两银子,千欢万喜,不在话下。

且说吴山在酒店里,捱到天晚,拿了一个猪肚,悄地里到自卧房,对浑家说:"难得一个识熟机户,闻我灸火,今日送两个熟肚与我。在外和朋友吃了一个,拿一个回来与你吃。"浑家道:"你明日也用作谢他。"当晚吴山将肚子与妻在房吃了,全不教父母知觉。

过了两日,第三日,是六月二十四日。吴山起早,告父母道:"孩儿一向不到铺中,喜得今日好了,去走一遭。况在城神堂巷[③]有几家机户赊帐要讨,入城便回。"防御道:"你去不可劳碌。"吴山辞父,讨一乘兜轿[④]抬了,小厮寿童打伞跟随。只因吴山要进城,有分教金奴险送他性命。正是:

> 二八佳人体似酥,腰间仗剑斩愚夫。
> 虽然不见人头落,暗里教君骨髓枯。

吴山上轿,不觉早到灰桥市上。下轿进铺,主管相见。吴山一心只在金奴身上,少坐,便起身吩咐主管:"我入城收拾机户赊帐,回来算你日逐

---

① 酒博士——对酒保的尊称。

② 烫——暖酒。

③ 神堂巷——临安巷名。

④ 兜轿——竹轿、藤轿,只有座位,没有轿厢。

卖帐。”主管明知到此处去，只不敢阻，但劝：“官人贵体新痊，不可别处闲走，空受疼痛。”吴山不听，上轿预先吩咐轿夫，径进艮山门。迤逦到羊毛寨南横桥，寻问湖市搬来韩家。旁人指说：药铺间壁就是。吴山来到门首下轿，寿童敲门。里面八老出来开门，见了吴山，慌入去说知。吴山进门，金奴母子两个堆下笑来迎接，说道：“贵人难见面，今日甚风吹得到此？”吴山与金奴母子相唤① 罢，到里面坐定吃茶。金奴道：“官人认认奴家房里。”吴山同金奴到楼上房中。正所谓：

合意友来情不厌，知心人至话相投。

金奴与吴山在楼上，如鱼得水，似漆投胶，两个无非说些深情密意的话。少不得安排酒肴，八老搬上楼来，掇过镜架，就摆在梳妆卓上。八老下来，金奴讨酒，才敢上去。两个并坐，金奴筛酒② 一杯，双手敬与吴山道：“官人灸火，妾心无时不念。”吴山接酒在手道：“小生为因灸火，有失期约。”酒尽，也筛一杯回敬与金奴。吃过十数杯，二人情兴如火，免不得再把旧情一叙。交欢之际，无限恩情。事毕起来，洗手更酌。又饮数杯，醉眼朦胧，余兴未尽。吴山因灸火在家，一月不曾行事。见了金奴，如何这一次便罢？吴山合当死，魂灵都被金奴引散乱了，情兴复发，又弄一火。正是：

爽口物多终作疾，快心事过必为殃。

吴山重复自觉神思散乱，身体困倦，打熬不过，饭也不吃，倒身在床上睡了。金奴见吴山睡着，走下楼到外边，说与轿夫道：“官人吃了几杯酒，睡在楼上。二位太保③ 宽坐等一等，不要催促。”轿夫道：“小人不敢来催。”金奴吩咐毕，走上楼来，也睡在吴山身边。

且说吴山在床上方合眼，只听得有人叫：“吴小官好睡！”连叫数声。吴山醉眼看见一个胖大和尚，身披一领旧褊衫④，赤脚穿双僧鞋，腰系着一条黄丝绦，对着吴山打个问讯。吴山跳起来还礼道：“师父上刹何处？

---

① 相唤——见礼；打招呼。

② 筛酒——斟酒。

③ 太保——此指轿夫。

④ 褊衫——褊，一作偏。一种僧侣的外衣。

因甚唤我?”和尚道:“贫僧是桑菜园水月寺① 住持②,因为死了徒弟,特来劝化官人。贫僧看官人相貌,生得福薄,无缘受享荣华,只好受些清淡,弃俗出家,与我做个徒弟。”吴山道:“和尚好没分晓,我父母半百之年,止生得我一人,成家接代,创立门风,如何出家?”和尚道“你只好出家,若还贪享荣华,即当命夭。依贫僧口,跟我去罢。”吴山道:“乱话!此间是妇人卧房,你是出家人,到此何干?”那和尚睁着两眼,叫道:“你跟我去也不?”吴山道:“你这秃驴,好没道理!只顾来缠我做甚?”和尚大怒,扯了吴山便走。到楼梯边,吴山叫起屈③ 来,被和尚尽力一推,望楼梯下面倒撞下来。撒然④ 惊觉,一身冷汗。开眼时,金奴还睡未醒,原来做一场梦。觉得有些恍惚,爬起坐在床上,呆了半晌。金奴也醒来,道:“官人好睡。难得你来,且歇了,明早去罢。”吴山道:“家中父母记挂,我要回去,别日再来望你。”金奴起身,吩咐安排点心。吴山道:“我身子不快⑤,不要点心。”金奴见吴山脸色不好,不敢强留。吴山整了衣冠,下楼辞了金奴母子,急急上轿。

天色已晚,吴山在轿思量:白日里做场梦,甚是作怪。又惊又忧,肚里渐觉疼起来。在轿过活不得,巴不得到家,吩咐轿夫快走。捱到自家门首,肚疼不可忍,跳下轿来,走入里面,径奔楼上。坐在马桶上,疼一阵,撒一阵,撒出来都是血水。半晌方上床,头眩眼花,倒在床上,四肢倦怠,百骨酸疼。大底是本身元气微薄,况又色欲过度。

防御见吴山面青失色,奔上楼来,吃了一惊,道:“孩儿因甚这般模样?”吴山应道:“因在机户人家多吃了几杯酒,就在他家睡。一觉醒来热渴,又吃了一碗冷水,身体便觉拘急⑥,如今作起泻来。”说未了,咬牙寒噤,浑身冷汗如雨,身如炭火一般。防御慌急下楼,请医来看,道:“脉气将

---

① 桑菜园水月寺——桑菜园,地名,在临安西南梯云岭附近。水月寺,宋代寺名,即在梯云岭下,宋太平兴国二年建,元末焚毁。

② 住持——寺庵中的当家僧尼。

③ 叫屈——鸣不平;呼冤。

④ 撒然——形容梦醒的神情。

⑤ 不快——有病;不适。

⑥ 拘急——拘挛;身体痉挛,抽搐。

绝，此病难医。”再三哀恳太医①，乞用心救取。医人道：“此病非干泄泻之事，乃是色欲过度，耗散元气，为脱阳之症，多是② 不好。我用一帖药，与他扶助元气。若是服药后，热退脉起，则有生意。”医人撮了药自去。父母再三盘问，吴山但摇头不语。

将及初更，吴山服了药，伏枕而卧。忽见日间和尚又来，立在床边，叫道：“吴山，你强熬做甚？不如早随我去。”吴山道：“你快去，休来缠我！”那和尚不由分说，将身上黄丝绦缚在吴山项上，扯了便走。吴山攀住床棂，大叫一声，惊醒，又是一梦。开眼看时，父母浑家皆在面前。父母问道：“我儿因甚惊觉？”吴山自觉神思散乱，料捱不过，只得将金奴之事，并梦见和尚，都说与父母知道。说罢，哽哽咽咽哭将起来。父母浑家，尽皆泪下。防御见吴山病势危笃，不敢埋怨他，但把言语来宽解。

吴山与父母说罢，昏晕数次。复苏，泣谓浑家道：“你可善侍公姑，好看幼子。丝行资本，尽彀盘费。”浑家哭道：“且宽心调理，不要多虑。”吴山叹了气一口，唤丫鬟扶起，对父母说道：“孩儿不能复生矣，爹娘空养了我这个忤逆子。也是年灾命厄，逢着这个冤家。今日虽悔，噬脐③ 何及！传与少年子弟，不要学我干这等非为的事，害了自己性命。男子六尺之躯，实是难得，要贪花恋色的，将我来做个样。孩儿死后，将身尸丢在水中，方可谢抛妻弃子不养父母之罪。”言讫，方才合眼，和尚又在面前。吴山哀告：“我师，我与你有甚冤仇，不肯放舍我？”和尚道：“贫僧只因犯了色戒，死在彼处，久滞幽冥，不得脱离鬼道。向日偶见官人，白昼交欢，贫僧一时心动，欲要官人做个阴魂之伴。”言罢而去。

吴山醒来，将这话对父母说知。吴防御道：“原来被冤魂来缠。”慌忙在门外街上，焚香点烛，摆列羹饭，望空拜告：“慈悲放舍我儿生命，亲到彼处设醮追拔。”祝毕，烧化纸钱。

防御回到楼上，天晚，只见吴山朝着里床睡着。猛然翻身坐将起来，睁着眼道：“防御，我犯如来色戒，在羊毛寨里寻了自尽。你儿子也来那里

---

① 太医——御医。对医生的尊称。

② 多是——多半；大抵。

③ 噬(shì)脐——用嘴咬肚脐，够不着。比喻人后悔时就像用嘴咬肚脐一样，来不及了。

淫欲，不免把我前日的事，陡然想起，要你儿子做个替头，不然求他超度。适才承你羹饭纸钱，许我荐拔，我放舍了你的儿子，不在此作祟。我还去羊毛寨里等你超拔，若得脱生，永不来了。”说话方毕，吴山双手合掌作礼，洒然而觉，颜色复旧。浑家摸他身上，已住了热。起身下床解手，又不泻了。一家欢喜。复请原日医者来看，说道：“六脉已复，有可救生路。”撮下了药，调理数日，渐渐好了。

防御请了几位僧人，在金奴家做了一昼夜道场。只见金奴一家做梦，见个胖和尚拿了一条拄杖去了。

吴山将息半年，依旧在新桥市上生理。一日，与主管说起旧事，不觉追悔道：“人生在世，切莫为昧己勾当。真个明有人非，幽有鬼责，险些儿丢了一条性命。”从此改过前非，再不在金奴家去。亲邻有知道的，无不钦敬。正是：

痴心做处人人爱，冷眼观时个个嫌。

觑破关头邪念息，一生出处自安恬。

第四卷　闲云庵阮三偿冤债

好姻缘是恶姻缘，莫怨他人莫怨天。

但愿向平[①] 婚嫁早，安然无事度余年。

这四句，奉劝做人家的，早些毕了儿女之债。常言道："男大须婚，女大须嫁；不婚不嫁，弄出丑吒[②]。"多少有女儿的人家，只管要拣门择户，扳高嫌低，耽误了婚姻日子。情窦开了，谁熬得住？男子便去偷情阙院[③]，女儿家拿不定定盘星[④]，也要走差了道儿，那时悔之何及！

则今日说个大大官府，家住西京河南府[⑤] 梧桐街兔演巷，姓陈，名太常。自是小小出身，累官至殿前太尉[⑥] 之职。年将半百，娶妾无子，止生一女，叫名玉兰。那女孩儿生于贵室，长在深闺，青春二八，真有如花之容，似月之貌；况描绣针线，件件精通，琴棋书画，无所不晓。那陈太常常与夫人说，我位至大臣，家私万贯，止生得这个女儿，况有才貌，若不寻个名目相称[⑦] 的对头[⑧]，枉居朝中大臣之位。便唤官媒婆吩咐道："我家小姐年长，要选良姻。须是三般全的方可来说：一要当朝将相之子，二要才貌相当，三要名登黄甲[⑨]。有此三者，立赘为婿；如少一件，枉自劳力。"因此往往选择，或有登科及第的，又是小可[⑩] 出身；或门当户对，又无科第；

---

① 向平——向长，字子平，东汉时人，隐居不仕，子女婚嫁完毕，即断绝家务，遨游五岳名山，后来不知所终。所以俗称子女的婚嫁为向平之愿。

② 丑吒——丑事。

③ 阙院——阙同嫖。阙院，即嫖妓。

④ 定盘星——秤杆上标识零位的星。拿不定定盘星，也就是拿不定主意。

⑤ 西京河南府——宋代以河南府洛阳为"西京"。

⑥ 殿前太尉——即殿前司都指挥使。

⑦ 名目相称——名目，名声；名位。名目相称，就是名位相当。

⑧ 对头——对象；配偶。

⑨ 黄甲——进士名册，用黄纸书写，称黄甲。

⑩ 小可——平常；低微。

及至两事俱全,年貌又不相称了:以此蹉跎下去。光阴似箭,玉兰小姐不觉一十九岁了,尚没人家。

时值正和二年上元令节,国家有旨庆赏元宵。五凤楼① 前架起鳌山② 一座,满地华灯,喧天锣鼓。自正月初五日起,至二十日止,禁城不闭,国家与民同乐。怎见得?有只词儿,名《瑞鹤仙》,单道着上元佳景:

瑞烟浮禁苑,正绛阙春回,新正方半,冰轮桂华满。溢花衢歌市,芙蓉开遍。龙楼两观,见银烛星毬③ 灿烂。卷珠帘,尽日笙歌,盛集宝钗金钏。 堪羡!绮罗丛里,兰麝香中,正宜游玩。风柔夜暖,花影乱,笑声喧。闹蛾儿④ 满地,成团打块,簇着冠儿⑤ 斗转。喜皇都,旧日风光,太平再见。

只为这元宵佳节,处处观灯,家家取乐,引出一段风流的事来。

话说这兔演巷内,有个年少才郎,姓阮名华,排行第三,唤做阮三郎。他哥哥阮大,与父亲专在两京商贩。阮二专一管家。那阮三年方二九,一貌非俗,诗词歌赋,般般皆晓,笃好吹箫;结交几个豪家子弟,每日向歌馆娼楼,留连风月。时遇上元灯夜,知会几个弟兄来家,笙箫弹唱,歌笑赏灯。这伙子弟在阮三家,吹唱到三更方散。阮三送出门,见行人稀少,静夜月明如昼,向众人说道:"恁般良夜,何忍便睡?再举一曲何如?"众人依允,就在阶沿石上向月而坐,取出笙、箫、象板,口吐清音,呜呜咽咽的又吹唱起来。正是:

隔墙须有耳,窗外岂无人?

那阮三家,正与陈太尉对衙。衙内小姐玉兰,欢耍赏灯,将次要去歇息。忽听得街上乐声缥缈,响彻云际。料得夜深,众人都睡了,忙唤梅香⑥,轻移莲步,直至大门边。听了一回,情不能已。有个心腹的梅香,名曰碧云,小姐低低吩咐道:"你替我去街上看甚人吹唱。"梅香巴不得趋承

---

① 五凤楼——宋西京(洛阳)宫城的正门,创建于梁太祖朱全忠时。
② 鳌山——元宵节燃灯的彩山。
③ 星毬——圆灯笼。
④ 闹蛾儿——妇女们在过节时插在头上的装饰物。
⑤ 冠儿——妇女所戴的冠。
⑥ 梅香——丫鬟;婢女。

小姐，听得使唤这事，轻轻地走到街边，认得是对邻子弟，忙转身入内，回复小姐道："对邻阮三官与几个相识，在他门首吹唱。"那小姐半晌之间，口中不道，心下思量："数日前，我爹曾说阮三点报朝中驸马，因使用不到，退回家中，想就是此人了，才貌必然出众。"又听了一个更次，各人分头散去。小姐回转香房，一夜不曾合眼，心心念念，只想着阮三："我若嫁得恁般风流子弟，也不枉一生夫妇。怎生得会他一面也好？"正是：

邻女乍萌窥玉[①]意，文君早乱听琴心。

且说次日天晓，阮三同几个子弟到永福寺中游玩，见烧香的士女佳人，来往不绝，自觉心性荡漾。到晚回家，仍集昨夜子弟，吹唱消遣。每夜如此，迤逦至二十日。这一夜，众子弟们各有事故，不到阮三家里。阮三独坐无聊，偶在门侧临街小轩内，拿壁间紫玉鸾箫[②]，手中按着宫、商、角、徵、羽，将时样新词曲调，清清地吹起。吹不了半只曲儿，忽见个侍女推门而入，深深地向前道个万福。阮三停箫问道："你是谁家的姐姐？"丫鬟道："贱妾碧云，是对邻陈衙小姐贴身伏侍的。小姐私慕官人，特地着奴请官人一见。"那阮三心下思量道："他是个官宦人家，守阍耳目不少，进去易，出来难。被人瞧见盘问时，将何回答？却不枉受凌辱？"当下回言道："多多上复小姐，怕出入不便，不好进来。"碧云转身回复小姐。小姐想起夜来音韵标格，一时间春心摇动，便将手指上一个金镶宝石戒指儿，褪将下来，付与碧云，吩咐道："你替我将这件物事，寄与阮三郎，将带他来见我一见，万不妨事。"碧云接得在手，一心忙似箭，两脚走如飞，慌忙来到小轩。阮三官还在那里，碧云手儿内托出这个物来，致了小姐之意。阮三口中不道，心下思量："我有此物为证，又有梅香引路，何怕他人？"随即与碧云前后而行，到二门[③]外，小姐先在门旁守候，觑着阮三目不转睛，阮三看得女子也十分仔细。正欲交言，门外吆喝道："太尉回衙。"小姐慌忙回避归房，阮三郎火速回家。

自此把那戒指儿紧紧的戴在左手指上，想那小姐的容貌，一时难舍。只恨闺阁深沉，难通音信。或在家，或出外，但是看那戒指儿，心中十分惨

---

① 玉——指宋玉。

② 紫玉箫——用紫竹制成的箫。

③ 二门——仪门。即官署大门之内的门。另一说为官府旁门。

切。无由再见,追忆不已。那阮三虽不比宦家子弟,亦是富室伶俐的才郎。因是相思日久,渐觉四肢羸瘦,以致废寝忘餐。忽经两月有余,恹恹成病。父母再三严问,并不肯说。正是:

口含黄柏味,有苦自家知。

却说有一个与阮三一般的豪家子弟,姓张名远,素与阮三交厚。闻得阮三有病月余,心中悬挂。一日早,到阮三家内,询问起居。阮三在卧榻上,听得堂中有似张远的声音,唤仆邀入房内。张远看着阮三面黄肌瘦,咳嗽吐痰,心中好生不忍,嗟叹不已,坐向榻床上去问道:"阿哥,数日不见,怎么染着这般晦气?你害的是甚么病?"阮三只摇头不语。张远道:"阿哥,借你手我看看脉息。"阮三一时失于计较,便将左手抬起,与张远察脉。张远按着寸关尺①,正看脉间,一眼瞧见那阮三手指上戴着个金嵌宝石的戒指。张远口中不说,心下思量:"他这等害病,还戴着这个东西。况又不是男子之物,必定是妇人的表记,料得这病根从此而起。"也不讲脉理,便道:"阿哥,你手上戒指从何而来?恁般病症,不是当要。我与你相交数年,重承不弃,日常心腹,各不相瞒。我知你心,你知我意,你可实对我说。"阮三见张远猜到八九分的地步,况兼是心腹朋友,只得将来历因依②,尽行说了。张远道:"阿哥,他虽是个宦家的小姐,若无这个表记,便对面相逢,未知他肯与不肯;既有这物事,心下已允。待阿哥将息贵体,稍健旺时,在小弟身上,想个计策,与你成就此事。"阮三道:"贱恙只为那事而起,若要我病好,只求早图良策。"枕边取出两锭银子,付与张远道:"倘有使用,莫惜小费。"张远接了银子道:"容小弟从容计较,有些好音,却来奉报。你可宽心保重。"张远作别出门,到陈太尉衙前站了两个时辰,内外出入人多,并无相识,张远闷闷而回。

次日,又来观望,绝无机会。心下想道:"这事难以启齿,除非得他梅香碧云出来,才可通信。"看看到晚,只见一个人捧着两个磁瓮,从衙里出来,叫唤道:"门上那个走差的闲在那里?奶奶着你将这两瓮小菜送与闲云庵王师父去。"张远听得了,便想道:"这闲云庵王尼姑,我平昔相认的。

① 寸关尺——中医学上两手经脉部位的名称。

② 因依——原委;缘由。

奶奶送他小菜，一定与陈衙内往来情熟[1]。他这般人，出入内里，极好传消递息，何不去寻他商议？”

又过了一夜，到次早，取了两锭银子，径投闲云庵来。这庵儿虽小，其实幽雅。怎见得？有诗为证：

短短横墙小小亭，半檐疏玉响玲玲。

尘飞不到人长静，一篆炉烟两卷经。

庵内尼姑，姓王名守长，他原是个收心[2]的弟子[3]。因师弃世日近，不曾接得徒弟，止有两个烧香上灶烧火的丫头。专一向富贵人家布施，佛殿后新塑下观音、文殊、普贤三尊法像，中间观音一尊，亏了陈太尉夫人发心喜舍，妆金完了，缺那两尊未有施主。这日正出庵门，恰好遇着张远，尼姑道：“张大官何往？”张远答道：“特来。”尼姑回身请进，邀入庵堂中坐定。

茶罢，张远问道：“适间师父要往那里去？”尼姑道：“多蒙陈太尉家奶奶布施，完了观音圣像，不曾去回复他。昨日又承他差人送些小菜来看我，作意备些薄礼，来日到他府中作谢。后来那两尊，还要他大出手[4]哩。因家中少替力的人，买几件小东西，也只得自身奔走。”张远心下想道：“又好个机会。”便向尼姑道：“师父，我有个心腹朋友，是个富家。这二尊圣像，就要他独造也是容易，只要烦师父干一件事。”张远在袖儿里摸出两锭银子，放在香桌上道：“这银子权当开手[5]，事若成就，盖庵盖殿，随师父的意。”那尼姑贪财，见了这两锭细丝白银[6]，眉花眼笑道：“大官人，你相识是谁？委我干甚事来？”张远道：“师父，这事是件机密事，除是你干得，况是顺便，可与你到密室说知。”说罢，就把二锭银子，纳入尼姑袖里，尼姑半推不推收了。二人进一个小轩内竹榻前坐下，张远道：“师父，我那心腹朋友阮三官，于今岁正月间，蒙陈太尉小姐使梅香寄个表记来与他，至今无由相会。明日师父到陈府中去见奶奶，乘这个便，倘到小姐房中，

---

① 情熟——相熟；亲密。

② 收心——改邪归正。

③ 弟子——这里指官妓。

④ 大出手——大量出钱；大量施舍。

⑤ 开手——首次出手。

⑥ 细丝白银——带有丝纹的白银锭。

善用一言,约到庵中与他一见,便是师父用心之处。"尼姑沉吟半晌,便道:"此事未敢轻许,待会见小姐,看其动静,再作计较。你且说甚么表记?"张远道:"是个嵌宝金戒指。"尼姑道:"借过这戒指儿来暂时,自有计较。"张远见尼姑收了银子,又不推辞,心中大喜。当时作别,便到阮三家来,要了他的金戒指,连夜送到尼姑处了。

却说尼姑在床上想了半夜,次日天晓起来,梳洗毕,将戒指戴在左手上,收拾礼盒,着女童挑了,迤逦来到陈衙,直至后堂歇了。夫人一见,便道:"出家人如何烦你坏钞①?"尼姑稽首道:"向蒙奶奶布施,今观音圣像已完,山门有幸。贫僧正要来回覆奶奶,昨日又蒙厚赐,感谢不尽。"夫人道:"我见你说没有好小菜吃粥,恰好江南一位官人,送得这几瓮瓜菜来,我分两瓮与你。这些小东西,也谢什么!"尼姑合掌道:"阿弥陀佛!滴水难消,虽是我僧家口吃十方,难说是应该的。"夫人道:"这圣像完了中间一尊,也就好看了。那两尊以次而来,少不得还要助些工费。"尼姑道:"全仗奶奶做个大功德,今生恁般富贵,也是前世布施上修来的。如今再修去时,那一世还你荣华受用。"夫人教丫鬟收了礼盒,就吩咐厨下办斋,留尼姑过午。

少间,夫人与尼姑吃斋,小姐也坐在侧边相陪。斋罢,尼姑开言道:"贫僧斗胆,还有句话相告:小庵圣像新完,涓选② 四月初八日,我佛诞辰,启建道场,开佛光明③。特请奶奶小姐光降随喜,光辉出门则个。"夫人道:"老身定来拜佛,只是小姐怎么来得?"那尼姑眉头一蹙,计上心来,道:"前日坏腹④,至今未好,借解一解。"那小姐因为牵挂阮三,心中正闷,无处可解情怀。忽闻尼姑相请,喜不自胜。正要行动,仍听夫人有阻,巴不得与那尼姑私下计较。因见尼姑要解手,便道:"奴家陪你进房。"两个直至闺室。正是:

背地商量无好话,私房计较有奸情。

---

① 坏钞——破费;花钱。

② 涓选——涓,选择。涓选,选取吉日。

③ 开佛光明——塑画佛像、神像,最后点眼睛。

④ 坏腹——腹泻。

尼姑坐在触桶[①] 上，道："小姐，你到初八日同奶奶到我小庵觑一觑，若何？"小姐道："我巴不得来，只怕爹妈不肯。"尼姑道："若是小姐坚意要去，奶奶也难固执。奶奶若肯时，不怕太尉不容。"尼姑一头说话，一头去拿粗纸，故意露出手指上那个宝石嵌的金戒指来。小姐见了大惊，便问道："这个戒指那里来的？"尼姑道："两月前，有个俊雅的小官人进庵，看妆观音圣像，手中褪下这个戒指儿来，带在菩萨手指上，祷祝道：'今生不遂来生愿，愿得来生逢这人。'半日间对着那圣像，潸然挥泪。被我再四严问，他道：'只要你替我访这戒指的对儿，我自有话说。'"小姐见说了意中之事，满面通红。停了一会，忍不住又问道："那小官人姓甚？常到你庵中么？"尼姑回道："那官人姓阮，不时来庵闲观游玩。"小姐道："奴家有个戒指，与他到是一对。"说罢，连忙开了妆盒，取出个嵌宝戒指，递与尼姑。尼姑将两个戒指比看，果然无异，笑将起来。小姐道："你笑什么？"尼姑道："我笑这个小官人，痴痴的只要寻这戒指的对儿；如今对到寻着了，不知有何话说？"小姐道："师父，我要……"说了半句，又住了口。尼姑道："我们出家人，第一口紧。小姐有话，不妨吩咐。"小姐道："师父，我要会那官人一面，不知可见得么？"尼姑道："那官人求神祷佛，一定也是为着小姐了。要见不难，只在四月初八这一日，管你相会。"小姐道："便是爹妈容奴去时，母亲在前，怎得方便？"尼姑附耳低言道："到那日来我庵中，倘斋罢闲坐，便可推睡，此事就谐了。"小姐点头会意，便将自己的戒指都舍与尼姑。尼姑道："这金子好把做妆佛用，保小姐百事称心。"说罢，两个走出房来。夫人接着，问道："你两个在房里多时，说甚么样话？"惊得那尼姑心头一跳，忙答道："小姐因问我浴佛[②] 的故事，以此讲说这一晌[③]。"又道："小姐也要瞻礼佛像，奶奶对太尉老爷说声，至期专望同临。"夫人送出厅前，尼姑深深作谢而去。正是：

惯使牢笼计，安排年少人。

再说尼姑出了太尉衙门，将了小姐舍的金戒指儿，一直径到张远家

---

① 触桶——便桶。

② 浴佛——佛教以四月初八为佛生日，寺院多于此日营斋会，以小盆浴佛，称为浴佛会。

③ 一晌——一段时间；许久。

来。张远在门首伺候多时了，远远地望见尼姑，口中不道，心下思量：“家下耳目众多，怎么言得此事?”提起脚儿，慌忙迎上一步，道：“烦师父回庵去，随即就到。”尼姑回身转巷，张远穿径寻庵，与尼姑相见，邀入松轩，从头细话，将一对戒指儿度与张远，张远看见，道：“若非师父，其实难成，阮三官还有重重相谢。”张远转身就去回复阮三，阮三又收了一个戒指，双手带着，欢喜自不必说。

至四月初七日，尼姑又自到陈衙邀请，说道：“因夫人小姐光临，各位施主人家，贫僧都预先回了。明日更无别人，千万早降。”夫人已自被小姐朝暮聒絮① 的要去拜佛，只得允了。那晚，张远先去期约阮三。到黄昏人静，悄悄地用一乘女轿抬到庵里。尼姑接入，寻个窝窝凹凹的房儿，将阮三安顿了。分明正是：

猪羊送屠户之家，一脚脚来寻死路。

尼姑睡到五更时分，唤女童起来，佛前烧香点烛，厨下准备斋供。天明便去催那采画匠来，与圣像开了光明，早斋就打发去了：少时陈太尉女眷到来，怕不稳便。单留同辈女僧，在殿上做功德诵经。

将次到巳牌时分，夫人与小姐两个轿儿来了。尼姑忙出迎接，邀入方丈。茶罢，去殿前、殿后拈香礼拜。夫人见旁无杂人，心下欢喜。尼姑请到小轩中宽坐，那伙随从的男女各有个坐处。尼姑支分② 完了，来陪夫人小姐前后行走，观看了一回，才回到轩中吃斋。斋罢，夫人见小姐饭食稀少，洋洋瞑目作睡。夫人道：“孩儿，你今日想是起得早了些。”尼姑慌忙道：“告奶奶，我庵中绝无闲杂之辈，便是志诚③ 老实的女娘们，也不许他进我的房内。小姐去我房中拴上房门睡一睡，自取个稳便，等奶奶闲步一步。你们几年何月来走得一遭!”夫人道：“孩儿，你这般困倦，不如在师父房内睡睡。”

小姐依了母命，走进房内。刚拴上门，只见阮三从床背后走出来，看了小姐，深深的作揖道：“姐姐，候之久矣。”小姐慌忙摇手，低低道：“莫要

---

① 聒絮——絮絮叨叨；噜苏。

② 支分——支使；分派。

③ 志诚——虔诚；诚恳。

则声[①]!”阮三倒褪[②]几步,候小姐近前,两手相挽,转过床背后,开了侧门,又到一个去处,小巧漆桌藤床,隔断了外人耳目。两人搂做一团。说了几句情话,双双解带,其实畅快。

原来阮三是个病久的人,因为这女子,七情所伤,身子虚弱。不料乐极悲生,为好成歉,一阳失去,片时气断丹田,七魄分飞,顷刻魂归阴府。正所谓:

天有不测风云,人有旦夕祸福。

只见牙关紧咬难开,摸着遍身冰冷,惊慌了云雨娇娘,顶门上不见了三魂,脚底下荡散了七魄。翻身推在里床,起来忙穿襟袄,带转了侧门,走出前房。喘息未定,怕娘来唤,战战兢兢,向妆台重整花钿,对鸾镜再匀粉黛。恰才整理完备,早听得房外夫人声唤[③]。小姐慌忙开门,夫人道:“孩儿,殿上功德也散了,你睡才醒?”小姐道:“我睡了半晌,在这里整头面[④],正要出来和你回衙去。”夫人道:“轿夫伺候多时了。”小姐与夫人谢了尼姑,上轿回衙去不提。

且说尼姑王守长送了夫人起身,回到庵中,厨房里洗了盘碗器皿,佛殿上收了香火供食,一应都收拾已毕。只见那张远同阮二哥进庵,与尼姑相见了,称谢不已,问道:“我家三官今在那里?”尼姑道:“还在我里头房里睡着。”尼姑便引阮二与张远开了侧房门,来卧床边叫道:“三哥,你恁的好睡还未醒!”连叫数次不应。阮二用手摇也不动,口鼻全无气息,仔细看时,呜呼哀哉了。阮二吃了一惊,便道:“师父,怎地把我兄弟坏了性命?这事不得干净[⑤]!”尼姑慌道:“小姐吃了午斋便推要睡,就入房内,约有两个时辰,殿上功德完了,老夫人叫醒来,恰才去得不多时。我只道睡着,岂知有此事。”阮二道:“说便是这般说,却是怎了?”尼姑道:“阮二官,今日幸得张大官在此,向蒙张大官吩咐,实望你家做檀越施主,因此用心,终不成要害你兄弟性命?张大官,今日之事,却是你来寻我,非是我来寻你。告

---

① 则声——作声;出声。

② 褪——同退。

③ 声唤——叫喊。

④ 头面——首饰。

⑤ 干净——了结。

到官司,你也不好,我也不好。向日蒙施银二锭,一锭我用去了,止存一锭不敢留用,将来与三官人凑买棺木盛殓。只说在庵养病,不料死了。"说罢,将出这锭银子,放在卓上,道:"你二位,凭你怎么处置。"张远与阮二默默无言,呆了半晌。阮二道:"且去买了棺木来再议。"张远收了银子,与阮二同出庵门,迤逦路上行着。张远道:"二哥,这个事本不干尼姑事,三哥是个病弱的人,想是与女子交会,用过了力气,阳气一脱,就是死的。我也只为令弟面上情分好,况令弟前日,在床前再四叮咛,央浼[1] 不过,只得替他干这件事。"阮二回言道:"我论此事,人心天理,也不干着那尼姑事,亦不干你事。只是我这小官人年命如此,神作祸作,作出这场事来。我心里也道罢了,只愁大哥与老官人回来怨畅[2],怎的了?"连晚与张远买了一口棺木,抬进庵里,盛殓了,就放在西廊下,只等阮员外、大哥回来定夺。正是:

酒到散筵欢趣少,人逢失意叹声多。

忽一日,阮员外同大官人商贩回家,与院君[3] 相见,合家欢喜。员外动问三儿病症,阮二只得将前后事情,细细诉说了一遍。老员外听得说三郎死了,放声大哭了一场,要写起词状,与陈太尉女儿索命:"你家贱人来惹我的儿子!"阮大、阮二再四劝道:"爹爹,这个事想论来,都是兄弟作出来的事,以致送了性命。今日爹爹与陈家讨命,一则势力不敌,二则非干太尉之事。"勉劝老员外选个日子,就庵内修建佛事,送出郊外安厝了。

却说陈小姐自从闲云庵归后,过了月余,常常恶心气闷,心内思酸,一连三个月经脉不举。医者用行经顺气之药,如何得应?夫人暗地问道:"孩儿,你莫是与那个成这等事么?可对我实说。"小姐晓得事露了,没奈何,只得与夫人实说。夫人听得呆了,道:"你爹爹只要寻个有名目的才郎,靠你养老送终。今日弄出这丑事,如何是好?只怕你爹爹得知这事,怎生奈何?"小姐道:"母亲,事已如此,孩儿只是一死,别无计较。"夫人心内又恼又闷。

看看天晚,陈太尉回衙,见夫人面带忧容,问道:"夫人,今日何故不

---

① 央浼(měi)——央求;恳求。

② 怨畅——抱怨;埋怨。

③ 院君——有封号的妇人;对一般富户官吏妻子的尊称。

乐?”夫人回道:“我有一件事恼心。”太尉便问:“有甚么事恼心?”夫人见问不过,只得将情一一诉出。太尉不听说万事俱休,听得说了,怒从心上起,道:“你做母的不能看管孩儿,要你做甚?”急得夫人阁泪[①] 汪汪,不敢回对。太尉左思右想,一夜未寐。

天晓出外理事,回衙与夫人计议:“我今日用得买实做了。如官府去,我女孩儿又出丑,我府门又不好看;只得与女孩儿商量作何理会。”女儿扑簌簌弔[②] 下泪来,低头不语。半晌间,扯母亲于背静处,说道:“当初原是儿的不是,坑了阮三郎的性命。欲要寻个死,又有三个月遗腹在身;若不寻死,又恐人笑。”一头哭着,一头说:“莫若等待十个月满足,生得一男半女,也不绝了阮三后代,也是当日相爱情分。妇人从一而终,虽是一时苟合,亦是一日夫妻,我断然再不嫁人。若天可怜见,生得一个男子,守他长大,送还阮家,完了夫妻之情。那时寻个自尽,以赎玷辱父母之罪。”夫人将此话说与太尉知道,太尉只叹了一口气,也无奈何,暗暗着人请阮员外来家计议,说道:“当初是我闺门不谨,以致小女背后做出天大事来,害了你儿子性命,如今也休提了。但我女儿已有三个月遗腹,如何出活[③]? 如今只说我女曾许嫁你儿子,后来在闲云庵相遇,为想我女,成病儿死,因而彼此私情。庶他日生得一男半女,犹有许嫁情由,还好看相。”阮员外依允,从此就与太尉两家来往。

十月满足,阮员外一般遣礼催生,果然生个孩儿。到了三岁,小姐对母亲说,欲待领了孩儿,到阮家拜见公婆,就去看看阮三坟墓。夫人对太尉说知,俱依允了。拣个好日,小姐备礼过门,拜见了阮员外夫妇。次日,到阮三墓上哭奠了一回;又取出银两,请高行真僧,广设水陆道场,追荐亡夫阮三郎。其夜梦见阮三到来,说道:“小姐,你晓得夙因么? 前世你是个扬州名妓,我是金陵人,到彼访亲,与你相处情厚,许定一年之后再来,必然娶你为妻。及至归家,惧怕父亲,不敢禀知,别成姻眷。害你终朝悬望,郁郁而死。因是夙缘未断,今生乍会之时,两情牵恋。闲云庵相会,是你来索冤债,我登时身死,偿了你前生之命。多感你诚心追荐,今已得往好

---

① 阁泪——含泪而不垂下来。

② 弔——掉;落。

③ 出活——出脱;开脱。

处托生。你前世抱志节而亡,今世合享荣华。所生孩儿,他日必大贵,烦你好好抚养教训。从今你休怀忆念。"玉兰小姐梦中一把扯住阮三,正要问他托生何处,被阮三用手一推,惊醒将来,嗟叹不已。方知生死恩情,都是前缘夙债。

从此小姐放下情怀,一心看觑孩儿。光阴似箭,不觉长成六岁,生得清奇,与阮三一般标致,又且资性聪明。陈太尉爱惜真如掌上之珠,用自己姓,取名陈宗阮,请个先生教他读书。到一十六岁,果然学富五车,书通二酉①。十九岁上,连科及第,中了头甲状元,奉旨归娶。陈、阮二家争先迎接回家,宾朋满堂,轮流做庆贺筵席。当初陈家生子时,街坊上晓得些风声来历的,免不得点点搠搠,背后讥诮。到陈宗阮一举成名,翻夸奖玉兰小姐贞节贤慧,教子成名,许多好处。世情②以成败论人,大率如此。后来陈宗阮做到吏部尚书留守官,将他母亲十九岁上守寡,一生不嫁,教子成名等事,表奏朝廷,启建贤节牌坊。正所谓:贫家百事百难做,富家差得鬼推磨。虽然如此,也亏陈小姐后来守志,一床锦被遮盖了,至今河南府传作佳话。有诗为证,诗曰:

> 兔演巷中担病害,闲云庵里偿冤债。
> 周全末路仗贞娘,一床锦被相遮盖。

---

① 书通二酉——二酉,指大、小酉山,唐时两山山洞中藏有书籍千卷。书通二酉,比喻读书读得多。

② 世情——世态人情。

第五卷　穷马周遭际卖䭔媪

前程暗漆本难知，秋月春花各有时。

静听天公吩咐去，何须昏夜苦奔驰？

话说大唐贞观改元，太宗皇帝仁明有道，信用贤臣。文有十八学士，武有十八路总管。真个是鸳班济济，鹭序彬彬。凡天下有才有智之人，无不举荐在位，尽其抱负。所以天下太平，万民安乐。

就中单表一人，姓马名周，表字宾王，博州茌平人氏。父母双亡，一贫如洗，年过三旬，尚未娶妻，单单只剩一身。自幼精通书史，广有学问，志气谋略，件件过人。只为孤贫无援，没有人荐拔他，分明是一条神龙困于泥淖之中，飞腾不得。眼见别人才学万倍不如他的，一个个出身通显，享用爵禄，偏则自家怀才不遇，每日郁郁自叹道："时也，运也，命也。"一生挣得一副好酒量，闷来时只是饮酒，尽醉方休。日常饭食，有一顿，没一顿，都不计较，单少不得杯中之物。若自己没钱买时，打听邻家有酒，便去噇吃。却又大模大样，不谨慎，酒后又要狂言乱叫，发风骂坐。这伙三邻四舍被他聒噪的不耐烦，没一个不厌他，背后唤他做"穷马周"，又唤他是"酒鬼"。那马周晓得了，也全不在心上。正是：

未逢龙虎会，一任马牛呼。

且说博州刺史姓达，名奚，素闻马周明经有学，聘他为本州助教之职。到任之日，众秀才携酒称贺，不觉吃得大醉。次日刺史亲到学宫请教，马周兀自中酒，爬身不起，刺史大怒而去。马周醒后，晓得刺史曾到，特往州衙谢罪，被刺史责备了许多说话。马周口中唯唯，只是不能悛改。每遇门生执经问难，便留住他同饮。支得俸钱，都付与酒家；兀自不敷，依旧在门生家噇酒。一日吃醉了，两个门生左右扶住，一路歌咏而回，恰好遇着刺史前导，喝他回避，马周那里肯退步？瞋着双眼到骂人起来，又被刺史当街发作了一场。马周当时酒醉不知，次日醒后，门生又来劝马周，在刺史处告罪。马周叹口气道："我只为孤贫无援，欲图个进身之阶，所以屈志于人。今因酒过，屡被刺史责辱，何面目又去鞠躬取怜？古人不为五斗米折腰，这个助教官儿，也不是我终身养老之事。”便把公服交付门生，教他缴还刺史，仰天大笑，出门而去。正是：

此去好凭三寸舌，再来不值一文钱。

自古道：“水不激不跃，人不激不奋。”马周只为吃酒上受刺史责辱不过，叹口气出门，到一个去处，遇了一个人提携，直做到吏部尚书地位，此是后话。

且说如今到那里去？他想着冲州撞府①，没甚大遭际②，则除是长安帝都，公侯卿相中，有个能举荐的萧相国，识贤才的魏无知③，讨个出头日子，方遂平生之愿。望西迤逦而行，不一日，来到新丰。

原来那新丰城是汉高皇所筑。高皇生于丰里，后来起兵，诛秦灭项，做了大汉天子，尊其父为太上皇。太上皇在长安城中，思想故乡风景；高皇命巧匠照依故丰，建造此城，迁丰人来居住。凡街市屋宇，与丰里制度，一般无二，把张家鸡儿，李家犬儿，纵放在街上，那鸡犬也都认得自家门首，各自归家。太上皇大喜，赐名新丰。今日大唐仍建都于长安，这新丰总是关内之地，市井稠密，好不热闹！只这招商旅店，也不知多少！

马周来到新丰市上，天色已晚，只拣个大大客店，踱将进去。但见红尘滚滚，车马纷纷，许多商贩客人，驮着货物，挨三顶五④ 的进店安歇。店主王公迎接了，慌忙指派房头⑤，堆放行旅。众客人寻行逐队，各据坐头⑥，讨浆索酒。小二哥搬运不迭，忙得似走马灯一般。马周独自个冷清清地坐在一边，并没半个人睬他。马周心中不忿，拍案大叫道：“主人家，你好欺负人！偏俺不是客，你就不来照顾？是何道理！”王公听得发作，便来收科⑦ 道：“客官不须发怒，那边人众，只得先安放他；你只一位，却容易答应。但是用酒用饭，只管吩咐老汉就是。”马周道：“俺一路行来，没有洗脚，且讨些干净热水用用。”王公道：“锅子不方便，要热水再等一会。”马

① 冲州撞府——跑马头、闯江湖，奔走各地。

② 遭际——际遇；发迹。

③ 魏无知——汉代人，曾向刘邦推荐陈平。

④ 挨三顶五——三三五五地挨接着。

⑤ 房头——房位；房间。

⑥ 坐头——座位。

⑦ 收科——收场；圆场。

周道："既如此，先取酒来。"王公道："用多少酒？"马周指着对面大座头上一伙客人，问主人家道："他们用多少，俺也用多少。"王公道："他们五位客人，每人用一斗好酒。"马周道："论起来还不够俺半醉，但俺途中节饮，也只用五斗罢。有好嗄饭① 尽你搬来。"王公吩咐小二过了，一连暖五斗酒，放在桌上，摆一只大磁瓯，几碗肉菜之类。马周举瓯独酌，旁若无人。约莫吃了三斗有余，讨个洗脚盆来，把剩下的酒，都倾在里面，蹝② 脱双靴，便伸脚下去洗濯。众客见了，无不惊怪。王公暗暗称奇，知其非常人也。同时岑文本③ 画得有《马周濯足图》，后有烟波钓叟④ 题赞于上，赞曰：

世人尚口，吾独尊足。口易兴波，足能踄陆。
处下不倾，千里可逐。劳重赏薄，无言忍辱。
酬之以酒，慰尔仆仆。令尔忘忧，胜吾厌腹。
吁嗟宾王，见超凡俗。

当夜安歇无话。次日王公早起会钞，打发行客登程。马周身无财物，想天气渐热了，便脱下狐裘与王公当酒钱。王公见他是个慷慨之士，又嫌狐裘价重，再四推辞不受。马周索笔，题诗壁上。诗云：

古人感一饭，千金弃如屣；
匕箸安足酬？所重在知己。
我饮新丰酒，狐裘不用抵；
贤哉主人翁，意气倾闾里！

后写在平人马周题。王公见他写作⑤ 俱高，心中十分敬重。便问："马先生如今何往？"马周道："欲往长安求名。"王公道："曾有相熟寓所否？"马周回道："没有。"王公道："马先生大才，此去必然富贵。但长安乃米珠薪桂之地，先生资釜⑥ 既空，将何存立？老夫有个外甥女，嫁在彼处万寿街卖

---

① 嗄(xià)饭——下饭用的菜肴。
② 蹝(xí)——踏。
③ 岑文本——唐棘阳人，字景仁，唐太宗时，官至中书令。
④ 烟波钓叟——唐代诗人张志和，自称"烟波钓徒"。
⑤ 写作——书法和文章。
⑥ 资釜——釜，同斧。旅费；盘缠。

馊[1] 赵三郎家。老夫写封书，送先生到彼作寓，比别家还省事。更有白银一两，权助路资，休嫌菲薄。"马周感其厚意，只得受了。王公写书已毕，递与马周。马周道："他日寸进，决不相忘。"作谢而别。

行至长安，果然是花天锦地，比新丰市又不相同。马周径问到万寿街赵卖馊家，将王公书信投递。原来赵家积世卖这粉食为生，前年赵三郎已故了；他老婆在家守寡，接管店面，这就是新丰店中王公的外甥女儿。年纪虽然三十有余，兀自丰艳胜人，京师人顺口都唤他做"卖馊媪"。北方的"媪"字，即如南方的"妈"字一般。这王媪初时坐店卖馊，神相袁天罡一见大惊，叹道："此媪面如满月，唇若红莲，声响神清，山根[2] 不断，乃大贵之相，他日定为一品夫人，如何屈居此地？"偶在中郎将常何面前，谈及此事，常何深信袁天罡之语，吩咐苍头，只以买馊为名，每日到他店中闲话，说发[3] 王媪嫁人，欲娶为妾。王媪只是干笑，全不统口[4]。正是：

姻缘本是前生定，不是姻缘莫强求。

却说王媪隔夜得一异梦，梦见一匹白马，自东而来，到他店中，把粉馊一口吃尽。自己执箠赶逐，不觉腾上马背。那马化为火龙，冲天而去。醒来满身都热，思想此梦非常。恰好这一日，接得母舅王公之信，送个姓马的客人到来，又马周身穿白衣。王媪心中大疑，就留住店中作寓。一日三餐，殷勤供给。那马周恰似理之当然一般，绝无谦逊之意，这里王媪也始终不怠。叵耐[5] 邻里中有一班浮荡子弟，平日见王媪是个俏丽孤孀，闲常时倚门靠壁，不三不四，轻嘴薄舌的狂言挑拨。王媪全不招惹，众人到也道他正气。今番见他留个远方单身客在家，未免言三语四，造出许多议论。王媪是个精细的人，早已察听在耳朵里，便对马周道："贱妾本欲相留，奈孀妇之家，人言不雅。先生前程远大，宜择高枝栖止，以图上进。若埋没大才于此，枉自可惜。"马周道："小生情愿为人馆宾，但无路可投耳。"

言之未已，只见常中郎家苍头，又来买馊。王媪想着常何是个武臣，必定少不得文士相帮，乃向苍头问道："有个薄亲马秀才，饱学之士，在此

---

① 馊(duī)——蒸饼。

② 山根——星相家称鼻梁为山根。

③ 说发——说动；怂恿。

④ 统口——松口；改口。

⑤ 叵耐——叵，同叵。叵耐，不可容忍。

觅一馆舍，未知你老爷用得着否?”苍头答应道:“甚好。”原来那时正值天旱，太宗皇帝诏五品以上官员，都要悉心竭虑，直言得失，以凭采用。论常何官职也该具奏，正欲访求饱学之士，倩他代笔。恰好王媪说起马秀才，分明是饥时饭，渴时浆，正搔着痒处。苍头回去禀知常何，常何大喜，即刻遣人备马来迎。马周别了王媪，来到常中郎家里。常何见马周一表非俗，好生钦敬。当日置酒相待，打扫书馆，留马周歇宿。

次日，常何取白金二十两，彩绢十端，亲送到馆中，权为贽礼。就将圣旨求言一事，与马周商议。马周索取笔研，拂开素纸，手不停挥，草成便宜二十条，常何叹服不已。连夜缮写齐整，明日早朝进呈御览。太宗皇帝看罢，事事称善，便问常何道:“此等见识议论，非卿所及，卿从何处得来?”常何拜伏在地，口称:“死罪! 这便宜二十条，臣愚实不能建白，此乃臣家客马周所为也。”太宗皇帝道:“马周何在? 可速宣来见朕。”黄门官奉了圣旨，径到常中郎家，宣马周。马周吃了早酒，正在鼾睡，呼唤不醒。又是一道旨意下来，催促到第三遍，常何自来了，此见太宗皇帝爱才之极也。史官有诗云:

三道征书络绎催，贞观天子惜贤才。
朝廷爱士皆如此，安得英雄困草莱?

常何亲到书馆中，教馆童扶起马周，用凉水喷面，马周方才苏醒。闻知圣旨，慌忙上马。常何引到金銮见驾，拜舞已毕，太宗玉音问道:“卿何处人氏? 曾出仕否?”马周奏道:“臣乃茌平县人，曾为博州助教。因不得其志，弃官来游京都。今获觐天颜，实出万幸。”太宗大喜，即日拜为监察御史，钦赐袍笏官带。马周穿着了，谢恩而出，仍到常何家，拜谢举荐之德。常何重开筵席，把酒称贺。

至晚酒散，常何不敢屈留马周在书馆住宿，欲备轿马，送到令亲王媪家去。马周道:“王媪原非亲戚，不过借宿其家而已。”常何大惊问道:“御史公有宅眷否?”马周道:“惭愧，实因家贫未娶。”常何道:“袁天罡先生曾相王媪有一品夫人之贵，只怕是令亲，或有妨碍;既然萍水相逢，便是天缘。御史公若不嫌弃，下官即当作伐。”马周感王媪殷勤，亦有此意，便道:“若得先辈玉成，深荷大德。”是晚，马周仍在常家安歇。

次早，马周又同常何面君。那时鞑虏突厥反叛，太宗皇帝正遣四大总管出兵征剿，命马周献平虏策。马周在御前，口诵如流，句句中了圣意，改为给事中之职。常何举贤有功，赐绢百匹。常何谢恩出朝，吩咐马上就引到卖饄店中,要请王媪相见。王媪还只道常中郎强要娶他,慌忙躲过,那里肯出来。常何坐在店中,叫苍头去寻个老年邻妪,替他传话:今日常中郎来此,非为别事,专为马给谏[①] 求亲。王媪问其情由,方知马给谏就是马周,向时白马化龙之梦,今已验矣。此乃天付姻缘,不可违也。常何见王媪允从了,便将御赐绢匹,替马周行聘;赁下一所空宅,教马周住下。择个吉日,与王媪成亲,百官都来庆贺。正是:

分明乞相[②] 寒儒,忽作朝家贵客。

王媪嫁了马周,把自己一家一火[③],都搬到马家来了。里中无不称羡,这也不在话下。

却说马周自从遇了太宗皇帝,言无不听,谏无不从,不上三年,直做到吏部尚书,王媪封做夫人之职。那新丰店主人王公,知马周发迹荣贵,特到长安望他,就便先看看外甥女。行至万寿街,已不见了卖饄店,只道迁居去了。细问邻舍,才晓得外甥女已寡,晚嫁的就是马尚书,王公这场欢喜非通小可。问到尚书府中,与马周夫妇相见,各叙些旧话。住了月余,辞别要行。马周将千金相赠,王公那里肯受。马周道:"壁上诗句犹在,一饭千金,岂可忘也?"王公方才收了,作谢而回,遂为新丰富民。此乃投瓜报玉,施恩报恩,也不在话下。

再说达奚刺史,因丁忧回籍,服满到京。闻马周为吏部尚书,自知得罪,心下忧惶,不敢补官。马周晓得此情,再三请他相见。达奚拜倒在地,口称:"有眼不识泰山,望乞恕罪。"马周慌忙扶起道:"刺史教训诸生,正宜取端谨之士。嗜酒狂呼,此乃马周之罪,非贤刺史之过也。"即日举荐达奚为京兆尹。京师官员见马周度量宽洪,无不敬服。马周终身富贵,与王媪偕老。后人有诗叹云:

一代名臣属酒人,卖饄王媪亦奇人。
时人不具波斯眼[④],枉使明珠混俗尘。

---

① 给谏——给事中(官名)称为给谏。

② 乞相——乞丐相。

③ 一家一火——一应家火;所有家计。

④ 波斯眼——波斯商人常贩卖珍宝,波斯眼,指能辨识珍宝的眼睛。

第六卷　葛令公生遣弄珠儿

当时五霸说庄王，不但强梁压上邦。

多少倾城因女色，绝缨一事已无双。

话说春秋时，楚国有个庄王，姓芈①，名旅，是五霸中一霸。那庄王曾大宴群臣于寝殿，美人俱侍。偶然风吹烛灭，有一人从暗中牵美人之衣。美人扯断了他系冠的缨索，诉与庄王，要他查名治罪。庄王想道："酒后疏狂，人人常态，我岂为一女子上坐人罪过，使人笑戏？轻贤好色，岂不可耻。"于是出令曰："今日饮酒甚乐，在坐不绝缨者不欢。"比及烛至，满座的冠缨都解，竟不知调戏美人的是那一个。后来晋楚交战，庄王为晋兵所困，渐渐危急。忽有一将，杀入重围，救出庄王。庄王得脱，问："救我者为谁？"那将俯伏在地，道："臣乃昔日绝缨之人也。蒙吾王隐蔽，不加罪责，臣今愿以死报恩。"庄王大喜道："寡人若听美人之言，几丧我一员猛将矣。"后来大败晋兵，诸侯都叛晋归楚，号为一代之霸。有诗为证：

美人空自绝冠缨，岂为蛾眉失虎臣？

莫怪荆襄多霸气，骊山戏火是何人？

世人度量狭窄，心术刻薄，还要搜他人的隐过，显自己的精明；莫说犯出不是来，他肯轻饶了你！这般人一生有怨无恩，但有缓急，也没人与他分忧替力了。象楚庄王恁般弃人小过，成其大业，真乃英雄举动，古今罕有。

说话的，难道真个没有第二个了？看官，我再说一个与你听。你道是那一朝人物？却是唐末五代时人。那五代？梁、唐、晋、汉、周，是名五代。梁乃朱温，唐乃李存勗②，晋乃石敬瑭，汉乃刘知远，周乃郭威。方才要说的，正是梁朝中一员虎将，姓葛名周，生来胸襟海阔，志量③山高；力敌万

---

① 芈(mǐ)。

② 勗(xù)——同勖。勉励。

③ 志量——志气。

夫，身经百战。他原是芒砀山中同朱温起手做事的，后来朱温受了唐禅，做了大梁皇帝，封葛周中书令兼领节度使之职，镇守兖州。这兖州，与河北逼近，河北便是后唐李克用地面。所以梁太祖特着亲信的大臣镇守，弹压山东，虎视那河北。河北人仰他的威名，传出个口号来，道是：

"山东一条葛，无事莫撩拨①。"

从此人都称为"葛令公②"。手下雄兵十万，战将如云，自不必说。

其中单表一人，复姓申徒，名泰，泗水人氏，身长七尺，相貌堂堂，抡的好刀，射的好箭。先前未曾遭际，只在葛令公帐下做个亲军。后来葛令公在甑山打围③，申徒泰射倒一鹿，当有三班教师前来争夺。申徒泰只身独臂，打赢了三班教师，手提死鹿，到令公面前告罪。令公见他胆勇，并不计较，到有心抬举他。次日，教场演武，夸他弓马熟闲，补他做个虞候④，随身听用。一应军情大事，好生重托。他为自家贫未娶，只在府厅耳房⑤内栖止，这伙守厅军壮都称他做"厅头⑥"；因此上下人等，顺口也都唤做"厅头"。正是：

萧何治狱为秦吏，韩信曾官执戟郎。

蠖屈龙腾皆运会，男儿出处又何常？

话分两头。却说葛令公姬妾众多，嫌宅院狭窄，教人相了地形，在东南角旺地上另创个衙门，极其宏丽，限一年内务要完工，每日差厅头去点闸⑦ 两次。

时值清明佳节，家家士女踏青，处处游人玩景。葛令公吩咐设宴岳云楼⑧ 上。这个楼是兖州城中最高之处，葛令公引着一班姬妾，登楼玩赏。原来令公姬妾虽多，其中只有一人出色，名曰弄珠儿。那弄珠儿生得如何？

---

① 撩拨——撩惹；引逗。

② 令公——中书令的尊称。

③ 打围——打猎。

④ 虞候——军校的名称。

⑤ 耳房——堂屋两边的小房。

⑥ 厅头——守厅的头目。

⑦ 点闸——查点。

⑧ 岳云楼——古兖州城楼。

目如秋水，眉似远山。小口樱桃，细腰杨柳。妖艳不数太真，轻盈胜如飞燕。恍疑仙女临凡世，西子南威总不如。

葛令公十分宠爱，日则侍侧，夜则专房，宅院中称为“珠娘”。这一日，同在岳云楼饮酒作乐。

那申徒泰在新府点闸了人工，到楼前回话。令公唤他上楼，把金莲花巨杯赏他三杯美酒。申徒泰吃了，拜谢令公赏赐，起在一边。忽然抬头，见令公身边立个美妾，明眸皓齿，光艳照人。心中暗想：“世上怎有恁般好女子？莫非天上降下来的神仙么？”那申徒泰正当壮年慕色之际，况且不曾娶妻，平昔间也曾听得人说，令公有个美姬，叫做珠娘，十分颜色，只恨难得见面。今番见了这出色的人物，料想是他了，不觉三魂飘荡，七魄飞扬，一对眼睛光射定在这女子身上。真个是观之不足，看之有余。不提防葛令公有话问他，叫道：“厅头，这工程几时可完？呀，申徒泰，申徒泰！问你工程几时可完！”连连唤了几声，全不答应。自古道心无二用，原来申徒泰一心对着那女子身上出神去了，这边呼唤，都不听得，也不知吩咐的是甚话。葛令公看见申徒泰目不转睛，已知其意，笑了一笑，便教撤了筵席，也不叫唤他，也不说破他出来。

却说伏侍的众军校看见令公叫呼不应，到替他捏两把汗。幸得令公不加嗔责，正不知甚么意思，少不得学与申徒泰知道。申徒泰听罢，大惊，想道：“我这条性命，只在早晚，必然难保。”整整愁了一夜。正是：

是非只为闲撩拨，烦恼皆因不老成。

到次日，令公升厅理事，申徒泰远远跕①着，头也不敢抬起。巴得散衙②，这日就无事了。一连数日，神思恍惚，坐卧不安。葛令公晓得他心下忧惶，到把几句好言语安慰他；又差他往新府，专管催督工程，遣他闸去。申徒泰离了令公左右，分明拾了性命一般。才得三分安稳，又怕令公在这场差使内寻他罪罚，到底有些疑虑，十分小心勤谨，早夜督工，不辞辛苦。

忽一日，葛令公差虞候许高，来替申徒泰回衙。申徒泰闻知，又是一番惊恐，战战兢兢的离了新府，到衙门内参见，禀道：“承恩相呼唤，有何差

① 跕——同站。

② 散衙——即退堂。

使?”葛令公道:“主上在夹寨失利,唐兵分道入寇。李存璋引兵侵犯山东境界,见有本地告急文书到来。我待出师拒敌,因帐下无人,要你同去。”申徒泰道:“恩相钧旨,小人敢不遵依。”令公吩咐甲仗库内,取熟铜盔甲一副,赏了申徒泰。申徒泰拜谢了,心中一喜一忧:喜的是跟令公出去,正好立功;忧的怕有小小差迟,令公记其前过,一并治罪。正是:

青龙白虎同行①,吉凶全然未保。

却说葛令公简② 兵选将,即日兴师。真个是旌旗蔽天,锣鼓震地。一行来到郯城,唐将李存璋正待攻城,闻得兖州大兵将到,先占住瑯琊山高阜去处,大小下了三个寨。葛周兵到,见失了地形,倒退三十里屯扎,以防冲突。一连四五日挑战,李存璋牢守寨栅,只不招架。到第七日,葛周大军拔寨都起,直逼李家大寨搦战。李存璋早做准备,在山前结成方阵,四面迎敌。阵中埋伏着弓箭手,但去冲阵的,都被射回。葛令公亲自引兵阵前,看了一回,见行列齐整,如山不动,叹道:“人传李存璋柏乡大战,今观此阵,果大将之才也。”这个方阵,一名“九宫八卦阵”,昔日吴王夫差与晋公会于黄池,用此阵以取胜。须俟其倦怠,阵脚稍乱,方可乘之,不然实难攻矣。当下出令,吩咐严阵相持,不许妄动。

看看申牌时分,葛令公见军士们又饥又渴,渐渐立脚不定,欲待退军,又怕唐兵乘胜追赶,踌躇不决。忽见申徒泰在旁,便问道:“厅头,你有何高见?”申徒泰道:“据泰愚意,彼军虽整,然以我军比度,必然一般疲困。诚得亡命勇士数人,出其不意,疾驰赴敌。倘得陷入其阵,大军继之,庶可成功耳。”令公抚其背道:“我素知汝骁勇,能为我陷此阵否?”申徒泰即便掉刀上马,叫一声:“有志气的快跟我来破贼!”帐前并无一人答应。申徒泰也不回顾,径望敌军奔去。

葛周大惊,急领众将,亲出阵前接应。只见申徒泰一匹马一把刀,马不停蹄,刀不停手。马不停蹄,疾如电闪;刀不停手,快若风轮。不管三七二十一,直杀入阵中去了。原来对阵唐兵,初时看见一人一骑,不将他为意。谁知申徒泰拚命而来,这把刀神出鬼没,遇着他的,就如砍瓜切菜一般,往来阵中,如入无人之境。恰好遇着先锋沈祥,只一合斩于马下,跳下

① 青龙白虎同行——青龙是吉神,白虎是凶神,二者同行,比喻吉凶不分。

② 简——选择(人才)。

马来，割了首级；复飞身上马，杀出阵来，无人拦挡。葛周大军已到，申徒泰大呼道："唐兵阵乱矣！要杀贼的快来！"说罢，将首级掷于葛周马前，翻身复杀入对阵去了。

葛周将令旗一招，大军一齐并力，长驱而进。唐兵大乱，李存璋禁押不住，只得鞭马先走。唐兵被梁家杀得七零八落，走得快的，逃了性命；略迟慢些，就为沙场之鬼。李存璋唐朝名将，这一阵，杀得大败亏输，望风而遁，弃下器械马匹，不计其数。梁家大获全胜。葛令公对申徒泰道："今日破敌，皆汝一人之功。"申徒泰叩头道："小人有何本事？皆仗令公虎威耳！"令公大喜，一面写表申奏朝廷；传令犒赏三军，休息他三日，第四日班师回兖州去。果然是：

喜孜孜鞭敲金镫响，笑吟吟齐唱凯歌回。

却说葛令公回衙，众侍妾罗拜称贺。令公笑道："为将者出师破贼，自是本分常事，何足为喜？"指着弄珠儿对众妾说道："你们众人只该贺他的喜。"众妾道："相公今日破敌，保全地方，朝廷必有恩赏。凡侍巾栉的，均受其荣，为何只是珠娘之喜？"令公道："此番出师，全亏帐下一人力战成功。无物酬赏他，欲将此姬赠与为妻。他终身有托，岂不可喜？"弄珠儿恃着平日宠爱，还不信是真，带笑的说道："相公休得取笑。"令公道："我生平不作戏言，已曾取库上六十万钱，替你具办资妆去了。只今晚便在西房独宿，不敢劳你侍酒。"弄珠儿听罢，大惊，不觉泪如雨下，跪禀道："贱妾自侍巾栉，累年以来，未曾得罪。今一旦弃之他人，贱妾有死而已，决难从命。"令公大笑道："痴妮子，我非木石，岂与你无情？但前日岳云楼饮宴之时，我见此人目不转睛，晓得他钟情与汝。此人少年未娶，新立大功，非汝不足以快其意耳。"弄珠儿扯住令公衣袂，撒娇撒痴，千不肯，万不肯，只是不肯从命。令公道："今日之事，也由不得你。做人的妻，强似做人的妾。此人将来功名，不弱于我，乃汝福分当然。我又不曾误你，何须悲怨！"教众妾扶起珠娘，莫要啼哭。众妾为平时珠娘有专房之宠，满肚子恨她，巴不得撇她出去。今日闻此消息，正中其怀，一拥上前，拖拖拽拽，扶她到西房去，着实窝伴① 她，劝解他。弄珠儿此时也无可奈何，想着令公英雄性子，在儿女头上不十分留恋，叹了口气，只得罢了。从此日为始，令公每夜

① 窝伴——抚慰；陪伴。

轮遣两名姬妾,陪珠娘西房宴宿,再不要他相见。有诗为证:

昔日专房宠,今朝召见稀。
非关情太薄,犹恐动情痴。

再说申徒泰自郯城回后,口不言功,禀过令公,依旧在新府督工去了。这日工程报完,恰好库吏也来禀道:"六十万钱资妆,俱已备下,伏乞钧旨。"令公道:"权且寄下,待移府后取用。"一面吩咐阴阳生择个吉日,阖家迁在新府住居,独留下弄珠儿及丫鬟、养娘数十人。库吏奉了钧帖,将六十万钱资妆,都搬来旧衙门内,摆设得齐齐整整,花堆锦簇。众人都疑道令公留这旧衙门做外宅,故此重新摆设,谁知其中就里!

这日,申徒泰同着一般虞候,正在新府声喏① 庆贺。令公独唤申徒泰上前,说道:"郯城之功,久未图报。闻汝尚未娶妻,小妾颇工颜色,特奉赠为配。薄有资妆,都在旧府。今日是上吉之日,便可就彼成亲,就把这宅院判与你夫妻居住。"申徒泰听得,倒吓得面如土色,不住的磕头,只道得个"不敢"二字,那里还说得出什么说话!令公又道:"大丈夫意气相许,头颅可断,何况一妾?我主张已定,休得推阻。"申徒泰兀自谦让,令公吩咐众虞候,替他披红插花,随班乐工奏动鼓乐。众虞候喝道:"申徒泰,拜谢了令公!"申徒泰恰似梦里一般,拜了几拜,不由自身做主,众人拥他出府上马,乐人迎导而去,直到旧府。只见旧时一班直厅② 的军壮,预先领了钧旨,都来参谒。前厅后堂,悬花结彩。丫鬟、养娘等引出新人交拜,鼓乐喧天,做起花烛筵席。申徒泰定睛看时,那女子正是岳云楼中所见。当时只道是天上神仙霎时出现,因为贪看她颜色,险些儿获其大祸,丧了性命。谁知今日等闲间做了百年眷属,岂非侥幸!进到内宅,只见器用供帐,件件新,色色备,分明钻入锦绣窝中,好生过意不去。当晚就在西房安置,夫妻欢喜,自不必说。

次日,双双两口儿都到新府拜谢葛令公。令公吩咐挂了回避牌,不消相见。刚才转身回去,不多时门上报到令公自来了,申徒泰慌忙迎着马头下跪迎接。葛令公下马扶起,直至厅上。令公捧出告身③ 一道,请申徒

① 声喏——唱喏。

② 直厅——在客厅上值班。

③ 告身——古代授官的凭证。

泰为参谋之职。原来那时做镇使的,都请得有空头告身①,但是军中合用官员,随他填写取用,然后奏闻朝廷,无有不依。况且申徒泰已有功绩,申奏去了,朝廷自然优录的。令公教取官带与申徒泰换了,以礼相接。自此申徒泰洗落了“厅头”二字,感谢令公不尽。

一日,与浑家闲话,问及令公平日恁般宠爱,如何割舍得下?弄珠儿叙起岳云楼目不转睛之语,令公说你钟情于妾,特地割爱相赠。申徒泰听罢,才晓得令公体悉人情,重贤轻色,真大丈夫之所为也。这一节,传出军中,都知道了,没一个人不夸扬令公仁德,都愿替他出力尽死。终令公之世,人心悦服,地方安静。后人有诗赞云:

重贤轻色古今稀,反怨为恩事更奇。

试借兖州功簿看,黄金台② 上有名姬。

---

① 空头告身——没有填写的告身。

② 黄金台——战国时,燕昭王筑台,置千金于台上,以招纳贤士,号称为“黄金台”。黄金台在今河北省易县。

第七卷　羊角哀舍命全交

一本作"羊角哀一死战荆轲"

背手为云覆手雨，纷纷轻薄何须数？

君看管鲍① 贫时交，此道今人弃如土。

昔时齐国有管仲，字夷吾；鲍叔，字宣子，两个自幼时以贫贱结交。后来鲍叔先在齐桓公门下，信用显达，举荐管仲为首相，位在己上。两人同心辅政，始终如一。管仲曾有几句言语道："吾尝三战三北，鲍叔不以我为怯，知我有老母也；吾尝三仕三见逐，鲍叔不以我为不肖，知我不遇时也；吾尝与鲍叔谈论，鲍叔不以我为愚，知时有利不利也；吾尝与鲍叔为贾，分利多，鲍叔不以我为贪，知我贫也。生我者父母，知我者鲍叔。"所以古今说知心结交，必曰"管鲍"。今日说两个朋友，偶然相见，结为兄弟，各舍其命，留名万古。

春秋时，楚元王崇儒重道，招贤纳士。天下之人闻其风而归者，不可胜计。西羌积石山，有一贤士，姓左，双名伯桃，幼亡父母，勉力攻书，养成济世之才，学就安民之业。年近四旬，因中国诸侯互相吞并，行仁政者少，恃强霸者多，未尝出仕。后闻得楚元王慕仁好义，遍求贤士，乃携书一囊，辞别乡中邻友，径奔楚国而来。迤逦来到雍地，时值隆冬，风雨交作。有一篇《西江月》词，单道冬天雨景：

习习悲风割面，濛濛细雨侵衣。催冰酿雪逞寒威，不比他时和气。　　山色不明常暗，日光偶露还微。天涯游子尽思归，路上行人应悔。

左伯桃冒雨荡风②，行了一日，衣裳都沾湿了。看看天色昏黄，走向村间，欲觅一宵宿处③。远远望见竹林之中，破窗透出灯光。径奔那个去处，见

① 管鲍——指管仲，鲍叔牙。

② 荡风——顶风；冒风。

③ 宵宿处——过夜的处所。

矮矮篱笆围着一间草屋。乃推开篱障，轻叩柴门。中有一人，启户而出。左伯桃立在檐下，慌忙施礼曰："小生西羌人氏，姓左，双名伯桃。欲往楚国，不期中途遇雨，无觅旅邸之处，求借一宵，来早便行，未知尊意肯容否？"那人闻言，慌忙答礼，邀入屋内。伯桃视之，止有一榻。榻上堆积书卷，别无他物。伯桃已知亦是儒人，便欲下拜。那人云："且未可讲礼，容取火烘干衣服，却当会话。"当夜烧竹为火，伯桃烘衣。那人炊办酒食，以供伯桃，意甚勤厚。伯桃乃问姓名。其人曰："小生姓羊，双名角哀，幼亡父母，独居于此。平生酷爱读书，农业尽废。今幸遇贤士远来，但恨家寒，乏物为款，伏乞恕罪。"伯桃曰："阴雨之中，得蒙遮蔽，更兼一饮一食，感佩何忘！"当夜二人抵足而眠，共话胸中学问，终夕不寐。

比及天晓，淋雨不止。角哀留伯桃在家，尽其所有相待；结为昆仲，伯桃年长角哀五岁，角哀拜伯桃为兄。一住三日，雨止道干。伯桃曰："贤弟有王佐之才，抱经纶之志；不图竹帛，甘老林泉，深为可惜。"角哀曰："非不欲仕，奈未得其便耳。"伯桃曰："今楚王虚心求士，贤弟既有此心，何不同往？"角哀曰："愿从兄长之命。"遂收拾些小路费粮米，弃其茅屋，二人同望南方而进。

行不两日，又值阴雨，羁身旅店中，盘费罄尽。止有行粮一包，二人轮换负之，冒雨而走。其雨未止，风又大作，变为一天大雪。怎见得？你看：

风添雪冷，雪趁风威。纷纷柳絮狂飘，片片鹅毛乱舞。团空搅阵，不分南北西东；遮地漫天，变尽青黄赤黑。探梅诗客多清趣，路上行人欲断魂。

二人行过岐阳，道经梁山路，问及樵夫，皆说：从此去百余里，并无人烟，尽是荒山旷野，狼虎成群，只好休去。伯桃与角哀曰："贤弟心下如何？"角哀曰："自古道：'死生有命。'既然到此，只顾前进，休生退悔。"又行了一日，夜宿古墓中。衣服单薄，寒风透骨。

次日，雪越下得紧，山中仿佛盈尺。伯桃受冻不过，曰："我思此去百余里，绝无人家，行粮不敷，衣单食缺。若一人独往，可到楚国；二人俱去，纵然不冻死，亦必饿死于途中。与草木同朽，何益之有？我将身上衣服，脱与贤弟穿了，贤弟可独赍此粮，于途强挣而去。我委的行不动了，宁可死于此地。待贤弟见了楚王，必当重用，那时却来葬我未迟。"角哀曰："焉有此理！我二人虽非一父母所生，义气过于骨肉，我安忍独去而求进身耶?”遂不许。扶伯桃而行,行不十里,伯桃曰:“风雪越紧,如何去得?且于道旁寻个歇处。”见一株枯桑,颇可避雪。那桑下止容得一人,角哀遂扶伯桃入去坐下。伯桃命角哀敲石取火,爇① 些枯枝,以御寒气。比及角哀取了柴火到来,只见伯桃脱得赤条条地,浑身衣服,都做一堆放着。角哀大惊曰:“吾兄何为如此?”伯桃曰:“吾寻思无计,贤弟勿自误了,速穿此衣服,负粮前去,我只在此守死。”角哀抱持大哭曰:“吾二人死生同处,安可分离?”伯桃曰:“若皆饿死,白骨谁埋?”角哀曰:“若如此,弟情愿解衣与兄穿了,兄可赍粮去,弟宁死于此。”伯桃曰:“我平生多病,贤弟少壮,比我甚强;更兼胸中之学,我所不及。若见楚君,必登显宦。我死何足道哉?弟勿久滞,可宜速往。”角哀曰:“今兄饿死桑中,弟独取功名,此大不义之人也,我不为之。”伯桃曰:“我自离积石山,至弟家中,一见如故。知弟胸次不凡,以此劝弟求进。不幸风雨所阻,此吾天命当尽。若使弟亦亡于此,乃吾之罪也。”言讫欲跳前溪觅死。角哀抱住痛哭,将衣拥护,再扶至桑中,伯桃把衣服推开。角哀再欲上前劝解时,但见伯桃神色已变,四肢厥冷,口不能言,以手挥令去。角哀寻思:“我若久恋,亦冻死矣。死后谁葬吾兄?”乃于雪中再拜伯桃而哭曰:“不肖弟此去,望兄阴力相助。但得微名,必当厚葬。”伯桃点头半答,角哀取了衣粮,带泣而去。伯桃死于桑中。后人有诗赞云:

寒来雪三尺,人去途千里。
长途苦雪寒,何况囊无米?
并粮一人生,同行两人死;
两死诚何益?一生尚有恃。
贤哉左伯桃!陨命成人美。

角哀捱着寒冷,半饥半饱,来至楚国,于旅邸中歇定。次日入城,问人曰:“楚君招贤,何由而进?”人曰:“宫门外设一宾馆,令上大夫裴仲接纳天下之士。”角哀径投宾馆前来,正值上大夫下车,角哀乃向前而揖。裴仲见角哀衣虽蓝缕,器宇不凡,慌忙答礼,问曰:“贤士何来?”角哀曰:“小生姓羊,双名角哀,雍州人也。闻上国招贤,特来归投。”裴仲邀入宾馆,具酒食以进,宿于馆中。

---

① 爇(ruò)——点燃;焚烧。

次日，裴仲到馆中探望，将胸中疑义，盘问角哀，试他学问如何。角哀百问百答，谈论如流。裴仲大喜，入奏元王。王即时召见，问富国强兵之道，角哀首陈十策，皆切当世之急务。元王大喜，设御宴以待之，拜为中大夫，赐黄金百两，彩段百匹。角哀再拜流涕。元王大惊而问曰："卿痛哭者何也?"角哀将左伯桃脱衣并粮之事，一一奏知。元王闻其言，为之感伤，诸大臣皆为痛惜。元王曰："卿欲如何?"角哀曰："臣乞告假到彼处，安葬伯桃已毕，却回来事大王。"元王遂赠已死伯桃为中大夫，厚赐葬资，仍差人跟随角哀车骑同去。

角哀辞了元王，径奔梁山地面。寻旧日枯桑之处，果见伯桃死尸尚在，颜貌如生前一般。角哀乃再拜而哭，呼左右唤集乡中父老，卜地于浦塘之原。前临大溪，后靠高崖，左右诸峰环抱，风水甚好。遂以香汤沐浴伯桃之尸，穿戴大夫衣冠，置内棺外椁，安葬起坟。四围筑墙栽树，离坟三十步建享堂①，塑伯桃仪容，立华表，柱上建牌额。墙侧盖瓦屋，令人看守。造毕，设祭于享堂，哭泣甚切。乡老从人，无不下泪。祭罢，各自散去。

角哀是夜明灯燃烛而坐，感叹不已。忽然一阵阴风飒飒，烛灭复明。角哀视之，见一人于灯影中或进或退，隐隐有哭声。角哀叱曰："何人也?辄敢夤夜而入!"其人不言。角哀起而视之，乃伯桃也。角哀大惊，问曰："兄阴灵不远，今来见弟，必有事故。"伯桃曰："感贤弟记忆，初登仕路，奏请葬吾，更赠重爵，并棺椁衣衾之美，凡事十全。但坟地与荆轲墓相连近，此人在世时，为刺秦王不中被戮，高渐离以其尸葬于此处。神极威猛，每夜仗剑来骂吾曰：'汝是冻死饿杀之人，安敢建坟居吾上肩，夺吾风水?若不迁移他处，吾发墓取尸，掷之野外!'有此危难，特告贤弟。望改葬于他处，以免此祸。"角哀再欲问之，风起，忽然不见。角哀在享堂中一梦惊觉，尽记其事。

天明，再唤乡老，问此处有坟相近否。乡老曰："松阴中有荆轲墓，墓前有庙。"角哀曰："此人昔刺秦王不中被杀，缘何有坟于此?"乡老曰："高渐离乃此间人，知荆轲被害，弃尸野外，乃盗其尸，葬于此地。每每显灵。土人建庙于此，四时享祭，以求福利。"角哀闻其言，遂信梦中之事，引从者

① 享堂——供奉神位的祭堂。

径奔荆轲庙，指其神而骂曰："汝乃燕邦一匹夫，受燕太子奉养，名姬重宝，尽汝受用。不思良策以副重托，入秦行事，丧身误国。却来此处惊惑乡民，而求祭祀！吾兄左伯桃，当代名儒，仁义廉洁之士，汝安敢逼之？再如此，吾当毁其庙，而发其冢，永绝汝之根本！"骂讫，却来伯桃墓前祝曰："如荆轲今夜再来，兄当报我。"

归至享堂，是夜秉烛以待。果见伯桃哽咽而来，告曰："感贤弟如此，奈荆轲从人极多，皆土人所献。贤弟可束草为人，以彩为衣，手执器械，焚于墓前。吾得其助，使荆轲不能侵害。"言罢不见。角哀连夜使人束草为人，以彩为衣，各执刀枪器械，建数十于墓侧，以火焚之。祝曰："如其无事，亦望回报。"

归至享堂，是夜闻风雨之声，如人战敌。角哀出户观之，见伯桃奔走而来，言曰："弟所焚之人，不得其用。荆轲又有高渐离相助，不久吾尸必出墓矣。望贤弟早与迁移他处殡葬，免受此祸。"角哀曰："此人安敢如此欺凌吾兄！弟当力助以战之。"伯桃曰："弟阳人也，我皆阴鬼；阳人虽有勇烈，尘世相隔，焉能战阴鬼也？虽刍草之人，但能助喊，不能退此强魂。"角哀曰："兄且去，弟来日自有区处。"次日，角哀再到荆轲庙中大骂，打毁神像。方欲取火焚庙，只见乡老数人，再四哀求，曰："此乃一村香火，若触犯之，恐贻祸于百姓。"须臾之间，土人聚集，都来求告。角哀拗他不过，只得罢了。

回到享堂，修一道表章，上谢楚王，言："昔日伯桃并粮与臣，因此得活，以遇圣主。重蒙厚爵，平生足矣，容臣后世尽心图报。"词意甚切。表付从人，然后到伯桃墓侧，大哭一场。与从者曰："吾兄被荆轲强魂所逼，去往无门，吾所不忍。欲焚庙掘坟，又恐拂土人之意。宁死为泉下之鬼，力助吾兄战此强魂。汝等可将吾尸葬于此墓之右，生死共处，以报吾兄并粮之义。回奏楚君，万乞听纳臣言，永保山河社稷。"言讫，掣取佩剑，自刎而死。从者急救不及，速具衣棺殡殓，埋于伯桃墓侧。

是夜二更，风雨大作，雷电交加，喊杀之声闻数十里。清晓视之，荆轲墓上，震烈如发，白骨散于墓前，墓边松柏，和根拔起。庙中忽然起火，烧做白地。乡老大惊，都往羊左二墓前，焚香展拜。从者回楚国，将此事上奏元王，元王感其义重，差官往墓前建庙，加封上大夫，敕赐庙额，曰"忠义之祠"，就立碑以记其事，至今香火不断。荆轲之灵，自此绝矣。土人四时祭祀，所祷甚灵。有古诗云：

古来仁义包天地，只在人心方寸间。
二士庙前秋日净，英魂常伴月光寒。

第八卷　吴保安弃家赎友

古人结交惟结心，今人结交惟结面。结心可以同死生，结面那堪共贫贱？九衢鞍马日纷纭，追攀送谒无晨昏。座中慷慨出妻子，酒边拜舞犹弟兄。一关微利已交恶，况复大难肯相亲？君不见当年羊左称死友，至今史传高其人。

这篇词，名为《结交行》，是叹末世人心险薄，结交最难。平时酒杯往来，如兄若弟；一遇虱大的事，才有些利害相关，便尔我不相顾了。真个是：酒肉弟兄千个有，落难之中无一人。还有朝兄弟，暮仇敌，才放下酒杯，出门便弯弓相向的。所以陶渊明欲息交①，嵇叔夜欲绝交②，刘孝标③又做下《广绝交论》，都是感慨世情，故为忿激之谭耳。如今我说的两个朋友，却是从无一面的。只因一点意气上相许，后来患难之中，死生相救，这才算做心交至友。正是：

说来贡禹冠尘动④，道破荆卿剑气寒。

话说大唐开元年间，宰相代国公郭震，字元振，河北武阳人氏，有侄儿郭仲翔，才兼文武，一生豪侠尚气，不拘绳墨，因此没人举荐。他父亲见他年长无成，写了一封书，教他到京参见伯父，求个出身之地。元振谓曰："大丈夫不能掇巍科⑤，登上第，致身青云，亦当如班超⑥、傅介子⑦，立功

---

① 陶渊明欲息交——陶潜《归去来辞》中有"请息交兮绝游"的话。

② 嵇叔夜欲绝交——嵇康，字叔夜，三国魏时人。山涛为选曹郎，想举嵇康自代。嵇康去书和他绝交。

③ 刘孝标——梁刘峻，字孝标，作《广绝交论》。后汉朱穆曾作《绝交论》。

④ 贡禹冠尘动——贡禹，汉代人，元帝时，官至御史大夫。他和同时人王吉友善，二人用退常相同。所以当时人有"王阳（王吉，字子阳）在位，贡公弹冠"的说法。弹冠，拂除冠上尘埃，准备出仕。

⑤ 掇巍科——巍科，最高的科举考试。掇巍科，犹如说擢高等；名列前茅。

⑥ 班超——汉代人，汉明帝时出使西域，团结五十余国，封定远侯。

⑦ 傅介子——汉代人，汉昭帝时出使西域，后以斩楼兰王立功，封义阳侯。

异域，以博富贵。若但借门第为阶梯，所就岂能远大乎？”仲翔唯唯。

适边报到京：南中洞蛮作乱。原来武则天娘娘革命之日，要买嘱人心归顺，只这九溪十八洞蛮夷，每年一小犒赏，三年一大犒赏。到玄宗皇帝登极，把这犒赏常规都裁革了。为此群蛮一时造反，侵扰州县。朝廷差李蒙为姚州都督，调兵进讨。李蒙领了圣旨，临行之际，特往相府辞别，因而请教。郭元振曰：“昔诸葛武侯七擒孟获，但服其心，不服其力。将军宜以慎重行之，必当制胜。舍侄郭仲翔颇有才干，今遣与将军同行。俟破贼立功，庶可附骥尾以成名耳。”即呼仲翔出，与李蒙相见。李蒙见仲翔一表非俗，又且当朝宰相之侄，亲口嘱托，怎敢推委？即署仲翔为行军判官之职。仲翔别了伯父，跟随李蒙起程。

行至剑南地方，有同乡一人，姓吴，名保安，字永固，见任东川遂州方义尉。虽与仲翔从未识面，然素知其为人义气深重，肯扶持济拔人的。乃修书一封，特遣人驰送于仲翔。仲翔拆书读之，书曰：

> 吴保安不肖，幸与足下生同乡里，虽缺展拜，而慕仰有日。以足下大才，辅李将军以平小寇，成功在旦夕耳。保安力学多年，仅官一尉。僻在剑外，乡关梦绝。况此官已满，后任难期，恐厄选曹①之格限也。稔闻足下分忧急难，有古人风。今大军征进，正在用人之际。傥垂念乡曲，灵及细微，使保安得执鞭从事，树尺寸于幕府，足下丘山之恩，敢忘衔结②？

仲翔玩其书意，叹曰：“此人与我素昧平生，而骤以缓急相委，乃深知我者。大丈夫遇知己而不能与之出力，宁不负愧乎？”遂向李蒙夸奖吴保安之才，乞征来军中效用。李都督听了，便行下文帖，到遂州去，要取方义尉吴保安为管记③。

才打发差人起身，探马报蛮贼猖獗，逼近内地。李都督传令，星夜趱行④。来到姚州，正遇着蛮兵抢掳财物，不做准备，被大军一掩，都四散乱窜，不成队伍，杀得他大败全输。李都督恃勇，招引大军，乘势追逐五十

---

① 选曹——吏部。

② 衔结——衔环结草；感激图报。

③ 管记——管文牍的官，即书记。

④ 趱行——催行；赶路。

里。天晚下寨,郭仲翔谏曰:“蛮人贪诈无比,今兵败远遁,将军之威已立矣,宜班师回州,遣人宣播威德,招使内附,不可深入其地,恐堕诈谋之中。”李蒙大喝曰:“群蛮今已丧胆,不乘此机扫清溪洞,更待何时?汝勿多言,看我破贼!”

次日,拔寨都起。行了数日,直到乌蛮界上。只见万山叠翠,草木蒙茸,正不知那一条是去路。李蒙心中大疑,传令暂退平衍处屯扎,一面寻觅土人,访问路径。忽然山谷之中,金鼓之声四起,蛮兵漭山遍野而来。洞主姓蒙,名细奴逻,手执木弓药矢,百发百中。驱率各洞蛮酋穿林渡岭,分明似鸟飞兽奔,全不费力。唐兵陷于伏中,又且路生力倦,如何抵敌?李都督虽然骁勇,奈英雄无用武之地。手下爪牙看看将尽,叹曰:“悔不听郭判官之言,乃为犬羊所侮。”拔出靴中短刀,自刺其喉而死,全军皆没于蛮中。后人有诗云:

马援铜柱① 标千古,诸葛旗台镇九溪。
何事唐师皆覆没?将军姓李数偏奇。

又有一诗,专咎李都督不听郭仲翔之言,以自取败。诗云:

不是将军数独奇,悬军深入总堪危。
当时若听还师策,总有群蛮谁敢窥?

其时郭仲翔也被掳去,细奴逻见他丰神不凡,叩问之,方知是郭元振之侄,遂给与本洞头目乌罗部下。原来南蛮从无大志,只贪图中国财物。掳掠得汉人,都分给与各洞头目。功多的,分得多;功少的,分得少。其分得人口,不问贤愚,只如奴仆一般,供他驱使,斫柴割草,饲马牧羊。若是人口多的,又可转相买卖。汉人到此,十个九个只愿死,不愿生。却又有蛮人看守,求死不得,有恁般苦楚。这一阵厮杀,掳得汉人甚多。其中多有有职位的,蛮酋一一审出,许他寄信到中国去,要他亲戚来赎,获其厚利。你想被掳的人,那一个不思想还乡的?一闻此事,不论富家贫家,都寄信到家乡来了。就是各人家属,十分没法处置的,只得罢了。若还有亲有眷,挪移补凑得来,那一家不想借贷去取赎?那蛮酋忍心贪利,随你孤身穷汉,也要勒取好绢三十匹,方准赎回。若上一等的,凭他索诈。乌罗闻知郭仲翔是当朝宰相之侄,高其赎价,索绢一千匹。

① 马援铜柱——东汉时马援征服交趾,在边界上立铜柱,以夸耀战功。

仲翔想道："若要千绢，除非伯父处可办。只是关山迢递，怎得寄个信去？"忽然想着："吴保安是我知己，我与他从未会面，只为见他数行之字，便力荐于李都督，召为管记。我之用情，他必谅之。幸他行迟，不与此难，此际多应已到姚州。诚央他附信于长安，岂不便乎？"乃修成一书，径致保安。书中具道苦情，及乌罗索价详细："倘永固不见遗弃，传语伯父，早来见赎，尚可生还。不然，生为俘囚，死为蛮鬼，永固其忍之乎？"永固者，保安之字也。书后附一诗云：

箕子为奴[①]仍异域，苏卿受困在初年。

知君义气深相悯，愿脱征骖学古贤。

仲翔修书已毕，恰好有个姚州解粮官，被赎放回。仲翔乘便就将此书付之，眼盼盼看着他人去了，自己不能奋飞，万箭攒心，不觉泪如雨下。正是：

眼看他鸟高飞去，身在笼中怎出头？

不提郭仲翔蛮中之事。且说吴保安奉了李都督文帖，已知郭仲翔所荐，留妻房张氏和那新生下未周岁的孩儿在遂州住下，一主一仆飞身上路，赶来姚州赴任。闻知李都督阵亡消息，吃了一惊。尚未知仲翔生死下落，不免留身打探。恰好解粮官从蛮地放回，带得有仲翔书信。吴保安拆开看了，好生凄惨。便写回书一纸，书中许他取赎，留在解粮官处，嘱他觑便寄到蛮中，以慰仲翔之心。忙整行囊，便望长安进发。这姚州到长安三千余里，东川正是个顺路。保安径不回家，直到京都，求见郭元振相公。谁知一月前元振已薨[②]，家小都扶柩而回了。

吴保安大失所望，盘缠罄尽，只得将仆马卖去，将来使用。覆身回到遂州，见了妻儿，放声大哭。张氏问其缘故。保安将郭仲翔失陷南中之事，说了一遍，"如今要去赎他，争奈自家无力，使他在穷乡悬望，我心何安？"说罢又哭。张氏劝止之曰："常言'巧媳妇煮不得没米粥'，你如今力不从心，只索付之无奈了。"保安摇首曰："吾向者偶寄尺书，即蒙郭君垂情荐拔；今彼在死生之际，以性命托我，我何忍负之？不得郭回，誓不独生

① 箕子为奴——箕子，商代人，名胥馀，封于箕，故称箕子。箕子谏劝纣王不听，把他囚禁，于是佯狂为奴。

② 薨(hōng)——诸侯或大官之死。

也。”

于是倾家所有，估计来止直得绢二百匹。遂撇了妻儿，欲出外为商。又怕蛮中不时有信寄来，只在姚州左近营运①。朝驰暮走，东趁西奔；身穿破衣，口吃粗粝。虽一钱一粟，不敢妄费，都积来为买绢之用。得一望十，得十望百；满了百匹，就寄放姚州府库。眠里梦里只想着“郭仲翔”三字，连妻子都忘记了。整整的在外过了十个年头，刚刚的凑得七百匹绢，还未足千匹之数。正是：

离家千里逐锥刀②，只为相知意气饶。

十载未偿蛮洞债，不知何日慰心交？

话分两头。却说吴保安妻张氏，同那幼年孩子，孤孤凄凄的住在遂州，初时还有人看县尉面上，小意儿周济他，一连几年不通音耗③，就没人理他了。家中又无积蓄，捱到十年之外，衣单食缺，万难存济④，只得并迭⑤ 几件破家火，变卖盘缠，领了十一岁的孩儿，亲自问路，欲往姚州，寻取丈夫吴保安。夜宿朝行，一日只走得三四十里。比到得戎州界上，盘费已尽，计无所出。欲待求乞前去，又含羞不惯。思量薄命，不如死休；看了十一岁的孩儿，又割舍不下。左思右想，看看天晚，坐在乌蒙山下，放声大哭，惊动了过往的官人⑥。那官人，姓杨，名安居，新任姚州都督，正顶着李蒙的缺。从长安驰驿到任，打从乌蒙山下经过，听得哭声哀切，又是个妇人，停了车马，召而问之。张氏手搀着十一岁的孩儿，上前哭诉曰：“妾乃遂州方义尉吴保安之妻，此孩儿即妾之子也。妾夫因友人郭仲翔陷没蛮中，欲营求千匹绢往赎，弃妾母子，久住姚州，十年不通音信。妾贫苦无依，亲往寻取。粮尽路长，是以悲泣耳。”安居暗暗叹异道：“此人真义士，恨我无缘识之。”乃谓张氏曰：“夫人休忧，下官忝任姚州都督，一到彼郡，即差人寻访尊夫。夫人行李之费，都在下官身上。请到前途馆驿中，当与

---

① 营运——经营。

② 锥刀——微末之利。

③ 音耗——音讯；消息。

④ 存济——生存；安身。

⑤ 并迭——收拾；拼凑。

⑥ 官人——此指官员。

夫人设处。"张氏收泪拜谢。虽然如此，心下尚怀惶惑。杨都督车马如飞去了。

张氏母子相扶，一步步捱到驿前。杨都督早已吩咐驿官伺候，问了来历，请到空房饭食安置。次日五鼓，杨都督起马先行。驿官传杨都督之命，将十千钱赠为路费，又备下一辆车儿，差人夫送至姚州普溯驿中居住。张氏心中感激不尽。正是：

好人还遇好人救，恶人自有恶人磨。

且说杨安居一到姚州，便差人四下寻访吴保安下落。不三四日，便寻着了。安居请到都督府中，降阶迎接，亲执其手，登堂慰劳。因谓保安曰："下官常闻古人有死生之交，今亲见之足下矣。尊夫人同令嗣远来相觅，见在驿舍。足下且往，暂叙十年之别。所需绢匹若干，吾当为足下图之。"保安曰："仆为友尽心，固其分内，奈何累及明公乎？"安居曰："慕公之义，欲成公之志耳。"保安叩首曰："既蒙明公高谊，仆不敢固辞。所少尚三分之一，如数即付，仆当亲往蛮中，赎取吾友。然后与妻孥相见，未为晚也。"时安居初到任，乃于库中撮借官绢四百匹，赠与保安，又赠他全副鞍马，保安大喜，领了这四百匹绢，并库上七百匹，共一千一百之数，骑马直到南蛮界。只寻个熟蛮，往蛮中通话，将所余百匹绢，尽数托他使费。只要仲翔回归，心满意足。正是：

应时还得见，胜是岳阳金。

却说郭仲翔在乌罗部下，乌罗指望他重价取赎，初时好生看待，饮食不缺。过了一年有余，不见中国人来讲话。乌罗心中不悦，把他饮食都裁减了，每日一餐，着他看养战象。仲翔打熬不过，思乡念切，乘乌罗出外打围，拽开脚步，望北而走。那蛮中都是险峻的山路，仲翔走了一日一夜，脚底都破了，被一般看象的蛮子，飞也似赶来，捉了回去。乌罗大怒，将他转卖与南洞主新丁蛮为奴，离乌罗部二百里之外。那新丁最恶，差使小不遂意，整百皮鞭，鞭得背都青肿，如此已非一次。仲翔熬不得痛苦，捉个空，又想逃走。争奈[①] 路径不熟，只在山凹内盘旋，又被本洞蛮子追着了，拿去献与新丁。新丁不用了，又卖到南方一洞去，一步远一步了。那洞主号菩萨蛮，更是利害。晓得郭仲翔屡次逃走，乃取木板两片，各长五六尺厚

① 争奈——无奈；怎奈。

三四寸，教仲翔把两只脚立在板上，用铁钉钉其脚面，直透板内，日常带着二板行动。夜间纳土洞中，洞口用厚木板门遮盖。本洞蛮子就睡在板上看守，一毫转动不得。两脚被钉处，常流脓血，分明是地狱受罪一般。有诗为证：

身卖南蛮南更南，土牢木锁苦难堪。

十年不达中原信，梦想心交不敢谭。

却说熟蛮领了吴保安言语，来见乌罗，说知求赎郭仲翔之事。乌罗晓得绢足千匹，不胜之喜，便差人往南洞转赎郭仲翔回来。南洞主新丁，又引至菩萨蛮洞中，交割了身价，将仲翔两脚钉板，用铁钳取出钉来。那钉头入肉已久，脓水干后，如生成一般，今番重复取出，这疼痛比初钉时，更自难忍，血流满地，仲翔登时闷绝。良久方醒，寸步难移。只得用皮袋盛了，两个蛮子扛抬着，直送到乌罗帐下。乌罗收足了绢匹，不管死活，把仲翔交付熟蛮，转送吴保安收领。

吴保安接着，如见亲骨肉一般。这两个朋友，到今日方才识面。未暇叙话，各睁眼看了一看，抱头而哭，皆疑以为梦中相逢也。郭仲翔感谢吴保安，自不必说。保安见仲翔形容憔悴，半人半鬼，两脚又动弹不得，好生凄惨，让马与他骑坐，自己步行随后，同到姚州城内，回复杨都督。

原来杨安居曾在郭元振门下做个幕僚，与郭仲翔虽未厮认，却有通家之谊；又且他是个正人君子，不以存亡易心，一见仲翔，不胜之喜，教他洗沐过了，将新衣与他更换，又教随军医生医他两脚疮口。好饮好食将息，不够一月，平复如故。

且说吴保安从蛮界回来，方才到普淜驿中，与妻儿相见。初时分别，儿子尚在襁褓，如今十一岁了。光阴迅速，未免伤感于怀。杨安居为吴保安义气上，十分敬重。他每对人夸奖，又写书与长安贵要，称他弃家赎友之事；又厚赠资粮，送他往京师补官。凡姚州一郡官府，见都督如此用情，无不厚赠。仲翔仍留为都督府判官。保安将众人所赠，分一半与仲翔，留下使用。仲翔再三推辞，保安那里肯依，只得受了。吴保安谢了杨都督，同家小往长安进发。仲翔送出姚州界外，痛哭而别。保安仍留家小在遂州，单身到京，升补嘉州彭山丞之职。那嘉州仍是西蜀地方，迎接家小又方便，保安欢喜赴任去讫，不在话下。

再说郭仲翔在蛮中日久，深知款曲。蛮中妇女，尽有姿色，价反在男子之下。仲翔在任三年,陆续差人到蛮洞购求年少美女,共有十人,自己教成歌舞,鲜衣美饰,特献与杨安居伏侍,以报其德。安居笑曰:“吾重生高义,故乐成其美耳。言及相报,得无以市井见待耶?”仲翔曰:“荷明公仁德,微躯再造,特求此蛮口奉献,以表区区。明公若见辞,仲翔死不瞑目矣。”安居见他诚恳,乃曰:“仆有幼女,最所钟爱,勉受一小口为伴,余则不敢如命。”仲翔把那九个美女,赠与杨都督帐下九个心腹将校,以显杨公之德。

时朝廷正追念代国公军功,要录用其子侄。杨安居表奏:“故相郭震嫡侄仲翔,始进谏于李蒙,预知胜败;继陷身于蛮洞,备著坚贞。十年复返于故乡,三载效劳于幕府。荫既可叙,功亦宜酬。”于是郭仲翔得授蔚州录事参军①。自从离家到今,共一十五年了,他父亲和妻子在家闻得仲翔陷没蛮中,杳无音信,只道身故已久,忽见亲笔家书,迎接家小临蔚州任所,举家欢喜无限。

仲翔在蔚州做官两年,大有声誉,升迁代州户曹参军②。又经三载,父亲一病而亡,仲翔扶柩回归河北。丧葬已毕,忽然叹曰:“吾赖吴公见赎,得有余生。因老亲在堂,方谋奉养,未暇图报私恩;今亲殁服除,岂可置恩人于度外乎?”访知吴保安在宦所未回,乃亲到嘉州彭山县看之。

不期保安任满家贫,无力赴京听调,就便在彭山居住;六年之前,患了疫症,夫妇双亡,藁葬在黄龙寺后隙地。儿子吴天祐从幼母亲教训,读书识字,就在本县训蒙度日。仲翔一闻此信,悲啼不已。因制缞③ 麻之服,腰绖执杖,步至黄龙寺内,向冢号泣,具礼祭奠。奠毕,寻吴天祐相见,即将自己衣服,脱与他穿了,呼之为弟,商议归葬一事。乃为文以告于保安之灵,发开土堆,止存枯骨二具。仲翔痛哭不已,旁观之人,莫不堕泪。仲翔预制下练囊④ 二个,装保安夫妇骸骨。又恐失了次第,敛葬时一时难认,逐节用墨记下,装入练囊,总贮一竹笼之内,亲自背负而行。吴天祐道是他父母的骸骨,理合他驮,来夺那竹笼。仲翔那肯放下,哭曰:“永固为

① 录事参军——州县专管文簿及举弹善恶的属官。

② 户曹参军——州县专管户籍的属官。

③ 缞(cuī)——旧时用粗麻布制成的丧服。

④ 练囊——绢囊。

我奔走十年，今我暂时为之负骨，少尽我心而已。”一路且行且哭，每到旅店，必置竹笼于上坐，将酒饭浇奠过了，然后与天祐同食。夜间亦安置竹笼停当，方敢就寝。自嘉州到魏郡，凡数千里，都是步行。他两脚曾经钉板，虽然好了，终是血脉受伤，一连走了几日，脚面都紫肿起来，内中作痛。看看行走不动，又立心不要别人替力，勉强捱去。有诗为证：

酬恩无地只奔丧，负骨徒行日夜忙。

遥望平阳数千里，不知何日到家乡？

仲翔思想：前路正长，如何是好？天晚就店安宿，乃设酒饭于竹笼之前，含泪再拜，虔诚哀恳：“愿吴永固夫妇显灵，保祐仲翔脚患顿除，步履方便，早到武阳，经营葬事。”吴天祐也从旁再三拜祷。到次日起身，仲翔便觉两脚轻健，直到武阳县中，全不疼痛。此乃神天护佑吉人，不但吴保安之灵也。

再说仲翔到家，就留吴天祐同居。打扫中堂，设立吴保安夫妇神位，买办衣衾棺椁，重新殡敛。自己戴孝，一同吴天祐守幕受吊，雇匠造坟。凡一切葬具，照依先葬父亲一般。又立一道石碑，详纪保安弃家赎友之事，使往来读碑者，尽知其善。又同吴天祐庐墓三年。那三年中，教训天祐经书，得他学问精通，方好出仕。三年后，要到长安补官，念吴天祐无家未娶，择宗族中侄女有贤德者，替他纳聘，割东边宅院子，让他居住成亲，又将一半家财，分给天祐过活。正是：

昔年为友抛妻子，今日孤儿转受恩。

正是投瓜还得报，善人不负善心人。

仲翔起服① 到京，补岚州长史，又加朝散大夫。仲翔思念保安不已，乃上疏，其略曰：

臣闻有善必劝者，固国家之典；有恩必酬者，亦匹夫之义。臣向从故姚州都督李蒙进御蛮寇，一战奏捷。臣谓深入非宜，尚当持重；主帅不听，全军覆没。臣以中华世族，为绝域穷困。蛮贼贪利，责绢还俘。谓臣宰相之侄，索至千疋。而臣家绝万里，无信可通。十年之中，备尝

---

① 起服——服，当为复。官吏遭丧守孝，服未满而起用，或开缺官员重新被起用，均为起复。

艰苦，肌肤毁剔，靡刻不泪。牧羊有志，射雁无期①。而遂州方义尉吴保安，适至姚州，与臣虽系同乡，从无一面，徒以意气相慕，遂谋赎臣。经营百端，撇家数载，形容憔悴，妻子饥寒。拔臣于垂死之中，赐臣以再生之路。大恩未报，遽尔淹殁。臣今幸沾朱绂，而保安子天祐，食藿悬鹑②，臣窃愧之。且天祐年富学深，足堪任使，愿以臣官，让之天祐。庶几国家劝善之典，与下臣酬恩之义，一举两得。臣甘就退闲，没齿无怨。谨昧死披沥以闻。

时天宝十二年也。疏入，下礼部详议。此一事，哄动了举朝官员。虽然保安施恩在前，也难得郭仲翔义气，真不愧死友者矣。礼部为此覆奏，盛夸郭仲翔之品，宜破格俯从，以励浇俗。吴天祐可试岚谷县尉，仲翔原官如故。这岚谷县与岚州相邻。使他两个朝夕相见，以慰其情，这是礼部官的用情处。朝廷依允，仲翔领了吴天祐告身一道，谢恩出京，回到武阳县，将告身付与天祐。备下祭奠，拜告两家坟墓。择了吉日，两家宅眷，同日起程，向西京到任。

那时做一件奇事，远近传说，都道吴郭交情，虽古之管鲍、羊左，不能及也。后来郭仲翔在岚州，吴天祐在岚谷县，皆有政绩，各升迁去。岚州人追慕其事，为立双义祠，祀吴保安、郭仲翔。里中凡有约誓，都在庙中祷告，香火至今不绝。有诗为证：

频频握手未为亲，临难方知意气真。
试看郭吴真义气，原非平日结交人。

---

① 牧羊射雁——指汉代苏武，被匈奴羁留，牧羊于北海上。后来汉使诈言天子射雁得书，方得放还。

② 食藿悬鹑——食藿，以豆叶为食。悬鹑，形容衣衫褴褛。食藿悬鹑，即穷苦。

第九卷　裴晋公义还原配

官居极品富千金，享用无多白发侵。

惟有存仁并积善，千秋不朽在人心。

当初汉文帝朝中，有个宠臣，叫做邓通，出则随辇，寝则同榻，恩幸无比。其时有神相许负，相那邓通之面，有纵理纹入口①，必当穷饿而死。文帝闻之，怒曰："富贵由我，谁人穷得邓通？"遂将蜀道铜山赐之，使得自铸钱。当时邓氏之钱，布满天下，其富敌国。一日，文帝偶然生下个痈疽，脓血迸流，疼痛难忍。邓通跪而吮之，文帝觉得爽快，便问道："天下至爱者何人？"邓通答道："莫如父子。"恰好皇太子入宫问疾，文帝也教他吮那痈疽。太子推辞道："臣方食鲜脍，恐不宜近圣恙。"太子出宫去了。文帝叹道："至爱莫如父子，尚且不肯为我吮疽，邓通爱我胜如吾子。"由是恩宠俱加。皇太子闻知此语，深恨邓通吮疽之事。后来文帝驾崩，太子即位，是为景帝，遂治邓通之罪，说他吮疽献媚，坏乱钱法。籍其家产，闭于空室之中，绝其饮食，邓通果然饿死。又汉景帝时，丞相周亚夫也有纵理纹在口。景帝忌他威名，寻他罪过，下之于廷尉狱中。亚夫怨恨，不食而死。这两个极富极贵，犯了饿死之相，果然不得善终。然虽如此，又有一说，道是面相不如心相。假如上等贵相之人，也有做下亏心事，损了阴德，反不得好结果。又有犯着恶相的，却因心地端正，肯积阴功，反祸为福。此是人定胜天，非相法之不灵也。

如今说唐朝有个裴度，少年时，贫落未遇。有人相他纵理入口，法当饿死。后游香山寺中，于井亭栏干上，拾得三条宝带。裴度自思："此乃他人遗失之物，我岂可损人利己，坏了心术？"乃坐而守之。少顷间，只见有个妇人，啼哭而来。说道："老父陷狱，借得三条宝带，要去赎罪。偶到寺中盥手烧香，遗失在此。如有人拾取，可怜见还，全了老父之命。"裴度将

---

① 纵理纹入口——相术家称人面部鼻端两旁的皱纹为法令纹，法令纹通到嘴里，叫做"纵理入口"，迷信说命中注定要饿死。

三条宝带，即时交付与妇人，妇人拜谢而去。

他日，又遇了那相士，相士大惊，道："足下骨法全改，非复向日饿莩之相，得非有阴德乎？"裴度辞以没有。相士云："足下试自思之，必有拯溺救焚之事。"裴度乃言还带一节。相士云："此乃大阴功，他日富贵两全，可预贺也。"后来裴度果然进身及第，位至宰相，寿登耄耋①。正是：

面相不如心相准，为人须是积阴功。

假饶② 方寸难移相，饿莩焉能享万钟？

说话的，你只道裴晋公是阴德上积来的富贵，谁知他富贵以后，阴德更多。则今听我说义还原配这节故事，却也十分难得。

话说唐宪宗皇帝元和十三年，裴度领兵削平了淮西反贼吴元济，还朝拜为首相，进爵晋国公。又有两处积久负固的藩镇，都惧怕裴度威名，上表献地赎罪：恒冀节度使王承宗，愿献德、隶二州；淄青节度使李师道，愿献沂、密、海三州。宪宗皇帝看见外寇渐平，天下无事，乃修龙德殿，浚龙首池，起承晖殿，大兴土木。又听山人③ 柳泌，合长生之药。裴度屡次切谏，都不听。佞臣皇甫镈判度支④，程异掌盐铁，专一刻剥百姓财物，名为羡余，以供无事之费。由是投了宪宗皇帝之意，两个佞臣并同平章事。裴度羞与同列，上表求退。宪宗皇帝不许，反说裴度好立朋党，渐有疑忌之心。裴度自念功名太盛，惟恐得罪，乃口不谈朝事，终日纵情酒色，以乐余年。四方郡牧，往往访觅歌儿舞女，献于相府，不一而足。论起裴晋公，那里要人来献？只是这班阿谀谄媚的，要博相国欢喜，自然重价购求，也有用强逼取的，鲜衣美饰，或假作家妓，或伪称侍儿，遣人殷殷勤勤的送来。裴晋公来者不拒，也只得纳了。

再说晋州万泉县，有一人，姓唐名璧，字国宝，曾举孝廉科，初任括州龙宗县尉，再任越州会稽丞。先在乡时，聘定同乡黄太学⑤ 之女小娥为妻。因小娥尚在稚龄，待年未嫁。比及长成，唐璧两任游宦，都在南方。

---

① 耄耋(màodié)——指八九十岁的老人。

② 假饶——假若；如果。

③ 山人——隐士；方士。

④ 度支——官名，掌管国家的财政。

⑤ 太学——古代设立在京城的最高学府。

以此两下蹉跎,不曾婚配。

那小娥年方二九,生得脸似堆花,体如琢玉,又且通于音律,凡箫管琵琶之类,无所不工。晋州刺史奉承裴晋公,要在所属地方选取美貌歌姬一队进奉。已有了五人,还少一个出色掌班的。闻得黄小娥之名,又道太学之女,不可轻得,乃捐钱三十万,嘱托万泉县令求之。那县令又奉承刺史,遣人到黄太学家致意。黄太学回道:“已经受聘,不敢从命。”县令再三强求,黄太学只是不允。时值清明,黄太学举家扫墓,独留小娥在家。县令打听的实,乃亲到黄家,搜出小娥,用肩舆抬去,着两个稳婆相伴,立刻送到晋州刺史处交割。硬将三十万钱撇在他家,以为身价。比及黄太学回来,晓得女儿被县令劫去,急往县中,已知送去州里。再到晋州,将情哀求刺史。刺史道:“你女儿才色过人,一入相府,必然擅宠,岂不胜作他人箕帚乎?况已受我聘财六十万钱,何不赠与汝婿,别图配偶?”黄太学道:“县主乘某扫墓,将钱委置,某未尝面受,况止三十万,今悉持在此。某只愿领女,不愿领钱也。”刺史拍案大怒道:“你得财卖女,却又瞒过三十万,强来絮聒,是何道理?汝女已送至晋国公府中矣,汝自往相府取索,在此无益。”黄太学看见刺史发怒,出言图赖,再不敢开口,两眼含泪而出。在晋州守了数日,欲得女儿一见,寂然无信,叹了口气,只得回县去了。

却说刺史将千金置买异样服饰,宝珠璎珞,妆扮那六个人,如天仙相似,全副乐器,整日在衙中操演。直待晋国公生日将近,遣人送去,以作贺礼。那刺史费了许多心机,破了许多钱钞,要博相国一个大欢喜。谁知相国府中,歌舞成行,各镇所献美女,也不计其数,这六个人,只凑得闹热,相国那里便看在眼里、留在心里?从来奉承尽有折本的,都似此类。有诗为证:

割肉剜肤买上欢,千金不吝备吹弹。
相公见惯浑闲事,羞杀州官与县官。

话分两头。再说唐璧在会稽任满,该得升迁。想黄小娥今已长成,且回家毕姻,然后赴京未迟。当下收拾宦囊,望万泉县进发。到家次日,就去谒见岳丈黄太学。黄太学已知为着姻事,不等开口,便将女儿被夺情节,一五一十,备细的告诉了。唐璧听罢,呆了半晌,咬牙切齿恨道:“大丈夫浮沉薄宦,至一妻之不能保,何以生为?”黄太学劝道:“贤婿英年才望,自有好姻缘相凑,吾女儿自没福相从,遭此强暴,休得过伤怀抱,有误前程。”唐璧怒气不息，要到州官、县官处，与他争论。黄太学又劝道：“人已去矣，争论何益？况干碍裴相国，方今一人之下，万人之上，倘失其欢心，恐于贤婿前程不便。”乃将县令所留三十万钱抬出，交付唐璧道：“以此为图婚之费。当初宅上有碧玉玲珑为聘，在小女身边，不得奉还矣。贤婿须念前程为重，休为小挫以误大事。”唐璧两泪交流，答道：“某年近三旬，又失此良偶，琴瑟之事，终身已矣。蜗名微利，误人之本，从此亦不复思进取也。”言讫，不觉大恸。黄太学也还痛起来，大家哭了一场，方罢。唐璧那里肯收这钱去，径自空身回了。

次日，黄太学亲到唐璧家，再三解劝，撺掇他早往京师听调，得了官职，然后徐议良姻。唐璧初时不肯，被丈人一连数日强逼不过，思量在家气闷，且到长安走遭，也好排遣。勉强择吉，买舟起程。丈人将三十万钱暗地放在舟中，私下嘱咐从人道：“开船两日后，方可禀知主人，拿去京中，好做使用，讨个美缺。”唐璧见了这钱，又感伤了一场，吩咐苍头：“此是黄家卖女之物，一文不可动用。”

在路不一日，来到长安。雇人挑了行李，就裴相国府中左近处，下个店房，早晚府前行走，好打探小娥信息。过了一夜，次早，到吏部报名，送历任文簿，查验过了。回寓吃了饭，就到相府门前守候。一日最少也踅过十来遍。住了月余，那里通得半个字？这些官吏们一出一入，如蚂蚁相似，谁敢上前把这没头脑的事问他一声！正是：

侯门一入深如海，从此萧郎① 是路人。

一日，吏部挂榜，唐璧授湖州录事参军。这湖州，又在南方，是熟游之地，唐璧也倒欢喜。等有了告敕②，收拾行李，雇唤船只出京。行到潼津地方，遇了一伙强人。自古道“慢藏诲盗”，只为这三十万钱带来带去，露了小人眼目，惹起贪心，就结伙做出这事来。这伙强人从京城外直跟至潼津，背地通同了船家，等待夜静，一齐下手。也是唐璧命不该绝，正在船头上登东，看见声势不好，急忙跳水，上岸逃命。只听得这伙强人乱了一回，连船都撑去，苍头的性命也不知死活。舟中一应行李，尽被劫去，光光剩个身子。正是：

---

① 萧郎——唐代泛称男子为萧郎。

② 告敕——即告身，授官的证书。

屋漏更遭连夜雨，船迟又被打头风①。

那三十万钱和行囊，还是小事，却有历任文簿，和那告敕，是赴任的执照，也失去了，连官也做不成。唐璧那一时真个是控天无路，诉地无门，思量："我直恁时乖运蹇，一事无成！欲待回乡，有何面目？欲待再往京师，向吏部衙门投诉，奈身畔并无分文盘费，怎生是好？这里又无相识借贷，难道求乞不成？"欲待投河而死，又想："堂堂一躯，终不然如此结果。"坐在路旁，想了又哭，哭了又想，左算右算，无计可施，从半夜直哭到天明。

喜得绝处逢生，遇着一个老者携杖而来，问道："官人为何哀泣？"唐璧将赴任被劫之事，告诉了一遍。老者道："原来是一位大人，失敬了。舍下不远，请那② 步则个。"老者引唐璧约行一里，到于家中，重复叙礼。老者道："老汉姓苏，儿子唤做苏凤华，见做湖州武源县尉，正是大人属下。大人往京，老汉愿少助资斧。"即忙备酒饭管待，取出新衣一套，与唐璧换了；捧出白金二十两，权充路费。

唐璧再三称谢，别了苏老，独自一个上路，再往京师旧店中安下。店主人听说路上吃亏，好生凄惨。唐璧到吏部门下，将情由哀禀。那吏部官道是告敕、文簿尽空，毫无巴鼻③，难辨真伪。一连求了五日，并不作准④。身边银两，都在衙门使费去了。回到店中，只叫得苦，两眼泪汪汪的坐着纳闷。

只见外面一人，约莫半老年纪，头带软翅纱帽，身穿紫裤衫，挺带⑤皂靴，好似押牙官⑥ 模样，踱进店来。见了唐璧，作了揖，对面而坐，问道："足下何方人氏？到此贵干？"唐璧道："官人不问犹可，问我时，教我一时诉不尽心中苦情。"说未绝声，扑簌簌掉下泪来。紫衫人道："尊意有何不美？可细话之，或者可共商量也。"唐璧道："某姓唐名璧，晋州万泉县人氏。近除湖州录事参军，不期行至潼津，忽遇盗劫，资斧一空。历任文簿

---

① 打头风——逆风。

② 那——同挪。

③ 巴鼻——根据；来由。

④ 作准——准许；承认。

⑤ 挺带——皮带。挺，应为鞓。

⑥ 押牙官——侍卫武官。

和告敕都失了，难以之任。”紫衫人道：“中途被劫，非关足下之事。何不以此情诉知吏部，重给告身，有何妨碍?”唐璧道：“几次哀求，不蒙怜准，教我去住两难，无门恳告。”紫衫人道：“当朝裴晋公每怀恻隐，极肯周旋落难之人，足下何不去求见他?”唐璧听说，愈加悲泣道：“官人休提起‘裴晋公’三字，使某心肠如割。”紫衫人大惊道：“足下何故而出此言?”唐璧道：“某幼年定下一房亲事，因屡任南方，未成婚配。却被知州和县尹用强夺去，凑成一班女乐，献与晋公，使某壮年无室。此事虽不由晋公，然晋公受人谄媚，以致府县争先献纳，分明是他拆散我夫妻一般，我今日何忍复往见之?”紫衫人问道：“足下所定之室，何姓何名？当初有何为聘?”唐璧道：“姓黄，名小娥，聘物碧玉玲珑，见在彼处。”紫衫人道：“某即晋公亲校，得出入内室，当为足下访之。”唐璧道：“侯门一入，无复相见之期。但愿官人为我传一信息，使他知我心事，死亦瞑目。”紫衫人道：“明日此时，定有好音奉报。”说罢，拱一拱手，踱出门去了。

唐璧转展思想，懊悔起来：“那紫衫押牙，必是晋公亲信之人，遣他出外探事的。我方才不合议论了他几句，颇有怨望之词。倘或述与晋公知道，激怒了他，降祸不小。”心下好生不安，一夜不曾合眼。

巴到天明，梳洗罢，便到裴府窥望。只听说令公给假在府，不出外堂。虽然如此，仍有许多文书来往，内外奔走不绝，只不见昨日这紫衫人。等了许久，回店去吃了些午饭，又来守候，绝无动静。看看天晚，眼见得紫衫人已是谬言失信了。嗟叹了数声，凄凄凉凉的回到店中。

方欲点灯，忽见外面两个人似令史① 妆扮，慌慌忙忙的走入店来，问道：“那一位是唐璧参军?”諕得唐璧躲在一边，不敢答应。店主人走来问道：“二位何人?”那两个人答曰：“我等乃裴府中堂吏②，奉令公之命，来请唐参军到府讲话。”店主人指道：“这位就是。”唐璧只得出来相见了，说道：“某与令公素未通谒，何缘见召？且身穿亵服，岂敢唐突。”堂吏道：“令公立等，参军休得推阻。”

两个左右腋扶着，飞也似跑进府来。到了堂上，教“参军少坐，容某等禀过令公，却来相请。”两个堂吏进去了。不多时，只听得飞奔出来，复道：

① 令史——书吏。

② 堂吏——省吏。

“令公给假在内，请进去相见。”一路转弯抹角，都点得灯烛辉煌，照耀如白日一般。两个堂吏前后引路，到一个小小厅事中。只见两行纱灯排列，令公角巾① 便服，拱立而待。唐璧慌忙拜伏在地，流汗浃背，不敢仰视。令公传命扶起道：“私室相延，何劳过礼？”便教看坐。唐璧谦让了一回，坐于旁侧，偷眼看着令公，正是昨日店中所遇紫衫之人，愈加惶惧，捏着两把汗，低了眉头，鼻息也不敢出来。

原来裴令公闲时常在外面私行耍子，昨日偶到店中，遇了唐璧。回府去，就查黄小娥名字，唤来相见，果然十分颜色。令公问其来历，与唐璧说话相同。又讨他碧玉玲珑看时，只见他紧紧的带在臂上。令公甚是怜悯，问道：“你丈夫在此，愿一见乎？”小娥流泪道：“红颜薄命，自分永绝。见与不见，权在令公，贱妾安敢自专？”令公点头，教他且去。密地吩咐堂候官②，备下资装千贯；又将空头告敕一道，填写唐璧名字，差人到吏部去，查他前任履历及新授湖州参军文凭，要得重新补给。件件完备，才请唐璧到府。唐璧满肚慌张，那知令公一团美意？

当日令公开谈③ 道：“昨见所话，诚心恻然。老夫不能杜绝馈④ 遗，以致足下久旷琴瑟之乐，老夫之罪也。”唐璧离席下拜道：“鄙人身遭颠沛，心神颠倒，昨日语言冒犯，自知死罪，伏惟相公海涵。”令公请起道：“今日颇吉，老夫权为主婚，便与足下完婚。薄有行资千贯奉助，聊表赎罪之意。成亲之后，便可于飞赴任。”唐璧只是拜谢，也不敢再问赴任之事。只听得宅内一派乐声嘹亮，红灯数对，女乐一队前导，几个押班老嬷和养娘辈，簇拥出如花如玉的黄小娥来。唐璧慌欲躲避，老嬷道：“请二位新人就此见礼。”养娘铺下红毡，黄小娥和唐璧做一对儿立了，朝上拜了四拜，令公在旁答揖。早有肩舆在厅事外，伺候小娥登舆，一径抬到店房中去了。令公吩咐唐璧速归逆旅，勿误良期。唐璧跑回店中，只听得人言鼎沸。举眼看时，摆列得绢帛盈箱，金钱满箧，就是起初那两个堂吏看守著，专等唐璧到来，亲自交割。又有个小小箧儿，令公亲判封的。拆开看时，乃官诰在内，

---

① 角巾——古代隐居者所戴的一种有棱角的头巾。

② 堂候官——省吏称为堂候官。

③ 开谈——开言。

④ 馈(kuì)——馈赠，赠送。

复除湖州司户参军。唐璧喜不自胜，当夜与黄小娥就在店中，权作洞房花烛。这一夜欢情，比着寻常毕姻的，更自得意。正是：

运去雷轰荐福碑①，时来风送滕王阁②。

今朝婚宦两称心，不似从前情绪恶。

唐璧此时有婚有宦，又有了千贯资装，分明是十八层地狱的苦鬼，直升至三十三天去了。若非裴令公仁心慷慨，怎肯周旋得人十分满足？

次日，唐璧又到裴府谒谢。令公预先吩咐门吏辞回，不劳再见。唐璧回寓，重理冠带，再整行装。在京中买了几个僮仆跟随，两口儿回到家乡，见了岳丈黄太学，好似枯木逢春，断弦再续，欢喜无限。过了几日，夫妇双双往湖州赴任。感激裴令公之恩，将沉香雕成小像，朝夕拜祷，愿其福寿绵延。后来裴令公寿过八旬，子孙繁衍，人皆以为阴德所致。诗云：

无室无官苦莫论，周旋好事赖洪恩。

人能步步存阴德，福禄绵绵及子孙。

---

① 雷轰荐福碑——宋代传说，范仲淹为饶州太守时，有一个书生来献诗，自称平生未尝得饱，是世上最寒苦的人。当时风行欧阳询的字，欧阳询所写的荐福寺碑拓本，每本值一千铜钱。范仲淹想替他拓印一千本，纸墨都已备好，前一天晚上，碑却被雷击碎。宋元间常用这个故事来比喻人穷困倒楣，运气不好。

② 风送滕王阁——滕王阁，在江西南昌城西江边上。唐代传说，王勃省父到江西，适逢府帅开宴于滕王阁上。王勃船在马当，一阵风把他吹送到南昌，因此得以参与宴会，写出了著名的《滕王阁序》。

第十卷　滕大尹鬼断家私

玉树庭前诸谢①，紫荆花下三田②；埙箎③ 和好弟兄贤，父母心中欢忭。　多少争财竞产，同根苦自相煎。相持鹬蚌枉垂涎，落得渔人取便。

这首词，名为《西江月》，是劝人家弟兄和睦的。且说如今三教经典，都是教人为善的，儒教有十三经、六经、五经，释教有诸品《大藏金经》，道教有《南华冲虚经》，及诸品藏经，盈箱满案，千言万语，看来都是赘疣。依我说，要做好人，只消个两字经，是“孝弟”两个字。那两字经中，又只消理会一个字，是个“孝”字。假如孝顺父母的，见父母所爱者亦爱之，父母所敬者亦敬之，何况兄弟行中，同气连枝，想到父母身上去，那有不和不睦之理？就是家私田产，总是父母挣来的，分什么尔我？较什么肥瘠？假如你生于穷汉之家，分文没得承受，少不得自家挽起眉毛④，挣扎过活。见成有田有地，兀自争多嫌寡，动不动推说爹娘偏爱，分受不均。那爹娘在九泉之下，他心上必然不乐。此岂是孝子所为？所以古人说得好，道是：“难得者兄弟，易得者田地。”怎么是难得者兄弟？且说人生在世，至亲的莫如爹娘；爹娘养下我来时节，极早已是壮年了，况且爹娘怎守得我同去？也只好半世相处。再说至爱的莫如夫妇，白头相守，极是长久的了；然未做亲以前，你张我李，各门各户，也空着幼年一段。只有兄弟们，生于一家，

---

① 诸谢——晋代谢安有一次教训他的子侄们，因问：为什么人家都要子弟们好？他的侄儿谢玄回答说：“譬如芝兰玉树，人们都希望它能长在自己的阶庭中。”

② 三田——古代传说，汉时田真、田庆、田广兄弟三人分家，堂前有一棵紫荆树，他们也要劈为三分。树忽然自己枯死。田氏三兄弟受到感动，决定不再分产。据说紫荆树又复荣。

③ 埙箎(xūnchí)——都是乐器的名称。《诗经》中有“伯氏吹埙，仲氏吹箎”的话，比喻兄弟和睦。

④ 挽起眉毛——皱着眉头。

从幼相随到老,有事共商,有难共救,真象手足一般,何等情谊!譬如良田美产,今日弃了,明日又可挣得来的;若失了个弟兄,分明割了一手,折了一足,乃终身缺陷。说到此地,岂不是"难得者兄弟,易得者田地?"若是为田地上坏了手足亲情,到不如穷汉赤光光没得承受,反为干净,省了许多是非口舌。

如今在下说一节国朝的故事,乃是"滕县尹鬼断家私"。这节故事,是劝人重义轻财,休忘了"孝弟"两字经。看官们,或是有弟兄没弟兄,都不关在下之事,各人自去摸着心头,学好做人便了。正是:

善人听说心中刺,恶人听说耳边风。

话说国朝永乐年间,北直① 顺天府香河县,有个倪太守,双名守谦,字益之,家累千金,肥田美宅。夫人陈氏,单生一子,名曰善继,长大婚娶之后,陈夫人身故。倪太守罢官鳏居,虽然年老,只落得精神健旺。凡收租放债之事,件件关心,不肯安闲享用。其年七十九岁,倪善继对老子说道:"'人生七十古来稀'。父亲今年七十九,明年八十齐头了,何不把家事交卸与孩儿掌管,吃些见成茶饭②,岂不为美?"老子摇着头,说出几句道:

在一日,管一日。替你心,替你力,挣些利钱穿共吃。直待两脚壁立直,那时不关我事得。

每年十月间,倪太守亲往庄上收租,整月的住下。庄户人家,肥鸡美酒,尽他受用。那一年,又去住了几日。偶然一日,午后无事,绕庄闲步,观看野景。忽然见一个女子,同着一个白发婆婆,向溪边石上捣衣。那女子虽然村妆打扮,颇有几分姿色:

发同漆黑,眼若波明。纤纤十指似栽葱,曲曲双眉如抹黛。随常布帛,俏身躯赛著绫罗;点景野花,美丰仪不须钗钿。五短身材偏有趣,二八年纪正当时。

倪太守老兴勃发,看得呆了。那女子捣衣已毕,随着老婆婆而走。那老儿留心观看,只见他走过数家,进一个小小白篱笆门内去了。倪太守连忙转身,唤管庄的来,对他说如此如此,教他访那女子跟脚③,曾否许人,"若是

① 北直——北直隶(北平)的简称。

② 茶饭——饭肴。茶、饭、菜、汤、酒的总称。

③ 跟脚——根柢;履历;出身。

没有人家时，我要娶他为妾，未知他肯否？”管庄的巴不得奉承家主，领命便走。原来那女子姓梅，父亲也是个府学秀才。因幼年父母双亡，在外婆身边居住。年一十七岁，尚未许人。管庄的访得的实了，就与那老婆婆说：“我家老爷见你女孙儿生得齐整，意欲聘为偏房。虽说是做小，老奶奶去世已久，上面并无人拘管。嫁得成时，丰衣足食，自不须说，连你老人家年常衣服、茶、米，都是我家照顾，临终还得个好断送①，只怕你老人家没福。”老婆婆听得花锦似一片说话，即时依允。也是姻缘前定，一说便成。管庄的回覆了倪太守，太守大喜。讲定财礼，讨皇历看个吉日，又恐儿子阻挡，就在庄上行聘，庄上做亲。成亲之后，一老一少，端的好看！真个是：

恩爱莫忘今夜好，风光不减少年时。

过了三朝，唤个轿子，抬那梅氏回宅，与儿子媳妇相见。阖宅男妇，都来磕头，称为“小奶奶”。倪太守把些布帛，赏与众人，各各欢喜。只有那倪善继，心中不美②。面前虽不言语，背后夫妻两口儿议论道：“这老人忒没正经，一把年纪，风灯之烛，做事也须料个前后，知道五年十年在世，却去干这样不了不当③ 的事？讨这花枝般的女儿，自家也得精神对付他，终不然担误他在那里，有名无实？还有一件，多少人家老汉身边，有了少妇，支持不过，那少妇熬不得，走了野路，出乖露丑，为家门之玷。还有一件，那少妇跟随老汉，分明似出外度荒年一般，等得年时成熟，他便去了。平时偷短偷长，做下私房，东三西四的寄开，又撒娇撒痴，要汉子制办衣饰与他；到得树倒鸟飞时节，他便颠作嫁人，一包儿收拾去受用。这是木中之蠹，米中之虫，人家有了这般人，最损元气的。”又说道：“这女子娇模娇样，好象个妓女，全没有良家体段④，看来是个做声分⑤ 的头儿，擒老公的太岁。在咱爹身边，只该半妾半婢，叫声姨姐，后日还有个退步，可笑咱爹不明，就叫众人唤他做‘小奶奶’，难道要咱们叫他娘不成？咱们只不作准

---

① 断送——此指死人的发送，包括衣衾、棺木等。

② 不美——不高兴；不满意。

③ 不了不当——拖泥带水；没完没了。

④ 体段——举止；样子。

⑤ 做声分——装腔作势；摆架子。

他，莫要奉承透了，讨[①]他做大起来，明日咱们颠到[②]受他呕气。”夫妻二人，唧唧哝哝，说个不了。早有多嘴的传话出来，倪太守知道了，虽然不乐，却也藏在肚里。幸得那梅氏秉性温良，事上接下，一团和气，众人也都相安。

过了两个月，梅氏得了身孕，瞒着众人，只有老公知道。一日三，三日九，捱到十月满足，生下一个小孩儿出来，举家大惊。这日正是九月九日，乳名取做重阳儿。到十一日，就是倪太守生日。这年恰好八十岁了，贺客盈门。倪太守开筵管待，一来为寿诞，二来小孩儿三朝，就当个汤饼之会[③]。众宾客道：“老先生高年，又新添个小令郎，足见血气不衰，乃上寿之征也。”倪太守大喜。倪善继背后又说道：“男子六十而精绝，况是八十岁了，那见枯树上生出花来？这孩子不知那里来的杂种，决不是咱爹嫡血，我断然不认他做兄弟。”老子又晓得了，也藏在肚里。

光阴似箭，不觉又是一年。重阳儿周岁，整备做晬盘[④]故事。里亲外眷，又来作贺。倪善继倒走了出门，不来陪客。老子已知其意，也不去寻他回来。自己陪着诸亲，吃了一日酒。虽然口中不语，心内未免有些不足之意。自古道“子孝父心宽”，那倪善继平日做人，又贪又狠，一心只怕小孩子长大起来，分了他一股家私，所以不肯认做兄弟，预先把恶话谣言，日后好摆布他母子。那倪太守是读书做官的人，这个关窍[⑤]怎不明白？只恨自家老了，等不及重阳儿成人长大，日后少不得要在大儿子手里讨针线[⑥]，今日与他结不得冤家，只索忍耐。看了这点小孩子，好生痛他；又看了梅氏小小年纪，好生怜他。常时想一会，闷一会，恼一会，又懊悔一会。

再过四年，小孩子长成五岁。老子见他伶俐，又忒会顽耍，要送他馆中上学。取个学名，哥哥叫善继，他就叫善述。拣个好日，备了果酒，领他去拜师父。那师父就是倪太守请在家里教孙儿的，小叔侄两个同馆上学，

---

① 讨——引得；招致。

② 颠到——反而。

③ 汤饼之会——生儿三日，设宴请客。

④ 晬盘——民间风俗，小儿周岁时，用盘盛弓箭、纸笔、刀尺、珍宝等物，让他抓取，以试验他的性格，也叫试儿。

⑤ 关窍——诀窍；窍门。

⑥ 讨针线——讨零花钱；靠人过日子；受人节制。

两得其便。谁知倪善继与做爹的不是一条心肠，他见那孩子，取名善述，与己排行，先自不象意① 了；又与他儿子同学读书，倒要儿子叫他叔叔，从小叫惯了，后来就被他欺压，不如唤了儿子出来，另从个师父罢。当日将儿子唤出，只推有病，连日不到馆中。倪太守初时只道是真病，过了几日，只听得师父说："大令郎另聘了个先生，分做两个学堂，不知何意?"倪太守不听犹可，听了此言，不觉大怒，就要寻大儿子，问其缘故。又想道："天生恁般逆种，与他说也没干，由他罢了。"含了一口闷气，回到房中，偶然脚慢②，拌着门槛一跌。梅氏慌忙扶起，搀到醉翁床③ 上坐下，已自不省人事。急请医生来看，医生说是中风。忙取姜汤灌醒，扶他上床，虽然心下清爽，却满身麻木，动弹不得。梅氏坐在床头，煎汤煎药，殷勤伏侍。连进几服，全无功效。医生切脉道："只好延捱日子，不能全愈了。"倪善继闻知，也来看觑了几遍，见老子病势沉重，料是不起，便呼么喝六，打僮骂仆，预先装出家主公的架子来。老子听得，愈加烦恼。梅氏只得啼哭，连小学生也不去上学，留在房中，相伴老子。

倪太守自知病笃，唤大儿子到面前，取出簿子一本，家中田地屋宅及人头帐目④ 总数，都在上面，吩咐道："善述年方五岁，衣服尚要人照管，梅氏又年少，也未必能管家，若分家私与他，也是枉然，如今尽数交付与你。倘或善述日后长大成人，你可看做爹的面上，替他娶房媳妇，分他小屋一所，良田五六十亩，勿令饥寒足矣。这段话我都写绝在家私簿上，就当分家，把与你做个执照。梅氏若愿嫁人，听从其便。倘肯守着儿子度日，也莫强他。我死之后，你一一依我言语，这便是孝子。我在九泉，亦得瞑目。"倪善继把簿子揭开一看，果然开得细，写得明，满脸堆下笑来，连声应道："爹休忧虑，恁⑤ 儿一一依爹吩咐便了。"抱了家私簿子，欣然而去。梅氏见他去得远了，两眼垂泪，指着那孩子道："这个小冤家，难道不是你

---

① 象意——如意；合意。

② 脚慢——脚下疏忽。

③ 醉翁床——专供酒饭后休息之用床。在大床中间嵌着一块小床面，有转轴调整高低，可倚可睡。

④ 人头帐目——别人欠贷的帐目。

⑤ 恁——您。

嫡血？你却和盘托出，都把与大儿子了，教我母子两口，异日把什么过活？”倪太守道：“你有所不知，我看善继，不是个良善之人，若将家私平分了，连这小孩子的性命也难保。不如都把与他，象了他意，再无妒忌。”梅氏又哭道：“虽然如此，自古道‘子无嫡庶’，忒杀厚薄不均，被人笑话。”倪太守道：“我也顾他不得了。你年纪正小，趁我未死，将孩子嘱付善继，待我去世后，多则一年，少则半载，尽你心中拣择个好头脑①，自去图下半世受用，莫要在他们身边讨气吃。”梅氏道：“说那里话！奴家也是儒门之女，妇人从一而终，况又有了这小孩儿，怎割舍得抛他？好歹要守在这孩子身边的。”倪太守道：“你果然肯守志终身么？莫非日久生悔？”梅氏就发起大誓来。倪太守道：“你若立志果坚，莫愁母子没得过活。”便向枕边摸出一件东西来，交与梅氏。梅氏初时只道又是一个家私簿子，却原来是一尺阔三尺长的一个小轴子。梅氏道：“要这小轴儿何用？”倪太守道：“这是我的行乐图②，其中自有奥妙。你可悄地收藏，休露人目，直待孩子年长。善继不肯看顾他，你也只含藏于心。等得个贤明有司官来，你却将此轴去诉理，述我遗命，求他细细推详，自然有个处分③，尽够你母子二人受用。”梅氏收了轴子。话休絮烦，倪太守又延了数日，一夜痰厥，叫唤不醒，呜呼哀哉死了。享年八十四岁。正是：

三寸气在千般用，一日无常万事休。
早知九泉将不去，作家辛苦着何由？

且说倪善继得了家私薄，又讨了各仓各库匙钥，每日只去查点家财杂物，那有功夫走到父亲房里问安？直等呜呼之后，梅氏差丫鬟去报知凶信，夫妻两口方才跑来，也哭了几声“老爹爹”。没一个时辰，就转身去了，到委着梅氏守尸。幸得衣衾棺椁，诸事都是预办下的，不要倪善继费心。殡殓成服后，梅氏和小孩子两口守着孝堂，早暮啼哭，寸步不离。善继只是点名应客，全无哀痛之意。七中便择日安葬，回丧④之夜，就把梅氏房

---

① 头脑——人物；主儿；对象。

② 行乐图——画像。

③ 处分——处置；安排。

④ 回丧——回避。旧时认为人死以后，一定日期，鬼魄回家害人，到这一天，家人必须回避。

中,倾箱倒箧,只怕父亲存下些私房银两在内,梅氏乖巧,恐怕收去了他的行乐图,把自己原嫁来的两只箱笼,到先开了,提出几件穿旧衣裳,教他夫妻两口检看。善继见他大意,到不来看了。夫妻两口儿乱了一回,自去了。梅氏思量苦切,放声大哭。那小孩子见亲娘如此,也哀哀哭个不住。恁般光景:

任是泥人应堕泪,从教铁汉也酸心。

次早,倪善继又唤个做屋匠来,看这房子,要行重新改造,与自家儿子做亲。将梅氏母子,搬到后园三间杂屋内栖身,只与他四脚小床一张,和几件粗台粗凳,连好家伙都没一件。原在房中伏侍有两个丫鬟,只拣大些的又唤去了,止留下十一二岁的小使女,每日是他厨下取饭。有菜没菜,都不照管。梅氏见不方便,索性讨些饭米,堆个土灶,自炊来吃。早晚做些针指,买些小菜,将就度日。小学生到附近邻家上学,束修都是梅氏自出。善继又屡次教妻子劝梅氏嫁人,又寻媒妪与他说亲,见梅氏誓死不从,只得罢了。因梅氏十分忍耐,凡事不言不语,所以善继虽然凶狠,也不将他母子放在心上。

光阴似箭,善述不觉长成一十四岁。原来梅氏平生谨慎,从前之事,在儿子面前,一字也不提,只怕娃子家口滑,引出是非,无益有损。守得一十四岁时,他胸中渐渐泾渭分明,瞒他不得了。一日,向母亲讨件新绢衣穿,梅氏回他没钱买得,善述道:“我爹做过太守,止生我弟兄两人,见今哥哥恁般富贵,我要一件衣服,就不能够了,是怎地?既娘没钱时,我自与哥哥索讨。”说罢就走。梅氏一把扯住道:“我儿,一件绢衣,直甚大事,也去开口求人。常言道:‘惜福积福。’‘小来穿线,大来穿绢。’若小时穿了绢,到大来线也没得穿了。再过两年,等你读书进步,做娘的情愿卖身来做衣服与你穿著。你那哥哥不是好惹的,缠他什么?”善述道:“娘说得是。”口虽答应,心下不以为然,想着:“我父亲万贯家私,少不得兄弟两个大家分受。我又不是随娘晚嫁①,拖来的油瓶,怎么我哥哥全不看顾?娘又是恁般说,终不然一匹绢儿,没有我分,直待娘卖身来做与我穿着,这话好生奇怪!哥哥又不是吃人的虎,怕他怎的?”心生一计,瞒了母亲,径到大宅里去,寻见了哥哥,叫声:“作揖。”善继到吃了一惊,问他来做什么。善述道:

---

① 晚嫁——再嫁。

“我是个缙绅子弟，身上蓝缕，被人耻笑。特来寻哥哥讨匹绢去，做衣服穿。”善继道：“你要衣服穿，自与娘讨。”善述道：“老爹爹家私是哥哥管，不是娘管。”善继听说“家私”二字，题目来得大了，便红着脸问道：“这句话，是那个教你说的？你今日来讨衣服穿，还是来争家私？”善述道：“家私少不得有日分析，今日先要件衣服，装装体面。”善继道：“你这般野种，要什么体面！老爹爹纵有万贯家私，自有嫡子嫡孙，干你野种屁事！你今日是听了甚人撺掇，到此讨野火[①]吃？莫要惹着我性子，教你母子二人无安身之处！”善述道：“一般是老爹爹所生，怎么我是野种？惹着你性子，便怎地？难道谋害了我娘儿两个，你就独占了家私不成？”善继大怒，骂道：“小畜生，敢顶撞我！”牵住他衣袖儿，捻起拳头，一连七八个栗暴[②]，打得头皮都青肿了。善述挣脱了，一道烟走出，哀哀的哭到母亲面前来。一五一十，备细述与母亲知道。梅氏抱怨道：“我教你莫去惹事，你不听教训，打得你好！”口里虽如此说，扯着青布衫，替他摩那头上肿处，不觉两泪交流。有诗为证：

少年嫠妇[③]拥遗孤，食薄衣单百事无。
只为家庭缺孝友，同枝一树判荣枯。

梅氏左思右量，恐怕善继藏怒，到遣使女进去致意，说小学生不晓世事，冲撞长兄，招个不是。善继兀自怒气不息，次日侵早，邀几个族人在家，取出父亲亲笔分关[④]，请梅氏母子到来，公同看了，便道：“尊亲长在上，不是善继不肯养他母子，要捻他出去，只因善述昨日与我争取家私，发许多说话，诚恐日后长大，说话一发多了，今日分析他母子出外居住。东庄住房一所，田五十八亩，都是遵依老爹爹遗命，毫不敢自专，伏乞尊亲长作证。”这伙亲族，平昔晓得善继做人利害，又且父亲亲笔遗嘱，那个还肯多嘴，做闲冤家？都将好看的话儿来说。那奉承善继的说道：“‘千金难买亡人笔’。照依分关，再没话了。”就是那可怜善述母子的，也只说道：“‘男子不吃分时饭，女子不著嫁时衣’。多少白手成家的，如今有屋住，有田

---

① 讨野火——找麻烦。
② 栗暴——用拳头或指头的关节处击人头颅，被击处暴起如栗。
③ 嫠(lí)妇——寡妇。
④ 分关——分家的字据。

种，不算没根基了，只要自去挣持。得粥莫嫌薄，各人自有个命在。”

梅氏料道在园屋居住，不是了日，只得听凭分析，同孩儿谢了众亲长，拜别了祠堂，辞了善继夫妇，教人搬了几件旧家伙，和那原嫁来的两只箱笼，雇了牲口骑坐，来到东庄屋内。只见荒草满地，屋瓦稀疏，是多年不修整的，上漏下湿，怎生住得？将就打扫一两间，安顿床铺。唤庄户来问时，连这五十八亩田，都是最下不堪的。大熟之年，一半收成还不能够；若荒年，只好赔粮。梅氏只叫得苦。到是小学生有智，对母亲道：“我弟兄两个，都是老爹爹亲生，为何分关上如此偏向？其中必有缘故。莫非不是老爹爹亲笔？自古道：‘家私不论尊卑。’母亲何不告官申理？厚薄凭官府判断，到无怨心。”梅氏被孩儿提起线索，便将十来年隐下衷情，都说出来道：“我儿休疑分关之语，这正是你父亲之笔。他道你年小，恐怕被做哥的暗算，所以把家私都判与他，以安其心。临终之日，只与我行乐图一轴，再三嘱咐：其中含藏哑谜，直待贤明有司在任，送他详审，包你母子两口，有得过活，不致贫苦。”善述道：“既有此事，何不早说？行乐图在那里？快取来与孩儿一看。”梅氏开了箱儿，取出一个布包来。解开包袱，里面又有一重油纸封裹着。拆了封，展开那一尺阔三尺长的小轴儿，挂在椅上，母子一齐下拜。梅氏通陈道：“村庄香烛不便，乞恕亵慢。”善述拜罢，起来仔细看时，乃是一个坐像，乌纱白发，画得丰采如生，怀中抱着婴儿，一只手指着地下。揣摩了半晌，全然不解，只得依旧收卷包藏，心下好生烦闷。

过了数日，善述到前村要访个师父讲解，偶从关王庙前经过，只见一伙村人，抬着猪羊大礼，祭赛关圣。善述立住脚头看时，又见一个过路的老者，拄了一根竹杖，也来闲看，问着众人道：“你们今日为甚赛神？”众人道：“我们遭了屈官司，幸赖官府明白，断明了这公事。向日许下神道愿心，今日特来拜偿。”老者道：“什么屈官司？怎生断的？”内中一人道：“本县向奉上司明文，十家为甲。小人是甲首[①]，叫做成大。同甲中，有个赵裁，是第一手针线，常在人家做夜作，整儿日不归家的。忽一日出去了，月余不归。老婆刘氏，央人四下寻觅，并无踪迹。又过了数日，河内浮出一个尸首，头都打破的。地方[②] 报与官府，有人认出衣服，正是那赵裁。赵

---

① 甲首——甲长；村长。

② 地方——地保；保正。

裁出门前一日，曾与小人酒后争句闲话，一时发怒，打到他家，毁了他几件家私，这是有的。谁知他老婆把这桩人命告了小人，前任漆知县，听信一面之词，将小人问成死罪。同甲不行举首，连累他们都有了罪名。小人无处伸冤，在狱三载。幸遇新任滕爷，他虽乡科① 出身，甚是明白。小人因他热审② 时节，哭诉其冤。他也疑惑道：'酒后争嚷，不是大仇，怎的就谋他一命？'准了小人状词，出牌拘人覆审。滕爷一眼看着赵裁的老婆，千不说，万不说，开口便问他曾否再醮。刘氏道：'家贫难守，已嫁人了。'又问嫁的甚人，刘氏道：'是班辈③ 的裁缝，叫沈八汉。'滕爷当时飞拿沈八汉来，问道：'你几时娶这妇人？'八汉道：'他丈夫死了一个多月，小人方才娶回。'滕爷道：'何人为媒？用何聘礼？'八汉道：'赵裁存日，曾借用过小人七八两银子。小人闻得赵裁死信，走到他家探问，就便催取这银子。那刘氏没得抵偿，情愿将身许嫁小人，准折这银两，其实不曾央媒。'滕爷又问道：'你做手艺的人，那里来这七八两银子？'八汉道：'是陆续凑与他的。'滕爷把纸笔，教他细开逐次借银数目。八汉开了出来，或米或银共十三次，凑成七两八钱之数。滕爷看罢，大喝道：'赵裁是你打死的，如何妄陷平人？'便用夹棍夹起。八汉还不肯认，滕爷道：'我说出情弊，教你心服：既然放本盘利，难道再没第二个人托得，恰好都借与赵裁？必是平昔间与他妻子有奸，赵裁贪你东西，知情故纵。以后想做长久夫妻，便谋死了赵裁。却又教导那妇人告状，捻在成大身上。今日你开帐的字，与旧时状纸笔迹相同，这人命不是你是谁？'再教把妇人拶指④，要他承招。刘氏听见滕爷言语，句句合拍，分明鬼谷先师一般，魂都惊散了，怎敢抵赖？拶子套上，便承认了。八汉只得也招了。原来八汉起初与刘氏密地相好，人都不知。后来往来勤了，赵裁怕人眼目，渐有隔绝之意。八汉私与刘氏商量，要谋死赵裁，与他做夫妻，刘氏不肯。八汉乘赵裁在人家做生活回来，哄他店上吃得烂醉，行到河边，将他推倒，用石块打破脑门，沉尸河底。只等

---

① 乡科——即乡试。

② 热审——明代制度，因夏月天气炎热，每年于小满后十余日，朝廷下令，命官府将在狱罪囚，审拟发落。

③ 班辈——辈分；同辈。

④ 拶(zǎn)指——旧时酷刑的一种，以绳穿五根小木棍，套入手指用力紧收。

事冷，便娶那妇人回去。后因尸骸浮起，被人认出，八汉闻得小人有争嚷之隙，却去唆那妇人告状。那妇人直待嫁后，方知丈夫是八汉谋死的。既做了夫妻，便不言语。却被滕爷审出真情，将他夫妻抵罪，释放小人宁家。多承列位亲邻斗出公分，替小人赛神。老翁，你道有这般冤事么？”老者道：“恁般贤明官府，真个难遇！本县百姓有幸了。”倪善述听到那里，便回家学与母亲知道，如此如此，这般这般，“有恁地好官府，不将行乐图去告诉，更待何时？”母子商议已定，打听了放告①日期，梅氏起个黑早，领着十四岁的儿子，带了轴儿，来到县中叫喊。大尹见没有状词，只有一个小小轴儿，甚是奇怪。问其缘故，梅氏将倪善继平昔所为，及老子临终遗嘱，备细说了。滕知县收了轴子，教他且去，待我进衙细看。正是：

一幅画图藏哑谜，千金家事仗搜寻。
只因嫠妇孤儿苦，费尽神明大尹心。

不提梅氏母子回家，且说滕大尹放告已毕，退归私衙，取那一尺阔三尺长的小轴，看是倪太守行乐图，一手抱个婴孩，一手指着地下。推详了半日，想道：“这个婴孩就是倪善述，不消说了。那一手指地，莫非要有司官念他地下之情，替他出力么？”又想道：“他既有亲笔分关，官府也难做主了。他说轴中含藏哑谜，必然还有个道理。若我断不出此事，枉自聪明一世。”每日退堂，便将画图展玩，千思万想。如此数日，只是不解。

也是这事合当明白，自然生出机会来。一日午饭后，又去看那轴子。丫鬟送茶来吃，将一手去接茶瓯，偶然失挫②，泼了些茶，把轴子沾湿了。滕大尹放了茶瓯，走向阶前，双手扯开轴子，就日色晒干。忽然日光中照见轴子里面有些字影，滕知县心疑，揭开看时，乃是一幅字纸，托在画上，正是倪太守遗笔，上面写道：

老夫官居五马③，寿逾八旬；死在旦夕，亦无所恨。但孽子善述，方年周岁，急未成立。嫡善继素缺孝友，日后恐为所戕。新置大宅二所，及一切田产，悉以授继。惟左偏旧小屋，可分与述。此屋虽小，室中左壁埋银五千，作五坛；右壁埋银五千，金一千，作六坛，可以准田园之额。后有贤明有司主断者，述儿奉酬白金三百两。八十一翁倪守谦亲笔。

---

① 放告——清代州县官定期抬出放告牌，直接受理案件，让含冤者进衙告状。
② 失挫——失误；疏失。
③ 五马——汉代太守车用五马，所以后世以五马为太守的美称。

年月日花押①

原来这行乐图，是倪太守八十一岁上，与小孩子做周岁时，预先做下的。古人云“知子莫若父”，信不虚也。滕大尹最有机变的人，看见开着许多金银，未免垂涎之意。眉头一皱，计上心来，差人密拿倪善继来见我，自有话说。

却说倪善继独罟家私，心满意足，日日在家中快乐。忽见县差奉着手批拘唤，时刻不容停留，善继推阻不得，只得相随到县。正直大尹升堂理事，差人禀道：“倪善继已拿到了。”大尹唤到案前问道：“你就是倪太守的长子么？”善继应道：“小人正是。”大尹道：“你庶母梅氏，有状告你，说你逐母逐弟，占产占房。此事真么？”倪善继道：“庶弟善述，在小人身边，从幼抚养大的。近日他母子自要分居，小人并不曾逐他。其家财一节，都是父亲临终，亲笔分析定的，小人并不敢有违。”大尹道：“你父亲亲笔在那里？”善继道：“见在家中，容小人取来呈览。”大尹道：“他状词内告有家财万贯，非同小可。遗笔真伪，也未可知。念你是缙绅之后，且不难为你。明日可唤齐梅氏母子，我亲到你家查阅家私。若厚薄果然不均，自有公道，难以私情而论。”喝教皂快押出善继，就去拘集梅氏母子，明日一同听审。公差得了善继的东道，放他回家去讫，自往东庄拘人去了。

再说善继听见官府口气利害，好生惊恐。论起家私，其实全未分析，单单持着父亲分关执照，千钧之力，须要亲族见证方好。连夜将银两分送三党② 亲长，嘱托他次早都到家来，若官府问及遗笔一事，求他同声相助。这伙三党之亲，自从倪太守亡后，从不曾见善继一盘一盒，岁时也不曾酒杯相及，今日大块银子送来，正是“闲时不烧香，急来抱佛脚”，各各暗笑，落得受了买东西吃。明日见官，旁观动静，再作区处。时人有诗云：

休嫌庶母妄兴词，自是为兄意太私。

今日将银买三党，何如匹绢赠孤儿？

且说梅氏见县差拘唤，已知县主与他做主。过了一夜，次日侵早，母

---

① 花押——签字画押。

② 三党——指父党、母党、妻党。党：家族。

子二人,先到县中,去见滕大尹。大尹道:“怜你孤儿寡妇,自然该替你说法。但闻得善继执得有亡父亲笔分关,这怎么处?”梅氏道:“分关虽写得有,却是保全孩子之计,非出亡夫本心。恩相只看家私簿上数目,自然明白。”大尹道:“常言道:‘清官难断家事。’我如今管你母子一生衣食充足,你也休做十分大望。”梅氏谢道:“若得免于饥寒足矣,岂望与善继同作富家郎乎?”

滕大尹吩咐梅氏母子,先到善继家伺候。倪善继早已打扫厅堂,堂上设一把虎皮交椅,焚起一炉好香。一面催请亲族,早来守候。梅氏和善述到来,见十亲九眷,都在眼前,一一相见了,也不免说几句求情的话儿。善继虽然一肚子恼怒,此时也不好发泄,各各暗自打点[①] 见官的说话。

等不多时,只听得远远喝道之声,料是县主来了,善继整顿衣帽迎接。亲族中年长知事的,准备上前见官。其幼辈怕事的,都站在照壁[②] 背后张望,打探消耗。只见一对对执事两班排立,后面青罗伞[③] 下,盖着有才有智的滕大尹。到得倪家门首,执事跪下,吆喝一声。梅氏和倪家兄弟,都一齐跪下来迎接。门子喝声:“起去!”轿夫停了五山屏风轿子。滕大尹不慌不忙,踱下轿来。将欲进门,忽然对着空中,连连打恭,口里应对,恰像有主人相迎的一般。众人都吃惊,看他做甚模样。只见滕大尹一路揖让,直到堂中。连作数揖,口中叙许多寒温的言语。先向朝南的虎皮交椅上打个恭,恰像有人看坐[④] 的一般。连忙转身,就拖一把交椅,朝北主位排下,又向空再三谦让,方才上坐。众人看他见神见鬼的模样,不敢上前,都两旁踮立呆看。只见滕大尹在上坐拱揖,开谈道:“令夫人将家产事告到晚生手里,此事端的如何?”说罢,便作倾听之状。良久,乃摇首吐舌道:“长公子太不良了。”静听一会,又自说道:“教次公子何以存活[⑤]?”停一会,又说道:“右偏小屋,有何活计[⑥]?”又连声道:“领教,领教。”又停一时,

---

① 打点——准备;收拾。

② 照壁——蔽门的屏风或小墙。

③ 青罗伞——明代制度,五品官的凉伞用青罗。

④ 看坐——让坐。

⑤ 存活——生活;活命。

⑥ 活计——此指东西。

说道：“这项也交付次公子，晚生都领命了。”少停又拱揖道：“晚生怎敢当此厚惠？”推逊了多时，又道：“既承尊命恳切，晚生勉领，便给批照① 与次公子收执。”乃起身，又连作数揖，口称：“晚生便去。”众人都看得呆了。

只见滕大尹立起身来，东看西看问道：“倪爷那里去了？”门子禀道：“没见甚么倪爷？”滕大尹道：“有此怪事！”唤善继问道：“方才令尊老先生，亲在门外相迎，与我对坐了讲这半日说话，你们谅必都听见的。”善继道：“小人不曾听见。”滕大尹道：“方才长长的身儿，瘦瘦的脸儿，高颧骨，细眼睛，长眉大耳，朗朗的三牙须，银也似白的，纱帽皂靴，红袍金带，可是倪老先生模样么？”諕得众人一身冷汗，都跪下道：“正是他生前模样。”大尹道：“如何忽然不见了？他说家中有两处大厅堂，又东边旧存下一所小屋，可是有的？”善继也不敢隐瞒，只得承认道：“有的。”大尹道：“且到东边小屋去一看，自有话说。”众人见大尹半日自言自语，说得活龙活现，分明是倪太守模样，都信道倪太守真个出现了，人人吐舌，个个惊心。谁知都是滕大尹的巧言，他是看了行乐图，照依小像说来，何曾有半句是真话？有诗为证：

圣贤自是空题目，惟有鬼神不敢触。
若非大尹假装词，逆子如何肯心服？

倪善继引路，众人随着大尹，来到东偏旧屋内。这旧屋是倪太守未得第时所居，自从造了大厅大堂，把旧屋空着，只做个仓厅，堆积些零碎米麦在内，留下一房家人。看见大尹前后走了一遍，到正屋中坐下，向善继道：“你父亲果是有灵，家中事体，备细与我说了，教我主张，这所旧宅子与善述，你意下何如？”善继叩头道：“但凭恩台明断。”大尹讨家私簿子细细看了，连声道：“也好个大家事。”看到后面遗笔分关，大笑道：“你家老先生自家写定的，方才却又在我面前，说善继许多不是，这个老先儿也是没主意的。”唤倪善继过来，“既然分关写定，这些田园帐目，一一给你，善述不许妄争。”梅氏暗暗叫苦，方欲上前哀求，只见大尹又道：“这旧屋判与善述，此屋中之所有，善继也不许妄争。”善继想道：“这屋内破家破火，不值甚事，便堆下些米麦，一月前都粜得七八了，存不多儿，我也够便宜了。”便连连答应道：“恩台所断极明。”大尹道：“你两人一言为定，各无翻悔。众人

① 批照——执照；文凭。又叫照帖。

既是亲族，都来做个证见。方才倪老先生当面嘱咐说：‘此屋左壁下埋银五千两，作五坛，当与次儿。’”善继不信，禀道：“若果然有此，即使万金，亦是兄弟的，小人并不敢争执。”大尹道：“你就争执时，我也不准。”便教手下讨锄头铁锹等器，梅氏母子作眼①，率领民壮，往东壁下掘开墙基，果然埋下五个大坛。发起来时，坛中满满的，都是光银子②。把一坛银子，上秤称时，算来该是六十二斤半，刚刚一千两足数。众人看见，无不惊讶。善继益发信真了：若非父亲阴灵出现，面诉县主，这个藏银，我们尚且不知，县主那里知道？只见滕大尹教把五坛银子，一字儿摆在自家面前，又吩咐梅氏道：“右壁还有五坛，亦是五千之数。更有一坛金子，方才倪老先生有命，送我作酬谢之意，我不敢当，他再三相强，我只得领了。”梅氏同善述叩头说道：“左壁五千，已出望外；若右壁更有，敢不依先人之命。”大尹道：“我何以知之？据你家老先生是恁般说，想不是虚话。”再教人发掘西壁，果然六个大坛，五坛是银，一坛是金。善继看着许多黄白之物，眼里都放出火来，恨不得抢他一锭。只是有言在前，一字也不敢开口。滕大尹写个照帖，给与善述为照，就将这房家人，判与善述母子。梅氏同善述不胜之喜，一同叩头拜谢。善继满肚不乐，也只得磕几个头，勉强说句“多谢恩台主张”。大尹判几条封皮，将一坛金子封了，放在自己轿前，抬回衙内，落得受用。众人都认道真个倪太守许下酬谢他的，反以为理之当然，那个敢道个不字？这正叫做“鹬蚌相持，渔人得利”。若是倪善继存心忠厚，兄弟和睦，肯将家私平等分析，这千两黄金，弟兄大家该五百两，怎到得滕大尹之手？白白里作成了别人，自己还讨得气闷，又加个不孝不弟之名，千算万计，何曾算计得他人？只算计得自家而已。

闲话休提。再说梅氏母子，次日又到县拜谢滕大尹。大尹已将行乐图取去遗笔，重新裱过，给还梅氏收领。梅氏母子方悟行乐图上，一手指地，乃指地下所藏之金银也。此时有了这十坛银子，一般置买田园，遂成富室。后来善述娶妻，连生三子，读书成名。倪氏门中，只有这一枝极盛。善继两个儿子，都好游荡，家业耗废。善继死后，两所大宅子，都卖与叔叔善述管业。里中凡晓得倪家之事本末的，无不以为天报云。诗曰：

从来天道有何私？堪笑倪郎心太痴。

---

① 作眼——作向导；引领。

② 光银子——白银。

忍以嫡兄欺庶母，却教死父算生儿。
轴中藏字非无意，壁下埋金属有司。
何似存些公道好，不生争竞不兴词。

第十一卷　赵伯升茶肆遇仁宗

三寸舌为安国剑，五言诗作上天梯。

青云有路终须到，金榜无名誓不归。

话说大宋仁宗皇帝朝间，有一个秀士，姓赵名旭，字伯升，乃是西川成都府人氏。自幼习学文章，《诗》、《书》、《礼》、《乐》，一览下笔成文，乃是个饱学的秀才。喜闻东京开选①，一心要去应举，特到堂中，禀知父母。其父赵伦，字文宝，母亲刘氏，都是世代诗礼之家，见子要上京应举，遂允其请。赵旭择日束装，其父赠诗一首，诗云：

但见诗书频入目，莫将花酒苦迷肠。

来年三月桃花浪②，夺取罗袍转故乡。

其母刘氏亦叮咛道："愿孩儿早夺魁名，不负男儿之志。"赵旭拜别了二亲，遂携琴剑书箱，带一仆人，径望东京进发，有亲友一行人送出南门之外。赵旭口占③ 一词，名曰《江神子》，词云：

旗亭④ 谁唱《渭城》诗⑤？两相思，怯罗衣。野渡舟横，杨柳折残枝。怕见苍山千万里，人去远，草烟迷。芙蓉秋露洗胭脂，断风凄，晓霜微。剑悬秋水，离别惨虹霓。剩有青衫千点泪，何日里，滴休时？

赵旭词毕，作别亲友，起程而行。于路饥餐渴饮，夜住晓行。不则一日⑥，来到东京。遂入城中，观看景致。只见楼台锦绣，人物繁华，正是龙虎风云之地。行到状元坊，寻个客店安歇，守待试期。入场赴选，三场文字已

---

① 开选——开科考选。

② 桃花浪——黄河春汛，称为桃花汛。古代传说：每年桃花浪起，鲤鱼跳跃龙门而上，跳过者，即化为龙。所以后来常用跳龙门比喻士子的登第。

③ 口占——不用纸笔起草，随口吟诵。

④ 旗亭——酒楼。

⑤ 《渭城》诗——指王维诗《送元二使安西》："渭城朝雨浥轻尘，客舍青青柳色新。劝君更尽一杯酒，西出阳关无故人。"后谱入乐府，成为送别的曲子。

⑥ 不则一日——不只一日。

毕，回归下处，专等黄榜①。赵旭心中暗喜："我必然得中也。"

次日，安排早饭已罢，店对过有座茶坊，与店中朋友同会茶② 之间，赵旭见案上有诗牌③，遂取笔，去那粉壁上写下词一首，词云：

足蹑云梯，手攀仙桂，姓名已在登科④ 内。马前喝道状元来，金鞍玉勒成行队。　　宴罢归来，醉游街市，此时方显男儿志。修书急报凤楼人，这回好个风流婿。

写毕，赵旭自心欢喜。至晚各归店中，不在话下。

当时仁宗皇帝早朝升殿，考试官阅卷已毕，齐到朝中。仁宗皇帝问："卿所取榜首年例三名，今不知何处人氏？"试官便将三名文卷呈上御前，仁宗亲自观览。看了第一卷，龙颜微笑，对试官道："此卷作得极好，可惜中间有一字差错。"试官俯伏在地，拜问圣上，未审何字差写。仁宗笑曰："乃是个'唯'字。原是'口'傍，如何却写'厶'傍？"试官再拜叩首，奏曰："此字皆可通用。"仁宗问道："此人姓甚名谁？何处人氏？"拆开弥封看时，乃是西川成都府人氏，姓赵名旭，见今在状元坊店内安歇。仁宗着快行⑤急宣。

那时赵旭在店内蒙宣，不敢久停，随使命直到朝中。借得蓝袍槐简⑥，引见御前，叩首拜舞。仁宗皇帝问道："卿乃何处人氏？"赵旭叩头奏道："臣是西川成都府人氏，自幼习学文艺。特赴科场，幸瞻金阙。"帝又问曰："卿得何题目？作文字多少？内有几字？"赵旭叩首，一一回奏，无有差错。仁宗见此人出语如同注水，暗喜称奇，只可惜一字差写。上曰："卿卷内有一字差错。"赵旭惊惶俯伏，叩首拜问："未审何字差写？"仁宗云："乃是个'唯'字，本是个'口'傍，卿如何却写作'厶'傍？"赵旭叩头回奏道："此字皆可通用。"仁宗不悦，就御案上取文房四宝，写下八个字，递与赵旭曰："卿家看想，写着'单單、去吉、吴矣、吕台'，卿言通用，与朕拆来。"赵旭看

---

① 黄榜——皇帝的告示，用黄纸书写，故称黄榜。此指录取进士的名榜。

② 会茶——举行茶会。

③ 诗牌——供题诗用的木版。也叫诗版。

④ 登科——科举考试被录取。

⑤ 快行——宋代宫中御前急足使。

⑥ 蓝袍槐简——蓝袍，青色公服；槐简，槐木笏。宋代最低阶文官的服制。

了半晌,无言抵对。仁宗曰:"卿可暂退读书。"赵旭羞愧出朝,回归店中,闷闷不已。

众朋友来问道:"公必然得意?"赵旭被问,言说此事,众皆大惊。遂乃邀至茶坊,啜茶解闷。赵旭蓦然见壁上前日之辞,嗟吁不已,再把文房四宝,作词一首,词云:

羽翼将成,功名欲遂,姓名已称男儿意。东君为报牡丹芳,琼林赐与他人醉。　'唯'字曾差,功名落地,天公误我平生志。问归来,回首望家乡,水远山遥,三千余里。

待得出了金榜,着人看时,果然无赵旭之名。吁嗟涕泣,流落东京,羞归故里。再待三年,必不负我。在下处闷闷不悦,谩题四句于壁上,诗曰:

宋玉徒悲①,江淹是恨②,韩愈投荒③,苏秦守困④。

赵旭写罢,在店中闷倦无聊,又作词一首,名《浣溪纱》,道:

秋气天寒万叶飘,蛩声唧唧夜无聊,夕阳人影卧平桥。

菊近秋来都烂缦,从他霜后更萧条,夜来风雨似今朝。

思忆家乡,功名不就,展转不寐,起来独坐,又作《小重山》词一首,道:

独坐清灯夜不眠,寸肠千万缕,两相牵。鸳鸯秋雨傍池莲,分飞苦,红泪晚风前。　回首雁翩翩,写来思寄去,远如天。安排心事待明年,愁难待,泪滴满青毡。

自此流落东京。至秋深,仆人不肯守待,私奔回家去。赵旭孤身旅邸,又无盘缠⑤,每日上街,与人作文写字。争奈身上衣衫蓝缕,著一领黄草布⑥ 衫,被西风一吹,赵旭心中苦闷,作词一首,词名《鹧鸪天》,道:

黄草遮寒最不宜,况兼久敝色如灰。肩穿袖破花成缕,可奈金风早

---

① 宋玉徒悲——宋玉,战国时代楚国的辞赋家,他的《九辩》中的"悲哉秋之为气也"的话。

② 江淹是恨——江淹,梁代文学家,他写有一篇《恨赋》,描摹恨的感情。

③ 韩愈投荒——唐宪宗迎佛骨入禁中,韩愈上表谏止,触怒宪宗,被贬流放到荒远的潮州任刺史。

④ 苏秦守困——苏秦,战国时人,早年出游,潦倒归来,兄弟嫂妹妻妾都讥笑他。苏秦听见了,又惭愧又感伤,只得关起门来读书。

⑤ 盘缠——开销,生活费用,路费等。

⑥ 黄草布——以黄草心织成的布,色白而细,极薄。

晚吹！　才挂体，泪沾衣，出门羞见旧相知。邻家女子低声问："觅与奴糊隔帛儿[①]？"

时值秋雨纷纷，赵旭坐在店中。店小二道："秀才，你今如此穷窘，何不去街市上茶坊酒店中吹笛，觅讨些钱物，也可度日。"赵旭听了，心中焦躁，作诗一首，诗曰：

旅店萧萧形影孤，时挑野菜作羹蔬。
村夫不识调羹手，问道能吹笛也无？

光阴荏苒，不觉一载有余。忽一日，仁宗皇帝在宫中，夜至三更时分，梦一金甲神人，坐驾太平车[②]一辆，上载着九轮红日，直至内廷。猛然惊觉，乃是南柯一梦。至来日早朝升殿，臣僚拜舞已毕，文武散班。仁宗宣问司天台[③]苗太监曰："寡人夜来得一梦，梦见一金甲神人，坐驾太平车一辆，上载九轮红日。此梦主何吉凶？"苗太监奏曰："此九日者，乃是个'旭'字，或是人名，或是州郡。"仁宗曰："若是人名，朕今要见此人，如何得见？卿与寡人占一课。"原来苗太监曾遇异人，传授诸葛马前课[④]，占问最灵。当下奉课，奏道："陛下要见此人，只在今日。陛下须与臣扮作白衣秀士，私行街市，方可遇之。"仁宗依奏，卸龙衣，解玉带，扮作白衣秀才，与苗太监一般打扮，出了朝门之外，径往御街[⑤]并各处巷陌游行。

将及半晌，见座酒楼，好不高峻！乃是有名的樊楼[⑥]。有《鹧鸪天》词为证：

城中酒楼高入天，烹龙煮凤味肥鲜。公孙下马闻香醉，一饮不惜费万钱。　招贵客，引高贤，楼上笙歌列管弦。百般美物珍羞味，四面栏杆彩画檐。

仁宗皇帝与苗太监上楼饮酒，君臣二人，各分尊卑而坐。王正盛夏，天道炎热。仁宗手执一把月样白梨玉柄扇，倚着栏杆看街，将扇柄敲楹，不觉

① 糊隔帛儿——把废布一层层裱起来，供做书衣或鞋衬之用。
② 太平车——一种民间搬载用的大车。
③ 司天台——官名，专管观察天文、历数、灾祥等。唐称司天台，宋称司天监。
④ 马前课——一种占法，因为简便，立刻可成，所以称为马前课。
⑤ 御街——京城内的大街。
⑥ 樊楼——即白礬楼，北宋东京城中最大的一座酒楼，高三层，五座楼相对，飞桥相通，极其奢华。

失手,坠扇楼下。急下去寻时,无有。仁宗教苗太监更占一课,苗太监领旨,发课罢,详道:“此扇也只在今日重见。”二人饮酒毕,算还酒钱,下楼出街。

行到状元坊,有座茶肆。仁宗道:“可吃杯茶去。”二人入茶肆坐下,忽见白壁之上,有词二只,句语清佳,字画精壮,后写:“锦里[①] 秀才赵旭作。”仁宗失惊道:“莫非此人便是?”苗太监便唤茶博士问道:“壁上之词是何人写的?”茶博士答道:“告官人,这个作词的,他是一个不得第的秀才,羞归故里,流落在此。”苗太监又问道:“他是何处人氏?今在何处安歇?”茶博士道:“他是西川成都府人氏,见在对过状元坊店内安歇,专与人作文度日,等候下科开选。”仁宗想起前因,私对苗太监说道:“此人原是上科试官取中的榜首,文才尽好,只因一字差误,朕怪他不肯认错,遂黜而不用,不期流落于此。”便教茶博士:“去寻他来,我要求他文章。你若寻得他来,我自赏你。”茶博士走了一回,寻他不着,叹道:“这个秀才,真个没福,不知何处去了。”茶博士回覆道:“二位官人,寻他不见。”仁宗道:“且再坐一会,再点茶[②] 来。”一边吃茶,又教茶博士去寻这个秀才来。茶博士又去店中并各处酒店寻问,不见,道:“真乃穷秀才!若遇着这二位官人,也得他些资助,好无福分!”茶博士又回覆道:“寻他不见。”

二人还了茶钱,正欲起身,只见茶博士指道:“兀那[③] 赵秀才来了!”苗太监道:“在那里?”茶博士指街上穿破蓝衫的来者便是,苗太监教请他来。茶博士出街,接着道:“赵秀才,我茶肆中有二位官人等着你,教我寻你两次不见。”赵旭慌忙走入茶坊,相见礼毕,坐于苗太监肩下,三人吃茶。问道:“壁上文词,可是秀才所作?”赵旭答道:“学生不才,信口胡诌,甚是笑话。”仁宗问道:“秀才是成都人,却缘何在此?”赵旭答道:“因命薄下第,羞归故里。”正说之间,赵旭于袖中捞摸。苗太监道:“秀才袖中有何物?”赵旭不答,即时袖中取出,乃是月样玉柄白梨扇子,双手捧与。苗太监看时,上有新诗一首,诗道:

屈曲交枝翠色苍,困龙未际土中藏。

---

① 锦里——地名,在成都南。后人也称成都为锦里。

② 点茶——沏茶;冲茶。

③ 兀那——那。

他时若得风云会，必作擎天白玉梁。

苗太监道："此扇从何而得？"赵旭答道："学生从樊楼下走过，不知楼上何人坠下此扇，偶然插于学生破蓝衫袖上。就去王丞相家作松诗，起笔因书于扇上。"苗太监道："此扇乃是此位赵大官人的，因饮酒坠于楼下。"赵旭道："既是大官人的，即当奉还。"仁宗皇帝大喜，又问秀才，上科为何不第。赵旭答言："学生三场文字俱成，不想圣天子御览，看得一字差写，因此不第，流落在此。"仁宗曰："此是今上不明。"赵旭答曰："今上至明。"仁宗曰："何字差写？"赵旭曰："是'唯'字，学生写为'厶'傍，天子高明，说是'口'傍。学生奏说皆可通用。今上御书八字：'单單、去吉、吴矣、吕台。'——'卿言通用，与朕拆来。'学生无言抵对，因此黜落，至今淹滞。此乃学生考究不精，自取其咎，非圣天子之过也。"仁宗问道："秀才家居锦里是西川了，可认得王制置[①]么？"赵旭答道："学生认得王制置，王制置不认得学生。"仁宗道："他是我外甥，我修封书，着人送你同去投他，讨了名分[②]，教你发迹[③]如何？"赵旭倒身便拜："若得二位官人提携，不敢忘恩。"苗太监道："秀才，你有缘遇着大官人抬举，你何不作诗谢之？"赵旭应诺，作诗一首，诗曰：

白玉隐于顽石里，黄金埋入污泥中。
今朝遇贵相提掇，如立天梯上九重。

仁宗皇帝见诗，大喜道："何作此诗？也未见我荐得你否。我也回诗一首。"诗曰：

一字争差因失第，京师流落误佳期。
与君一柬投西蜀，胜似山呼拜凤墀。

赵旭得大官人诗，感恩不已。又有苗太监道："秀才，大官人有诗与你，我岂可无一言乎？"乃赠诗一首，诗曰：

旭临帝阙应天文，本得名魁一字浑。
今日柬投王制置，锦衣光耀赵家门。

苗太监道："秀才你回卜处去，待来日早晨，我自催促大官人，着人将书并

---

① 制置——官名，负责经营筹划边境的军事。
② 名分——官职；禄位。
③ 发迹——发达；兴起。变得有钱有势。

路费一同送你起程。”赵旭问道：“大官人第宅何处？学生好来拜谢。”苗太监道：“第宅离此甚远，秀才不劳访问。”赵旭就在茶坊中拜谢了，三人一同出门，作别而去。

到来日，赵旭早起等待，果然昨日那没须的白衣秀士，引着一个虞候，担着个衣箱包袱，只不见赵大官人来。赵旭出店来迎接，相见礼毕。苗太监道：“夜来赵大官人依着我，委此人送你起程。付一锭白银五十两，与你文书，赍到成都府去，文书都在此人处，着你路上小心径往。”赵旭再三称谢，问道：“官人高姓大名？”苗太监道：“在下姓苗名秀，就在赵大官人门下，做个馆宾。秀士见了王制置时，自然晓得。”赵旭道：“学生此去，倘然得意，决不忘犬马之报。”遂吟诗一首，写于素笺，以寓谢别之意。诗曰：

旧年曾作登科客，今日还期暗点头①。
有意去寻丞相府，无心偶会酒家楼。
空中扇坠蓝衫插，袖里诗成黄阁② 留。
多谢贵人修尺一③，西川制置径相投。

苗太监领了诗笺，作别自回。赵旭遂将此银凿碎，算还了房钱，整理衣服齐备，三日后起程。

于路饥餐渴饮，夜住晓行，不则一日，约莫到成都府地面百余里之外，听得人说，差人远接新制置，军民喧闹。赵旭闻信大惊，自想：“我特地来寻王制置，又离任去了，我直如此命薄！怎生是好？”遂吟诗一首，诗曰：

尺书手捧到川中，千里投人一旦空。
辜负高人相汲引，家乡虽近转忧冲。

虞候道：“不须愁烦，且前进打听的实④ 如何。”赵旭行一步，懒一步，再行二十五里，到了成都地面接官亭⑤ 上。官员人等喧哄，都说伺候新制置到任，接了三日，并无消息。虞候道：“秀才，我与你到接官亭上看一看。”

---

① 暗点头——宋代欧阳修为主考官，评阅试卷，常觉坐位后面，似乎有一个穿朱衣的人暗里不时在点头，每逢点头，则这篇文章必然合格。

② 黄阁——宰相官署。

③ 尺一——原指诏书；后指书信。

④ 的实——确实；实情。

⑤ 接官亭——宋元间州县城外十里或二十里处，置小亭，地方人员于此迎送往来官员。

赵旭道："不可去，我是个无倚的人。"虞候不管他说，一直将着包袱，挑着衣箱，径到接官亭上歇下。虞候道："众官在此等甚？何不接新制置？"众官失惊，问道："不见新制置来？"虞候打开包袱，拆开文书，道："这秀才便是新制置。"赵旭也吃了一惊。虞候又开了衣箱，取出紫袍金带，象简乌靴，戴上舒角幞头①，宣读了圣旨。赵旭谢恩，叩首拜敕，授西川五十四州都制置。众官相见，行礼已毕。赵旭着人去寻个好寺院去处暂歇，选日上任。自思前事："我状元到手，只为一字黜落。谁知命中该发迹，在茶肆遭遇赵大官人，原来正是仁宗皇帝。"此乃是：

着意种花花不活，无心栽柳柳成阴。

赵旭问虞候道："前者白衣人送我起程的，是何官宰？"虞候道："此是司天台苗太监，旨意吩咐着我同来。"赵旭自道："我有眼不识太山也。"

择日上任，骏马雕鞍，张三檐伞盖②，前面队伍摆列，后面官吏跟随，威仪整肃，气象轩昂。上任已毕，归家拜见父母。父母蓦然惊惧，合家迎接，门前车马喧天。赵旭下马入堂，紫袍金带，象简乌靴，上堂参拜父母。父母问道："你科举不第，流落京师，如何便得此职？又如何除授本处为官？"赵旭具言前事，父母闻知，拱手加额，"感日月之光，愿孩儿忠心补报皇恩。"赵旭作诗一首，诗曰：

功名着意本抡魁③，一字争差不得归。
自恨禹门④ 风浪急，谁知平地一声雷？

父母心中不胜之喜，合家欢悦。亲友齐来庆贺，做了好几日筵席。旧时逃回之仆，不念旧恶，依还收用。思量仁宗天子恩德，自修表章一道，进谢皇恩。从此西川做官，兼管军民。父母俱迎在衙门中奉养，所谓"一子受皇恩，全家食天禄"。有诗为证：

---

① 舒角幞头——幞头，一名折上巾。宋初制度，用藤织成草胎，外面裹以纱，涂以漆，后来改变，只用漆纱，去掉藤里。旁有两脚（角），用铁制成。共分五等：直脚、局脚、交脚、朝天、顺风。舒角幞头，即直脚幞头，又名展脚幞头，两脚平直，宋时皇帝官僚都戴之。

② 三檐伞盖——官僚所用凉伞，有两层边三层边之分。

③ 抡魁——抡，选拔。抡魁，选中状元。

④ 禹门——即龙门山，相传为大禹所凿，所以又名禹门。

相如持节仍归蜀①，季子怀金又过周②。
衣锦还乡从古有，何如茶肆遇宸游③

① 相如持节仍归蜀——汉司马相如游梁反蜀，家中贫穷，曾与卓文君卖酒于临邛。后来汉武帝拜他为中郎将，命他持节出使西南夷，又到蜀中，其岳父卓王孙改变了从前对他的态度。

② 季子怀金又过周——苏秦，字季子，战国时洛阳人，洛阳是东周的都城。苏秦早年出外游历，穷困而归，他的兄弟嫂妹妻妾都耻笑他。后来苏秦发迹，佩六国相印，又经过洛阳，兄弟妻嫂侧目，不敢仰视。苏秦问他嫂嫂："为何前倨后恭？"她嫂嫂回答说："因为看见季子位高而且金多。"

③ 宸游——皇帝出游。

第十二卷　众名姬春风吊柳七

北阙休上诗，南山归敝庐。
不才明主弃，多病故人疏。
白发催年老，青阳逼岁除。
永怀愁不寐，松月下窗虚。

这首诗，乃唐朝孟浩然所作。他是襄阳第一个有名的诗人，流寓东京，宰相张说甚重其才，与之交厚。一日，张说在中书省入直，草应制诗，苦思不就，遣堂吏密请孟浩然到来，商量一联诗句。正尔烹茶细论，忽然唐明皇驾到。孟浩然无处躲避，伏于床后。明皇早已瞧见，问张说道："适才避朕者，何人也?"张说奏道："此襄阳诗人孟浩然，臣之故友。偶然来此，因布衣，不敢唐突圣驾。"明皇道："朕亦素闻此人之名，愿一见之。"孟浩然只得出来，拜伏于地，口称死罪。明皇道："闻卿善诗，可将生平得意一首，诵与朕听。"孟浩然就诵了"北阙休上诗"这一首。明皇道："卿非不才之流，朕亦未为明主；然卿自不来见朕，朕未尝弃卿也。"当下龙颜不悦，起驾去了。次日，张说入朝，见帝谢罪，因力荐浩然之才，可充馆职。明皇道："前朕闻孟浩然有'流星澹河汉，疏雨滴梧桐'之句，何其清新！又闻有'气蒸云梦泽，波撼岳阳楼'之句，何其雄壮！昨在朕前，偏述枯槁之辞；又且中怀怨望，非用世之器也。宜听归南山，以成其志！"由是终身不用，至今人称为孟山人。后人有诗叹云：

新诗一首献当朝，欲望荣华转寂寥。
不是不才明主弃，从来贵贱命中招。

古人中有因一言拜相的，又有一篇赋上遇主的；那孟浩然只为错念了八句诗，失了君王之意，岂非命乎？如今我又说一桩故事，也是个有名才子，只为一首词上，误了功名，终身坎壈，后来颠到成了风流佳话。那人是谁？说起来，是宋神宗时人，姓柳名永，字耆卿。原是建宁府崇安县人氏，因随父亲作宦，流落东京。排行第七，人都称为柳七官人。年二十五岁，丰姿洒落，人才出众，琴棋书画，无所不通，至于吟诗作赋，尤其本等。还有一件，最其所长，乃是填词。怎么叫做填词？假如李太白有《忆秦娥》、《菩萨蛮》，王维有《郁轮袍》，这都是词名，又谓之诗余，唐时名妓多歌之。至宋时，大晟府[1] 乐官博采词名，填腔进御。这个词，比切声调，分配十二律，其某律某调，句长句短，合用平上去入四声字眼，有个一定不移之格。作词者，按格填入，务要字与音协，一些杜撰不得，所以谓之填词。那柳七官人，于音律里面，第一精通，将大晟府乐词，加添至二百余调，真个是词家独步。他也自恃其才，没有一个人看得入眼，所以缙绅之门，绝不去走，文字之交，也没有人。终日只是穿花街，走柳巷，东京多少名妓，无不敬慕他，以得见为荣。若有不认得柳七者，众人都笑他为下品，不列姊妹之数。所以妓家传出几句口号，道是：

不愿穿绫罗，愿依柳七哥；不愿君王召，愿得柳七叫；

不愿千黄金，愿中柳七心；不愿神仙见，愿识柳七面。

那柳七官人，真个是朝朝楚馆，夜夜秦楼。内中有三个出名上等的行首[2]，往来尤密，一个唤做陈师师，一个唤做赵香香，一个唤做徐冬冬。这三个行首，赔着自己钱财，争养柳七官人。怎见得？有《戏题》一词，名《西江月》为证：

调笑师师最惯，香香暗地情多，冬冬与我煞脾和[3]：独自窝盘三个。'管'字下边[4] 无分，'闭'字加点[5] 如何？权将'好'字自停那，'姦'字中间着我。

这柳七官人，诗词文采，压于朝士，因此近侍官员，虽闻他恃才高傲，却也多少敬慕他的。那时天下太平，凡一才一艺之士，无不录用。有司荐柳永才名，朝中又有人保奏，除授浙江管下余杭县宰。这县宰官儿，虽不满柳耆卿之意，把做个进身之阶，却也罢了；只是舍不得那三个行首。时值春暮，将欲起程，乃制《西江月》为词，以寓惜别之意：

凤额绣帘高卷，兽镮朱户频摇。两竿红日上花梢，春睡厌厌难觉。

---

① 大晟府——宋代掌管音乐的衙署。
② 行(háng)首——妓女的领班。
③ 脾和——情投意合。
④ 管字下边——指官。
⑤ 闭字加点——指闲。

好梦狂随飞絮，闲愁浓胜香醪。不成雨暮与云朝，又是韶光过了。

三个行首，闻得柳七官人浙江赴任，都来饯别。众妓至者如云，耆卿口占《如梦令》云：

郊外绿阴千里，掩映红裙十队。惜别语方长，车马催人速去。偷泪，偷泪，那得分身应你！

柳七官人别了众名姬，携着琴剑书箱，扮作游学秀士，迤逦上路。一路观看风景，行至江州。访问本处名妓，有人说道："此处只有谢玉英，才色第一。"耆卿问了住处，径来相访。玉英迎接了，见耆卿人物文雅，便邀入个小小书房。耆卿举目看时，果然摆投得精致。但见：

明窗净几，竹榻茶垆①。床间挂一张名琴，壁上悬一幅古画。香风不散，宝炉中常爇沉檀；清风逼人，花瓶内频添新水。万卷图书供玩览，一枰横局佐欢娱。

耆卿看他卓上，摆着一册书，题云："柳七新词"。捡开看时，都是耆卿平日的乐府，蝇头细字，写得齐整。耆卿问道："此词何处得来？"玉英道："此乃东京才子柳七官人所作，妾平昔甚爱其词，每听人传诵，辄手录成帙。"耆卿又问道："天下词人甚多，卿何以独爱此作？"玉英道："他描情写景，字字逼真。如《秋思》一篇末云：'黯相望，断鸿声里，立尽斜阳。'《秋别》一篇云：'今宵酒醒何处？杨柳岸晓风残月。'此等语，人不能道。妾每诵其词，不忍释手，恨不得见其人耳。"耆卿道："卿要识柳七官人否？只小生就是。"玉英大惊，问其来历，耆卿将余杭赴任之事，说了一遍。玉英拜倒在地，道："贱妾凡胎，不识神仙，望乞恕罪。"置酒款待，殷勤留宿。

耆卿深感其意，一连住了三五日；恐怕误了凭限，只得告别。玉英十分眷恋，设下山盟海誓，一心要相随柳七官人，侍奉箕帚。耆卿道："赴任不便，若果有此心，俟任满回日，同到长安。"玉英道："既蒙官人不弃贱妾，从今为始，即当杜门绝客以待，切勿遗弃。使妾有《白头》之叹。"耆卿索纸，写下一词，名《玉女摇仙佩》，词云：

① 垆(lú)——墩；几。

飞琼① 伴侣，偶别珠宫，未返神仙行缀②。取次③ 梳妆，寻常言语，有得几多姝丽？拟把名花比，恐旁人笑我谈何容易。细思算，奇葩艳卉，惟是深红浅白而已。争如这多情，占得人间千娇百媚。 须信画堂绣阁，皓月清风，忍把光阴轻弃。自古及今，佳人才子，少得当年双美。且恁相偎倚，未消得怜我多才多艺。愿奶奶兰心蕙性，枕前言下，表余深意。为盟誓，今生断不辜鸳被。

耆卿吟词罢，别了玉英上路。不一日，来到姑苏地方，看见山明水秀，到个路旁酒楼上，沽饮三杯。忽听得鼓声齐响，临窗而望，乃是一群儿童，掉了小船，在湖上戏水采莲。口中唱着吴歌云：

采莲阿姐斗梳妆，好似红莲搭个白莲争。红莲自道颜色好，白莲自道粉花香。 粉花香，粉花香，贪花人一见便来抢。红个也忒贵，白个也弗强④。当面下手弗得，和你私下商量。好像荷叶遮身无人见，下头成藕带丝长。

柳七官人听罢，取出笔来，也做一只吴歌，题于壁上。歌云：

十里荷花九里红，中间一朵白松松。白莲则好摸藕吃，红莲则好结莲蓬。 结莲蓬，结莲蓬，莲蓬生得忒玲珑。肚里一团清趣，外头包裹重重。有人吃着滋味，一时劈破难容。只图口甜，那得知我心里苦？开花结子一场空。

这首吴歌，流传吴下，至今有人唱之。

却说柳七官人过了姑苏，来到余杭县上任，端的为官清正，讼简词稀。听政之暇，便在大涤、天柱、由拳诸山，登临游玩，赋诗饮酒。这余杭县中，也有几家官妓，轮番承直。但是讼牒中犯着妓者名字，便不准行⑤。妓中有个周月仙，颇有姿色，更通文墨。一日，在县衙唱曲侑酒⑥，柳县宰见他似有不乐之色，问其缘故。月仙低头不语，两泪交流。县宰再三盘问，月

---

① 飞琼——许飞琼，神话中王母的侍女。

② 行缀——行列。

③ 取次——草草；随便。

④ 强——吴语，价钱低廉。

⑤ 准行——准许；批准；受理。

⑥ 侑(yòu)酒——劝人吃酒，伴酒。

仙只得告诉。

原来月仙与本地一个黄秀才,情意甚密。月仙一心只要嫁那秀才,奈秀才家贫,不能备办财礼。月仙守那秀才之节,誓不接客。老鸨再三逼迫,只是不从,因是亲生之女,无可奈何。黄秀才书馆,与月仙只隔一条大河,每夜月仙渡船而去,与秀才相聚,至晓又回。同县有个刘二员外,爱月仙丰姿,欲与欢会。月仙执意不肯,吟诗四句道:

不学路旁柳,甘同幽谷兰。

游蜂若相询,莫作野花看。

刘二员外心生一计,嘱咐舟人,教他乘月仙夜渡,移至无人之处,强奸了他,取个执证回话,自有重赏。舟人贪了赏赐,果然乘月仙下船,远远撑去。月仙见不是路,喝他住舡,那舟人那里肯依?直摇到芦花深处,僻静所在,将船泊了,走入船舱,把月仙抱住,逼着定要云雨。月仙自料难以脱身,不得已而从之。云收雨散,月仙惆怅,吟诗一首:

自恨身为妓,遭污不敢言。

羞归明月渡,懒上载花船。

是夜月仙仍到黄秀才馆中住宿,却不敢声告诉,至晓回家。其舟人记了这四句诗,回复刘二员外。员外将一锭银子,赏了舟人去了,便差人邀请月仙家中侑酒。酒到半酣,又去调戏月仙,月仙仍旧推阻。刘二员外取出一把扇子来,扇上有诗四句,教月仙诵之。月仙大惊,原来却是舟中所吟四句,当下顿口无言。刘二员外道:“此处牙床锦被,强似芦花明月,小娘子勿再推托。”月仙满面羞惭,安身无地,只得从了刘二员外之命。以后刘二员外日逐在他家占住,不容黄秀才相处。

自古道:“小娘爱俏,鸨儿爱钞。”黄秀才虽然儒雅,怎比得刘二员外有钱有钞?虽然中了鸨儿之意,月仙心下只想着黄秀才,以此闷闷不乐。今番被县宰盘问不过,只得将情诉与。柳耆卿是风流首领,听得此语,好生怜悯。当日就唤老鸨过来,将钱八十千付作身价,替月仙除了乐籍。一面请黄秀才相见,亲领月仙回去,成其大妇。黄秀才与周月仙拜谢不尽。正是:

风月客怜风月客,有情人遇有情人。

柳耆卿在余杭三年,任满还京。想起谢玉英之约,便道再到江州。原来谢玉英初别耆卿,果然杜门绝客;过了一年之后,不见耆卿通问,未免风愁月恨。更兼日用之需，无从进益，日逐车马填门，回他不脱，想着五夜夫妻，未知所言真假，又有闲汉从中撺掇，不免又随风倒舵，依前接客。有个新安大贾孙员外，颇有文雅，与他相处年余，费过千金。耆卿到玉英家询问，正值孙员外邀玉英同往湖口看船去了。耆卿倒不遇，知玉英负约，怏怏不乐，乃取花笺一幅，制词名《击梧桐》，词云：

香靥深深，姿姿媚媚，雅格奇容天与。自识伊来便好看承①，会得妖娆心素。临岐再约同欢，定是都把平生相许。又恐恩情易破难成，未免千般思虑。　　近日重来，空房而已，苦没叨叨言语。便认得听人教当②，拟把前言轻负。见说兰台宋玉，多才多艺善词赋。试与问朝朝暮暮，行云何处去？

后写："东京柳永访玉卿不遇漫题。"耆卿写毕，念了一遍，将词笺粘于壁上，拂袖而出。回到东京，屡有人举荐，升为屯田员外郎之职。东京这班名姬，依旧来往。耆卿所支俸钱，及一应求诗求词馈送下来的东西，都在妓家销化③。

一日，正在徐冬冬家积翠楼戏耍，宰相吕夷简差堂吏传命，直寻将来，说道："吕相公六十诞辰，家妓无新歌上寿，特求员外一阕，幸即挥毫，以便演习。蜀锦二端，吴绫四端，聊充润笔之敬，伏乞俯纳。"耆卿允了，留堂吏在楼下酒饭，问徐冬冬有好纸否，徐冬冬在箧中，取出两幅芙蓉笺纸，放于案上。耆卿磨得墨浓，蘸得笔饱，拂开一幅笺纸，不打草儿，写下《千秋岁》一阕云：

泰阶④平了，又见三台⑤耀。烽火静，欃枪⑥扫。朝堂耆硕辅，樽俎英雄表。福无艾，山河带砺人难老。　　渭水当年钓，晚应飞熊兆；同一吕，今偏早。乌纱头未白，笑把金樽倒。人争羡，二十四遍中书考⑦。

---

① 看承——看待；照看。
② 教当——教唆。
③ 销化——用去；花掉。
④ 泰阶——星名，即三台。依照古代术数家的说法，泰阶平，则天下太平。
⑤ 三台——星名，包括上台、中台、下台，古人常用以象征三公。
⑥ 欃(chān)枪——彗星。
⑦ 二十四遍中书考——唐代郭子仪任中书令，历考二十四次。长久做中书令。

耆卿一笔写完，还剩下芙蓉笺一纸，余兴未尽，后写《西江月》一调云：

腹内胎生异锦，笔端舌喷长江。纵教疋绢字难偿，不屑与人称量。

我不求人富贵，人须求我文章。风流才子占词场，真是白衣卿相。

耆卿写毕，放在卓上。

恰好陈师师家差个侍儿来请，说道："有下路新到一个美人，不言姓名，自述特慕员外，不远千里而来，今在寒家奉候，乞即降临。"耆卿忙把诗词装入封套，打发堂吏，动身去了，自己随后往陈师师家来。一见了那美人，吃了一惊。那美人是谁？正是：

着意寻不见，有时还自来。

那美人正是江州谢玉英。他从湖口看船回来，见了壁上这只《击梧桐》词，再三讽咏，想着耆卿果是有情之人，不负前约，自觉惭愧。瞒了孙员外，收拾家私，雇了船只，一径到东京来，问柳七官人。闻知他在陈师师家往来极厚，特拜望师师，求其引见耆卿。当时分明是断花再接，缺月重圆，不胜之喜。陈师师问其详细，便留谢玉英同住。玉英怕不稳便，商量割东边院子另住。自到东京，从不见客，只与耆卿相处，如夫妇一般。耆卿若往别妓家去，也不阻挡，甚有贤达之称。

话分两头。再说耆卿匆忙中，将所作寿词封付堂吏，谁知忙中多有错，一时失于点检，两幅词笺都封了去。吕丞相拆开封套，先读了《千秋岁》调，倒也欢喜。又见《西江月》调，少不得也念一遍，念到"纵教疋绢字难偿，不屑与人称量"，笑道："当初裴晋公修福光寺，求文于皇甫湜，湜每字索绢三匹。此子嫌吾酬仪太薄耳。"又念到"我不求人富贵，人须求我文章"，大怒道："小子轻薄，我何求汝耶？"从此衔恨在心。柳耆卿却是疏散的人，写过词，丢在一边了，那里还放在心上。

又过了数日，正值翰林员缺，吏部开荐柳永名字，仁宗曾见他增定大晟乐府，亦慕其才，问宰相吕夷简道："朕欲用柳永为翰林，卿可识此人否？"吕夷简奏道："此人虽有词华，然恃才高傲，全不以功名为念。见任屯田员外，日夜留连妓馆，大失官箴。若重用之，恐士习由此而变。"遂把耆卿所作《西江月》词诵了一遍，仁宗皇帝点头。早有知谏院官打听得吕丞相衔恨柳永，欲得逢迎其意，连章参劾。仁宗御笔批着四句道：

柳永不求富贵，谁将富贵求之？

任作白衣卿相，风前月下填词。

柳耆卿见罢了官职，大笑道："当今做官的，都是不识字之辈，怎容得我才子出头？"因改名柳三变，人都不会其意，柳七官人自解说道："我少年读书，无所不窥，本求一举成名，与朝家出力；因屡次不第，牢骚失意，变为词人。以文采自见，使名留后世足矣；何期被荐，顶冠束带，变为官人。然浮沉下僚，终非所好；今奉旨放落，行且逍遥自在，变为仙人。"从此益放旷不检，以妓为家，将一个手板[①]上写道："奉圣旨填词柳三变。"欲到某妓家，先将此手板送去，这一家便整备酒肴，伺候过宿。次日，再要到某家，亦复如此。凡所作小词，落款书名处，亦写"奉圣旨填词"五字，人无有不笑之者。

如此数年，一日在赵香香家，偶然昼寝，梦见一黄衣吏从天而下，道说："奉玉帝敕旨，《霓裳羽衣曲》已旧，欲易新声，特借重仙笔，即刻便往。"柳七官人醒来，便讨香汤沐浴，对赵香香道："适蒙上帝见召，我将去矣。各家姊妹可寄一信，不能候之相见也。"言毕，瞑目而坐。香香视之，已死矣。慌忙报知谢玉英，玉英一步一跌的哭将来。陈师师、徐冬冬两个行首，一时都到。又有几家曾往来的，闻知此信，也都来赵家。

原来柳七官人，虽做两任官职，毫无家计[②]。谢玉英虽说跟随他终身，到带着一家一伙前来，并不费他分毫之事。今日送终时节，谢玉英便是他亲妻一般；这几个行首，便是他亲人一般。当时陈师师为首，敛取众妓家财帛，制买衣衾棺椁，就在赵家殡殓。谢玉英衰绖[③]做个主丧，其他三个的行首，都聚在一处，带孝守幕。一面在乐游原上，买一块隙地起坟，择日安葬。坟上竖个小碑，照依他手板上写的，增添两字，刻云："奉圣旨填词柳三变之墓。"出殡之日，官僚中也有相识的，前来送葬。只见一片缟素，满城妓家无一人不到，哀声震地。那送葬的官僚，自觉惭愧，掩面而返。

不逾两月，谢玉英过哀，得病亦死，附葬于柳墓之旁。亦见玉英贞节，妓家难得，不在话下。

自葬后，每年清明左右，春风骀荡，诸名姬不约而同，各备祭礼，往柳

---

① 手板——官吏上朝或谒见上司时所拿的笏(hù)板。

② 家计——家当；财产。

③ 衰绖——丧服。

七官人坟上，挂纸钱拜扫，唤做“吊柳七”，又唤做“上风流冢”。未曾“吊柳七”“上风流冢”者，不敢到乐游原上踏青。后来成了个风俗，直到高宗南渡之后，此风方止。后人有诗题柳墓云：

乐游原上妓如云，尽上风流柳七坟。
可笑纷纷缙绅辈，怜才不及众红裙。

第十三卷　张道陵七试赵升

但闻白日升天去，不见青天走下来。

有朝一日天破了，人家都叫阿痃痃①。

这四句诗，乃国朝唐解元所作，是讥诮神仙之说，不足为信。此乃戏谑之语，从来混沌剖判，便立下了三教：太上老君立了道教，释迦祖师立了佛教，孔夫子立了儒教。儒教中出圣贤，佛教中出佛菩萨，道教中出神仙。那三教中，儒教忒平常，佛教忒清苦，只有道教学成长生不死，变化无端，最为洒落②。看官，我今日说一节故事，乃是张道陵七试赵升。那张道陵便是龙虎山中历代住持道教的正一天师③ 第一代始祖，赵升乃其徒弟。有诗为证：

剖开顽石方知玉，淘尽泥沙始见金。

不是世人仙气少，仙人不似世人心。

话说张天师的始祖，讳道陵，字辅汉，沛国人氏，乃是张子房第八世孙。汉光武皇帝建武十年降生，其母梦见北斗第七星从天坠下，化为一人。身长丈余，手中托一丸仙药，如鸡卵大，香气袭人。其母取而吞之，醒来便觉满腹火热，异香满室，经月不散。从此怀孕，到十月满足，忽然夜半屋中光明如昼，遂生道陵。七岁时，便能解说《道德经》，及河图④ 谶纬⑤之书，无不通晓。年十六，博通五经。身长九尺二寸，庞眉广颡，朱项绿睛，隆準方颐，伏犀贯顶⑥，垂手过膝，龙蹲虎步，望之使人可畏。举贤良

---

① 阿痃痃——用力或痛楚时的呼声。

② 洒落——洒脱。

③ 正一天师——元成宗铁木耳封张道陵的后裔张兴材为“正一教主”，至明代，其子孙仍世袭“正一真人”。所以元明人称张天师为“正一天师”。

④ 河图——传说伏羲氏时，有龙马出于河，伏羲氏依其文画八卦，称为河图。

⑤ 谶讳(chènwěi)———一种专讲术数占验的书。

⑥ 伏犀贯顶——星相家的迷信说法，头上有骨，从天庭（眉间）通至头顶，叫伏犀骨。伏犀骨贯顶，这是富贵之相。

方正，入太学。一旦喟然叹曰："流光如电，百年瞬息耳，纵位极人臣，何益于年命之数乎？"遂专心修炼，欲求长生不死之术。同学有一人，姓王名长，闻道陵之言，深以为然，即拜道陵为师，愿相随名山访道。

行至豫章郡，遇一绣衣童子，问曰："日暮道远，二公将何之？"道陵大惊，知其非常人，乃自述访道之意。童子曰："世人论道，皆如捕风捉影，必得黄帝九鼎丹法，修炼成就，方可升天。"于是师徒二人拜求指示，童子口授二语，道是：

左龙并右虎，其中有天府。

说罢，忽然不见。道陵记此二语，但未解其意。

一日，行至龙虎山中，不觉心动，谓王长曰："'左龙右虎'，莫非此地乎？'府'者，藏也，或有秘书藏于此地。"乃登其绝顶，见一石洞，名曰壁鲁洞，洞中或明或暗，委曲[①]异常。走到尽处，有生成石门两扇。道陵想道："此必神仙之府。"乃与弟子王长端坐石门之外，凡七日，忽然石门洞开，其中石桌、石凳俱备，桌上无物，只有文书一卷。取而观之，题曰"黄帝九鼎太清丹经"。道陵举手加额，叫声惭愧[②]。师徒二人欢喜无限，取出丹经，昼夜观览，具知其法。但修炼合用药物炉火之费甚广，无从措办。道陵先年曾学得有治病符水，闻得蜀中风俗醇厚，乃同王长入蜀，结庐于鹤鸣山中，自称真人，专用符水救人疾病。投之辄验，来者渐广。又多有人拜于门下，求为弟子，学他符水之法。

真人见人心信服，乃立为条例：所居门前有水池，凡有疾病者，皆疏记生身以来所为不善之事，不许隐瞒，真人自书忏文，投池水中；与神明共盟约，不得再犯，若复犯，身当即死；设誓毕，方以符水饮之。病愈后，出米五斗为谢。弟子辈分路行法，所得米绢数目，悉开报于神明，一毫不敢私用。由是百姓有小疾病，便以为神明谴责，自来首过；病愈后，皆羞惭改行，不敢为非。如此数年，多得钱财，乃广市药物，与王长居密室中，共炼龙虎大丹。三年丹成，服之。真人年六十余，自服丹药，容颜转少，如三十岁后生模样。从此能分形散影，常乘小舟，在东西二溪往来游戏，堂上又有一真人诵经不辍。若宾客来访，迎送应对，或酒杯棋局，各各有一真人，不分真

---

① 委曲——曲折。

② 惭愧——此为惊喜之词。侥幸，如同谢天谢地。

假，方知是仙家妙用。

一日，有道士来言：西城有白虎神，好饮人血，每岁其乡必杀人祭之。真人心中不忍，将到祭祀之期，真人亲往西城。果见乡中百姓绑缚一人，用鼓乐导引，送于白虎神庙。真人问其缘故，所言与道士相合：若一年缺祭，必然大兴风雨，毁苗杀稼，殃及六畜。所以一方惧怕，每年用重价购求一人，赤身绑缚，送至庙中。夜半，凭神吮血享用，以此为常，官府亦不能禁。真人曰："汝放此人去，将我代之何如？"众乡民道："此人因家贫无倚，情愿舍身充祭，得我们五十千钱，葬父嫁妹，花费已尽，今日之死，乃其分内，你何苦自伤性命？"真人曰："我不信有神道吃人之事，若果有此事，我自愿承当，死而无怨。"众人商量道："他自不信，不干我事，左右是一条性命。"便依了真人言语，把绑缚那人解放了。那人得了命，拜谢而去。众人便要来绑缚真人，真人曰："我自情愿，决不逃走，何用绑缚？"众人依允。真人入得庙来，只见庙中香烟缭绕，灯烛炜煌，供养着土偶神像，狰狞可畏，案桌上摆列着许多祭品。众人叩头宣疏已毕，将真人闭于殿门之内，随将封锁。真人瞑目静坐以待。

约莫更深，忽听得一阵狂风，白虎神早到。一见真人，便来攫取。只见真人口耳眼鼻中，都放出红光，罩定了白虎神，此乃是仙丹之力。白虎神大惊，忙问："汝何人也？"真人曰："吾奉上帝之命，管摄四海五岳诸神，命我分形查勘，汝何方孽畜，敢在此虐害生灵？罪业深重，天诛难免！"白虎神方欲抗辨，只见前后左右都是一般真人，红光遍体，諕得白虎神眼缝也开不得，叩头求哀。原来白虎神是金神，自从五丁开道，凿破蜀山，金气发泄，变为白虎，每每出现，生灾作耗①。土人立庙，许以岁时祭享，方得安息。真人炼过金丹，养就真火，金怕火克，自然制伏。当下真人与他立誓，不许生事害民，白虎神受戒而去。

次日侵晨，众乡民到庙，看见真人端然不动，骇问其由。真人备言如此如此，今后更不妄害民命，有损无益。众乡人拜求名姓，真人曰："我乃鹤鸣山张道陵也。"说罢，飘然而去。众乡民在白虎庙前，另创前殿三间，供养张真人像，从此革了人祭之事。有诗为证：

积功累行始成仙，岂止区区服食缘。

---

① 作耗——为祸；为害。

白虎神藏人祭革，活人阴德在年年。

那时广汉青石山中，有大蛇为害，昼吐毒雾，行人中毒便死。真人又去剿除了那毒蛇，山中之人，方敢昼行。

顺帝汉安元年，正月十五夜，真人在鹤鸣山精舍[1]独坐，忽闻隐隐天乐之声，从东而来，銮佩珊珊渐近。真人出中庭瞻望，忽见东方一片紫云，云中有素车一乘，冉冉而下。车中端坐一神人，容若冰玉，神光照人，不可正视。车前站立一人，就是前番在豫章郡所遇的绣衣童子。童子谓真人曰："汝休惊怖，此乃太上老君也。"真人慌忙礼拜。老君曰："近蜀中有众鬼魔王，枉暴生民，深可痛惜。子其为我治之，以福生灵，则子之功德无量，而名录丹台[2]矣。"乃授以《正一盟威秘录》[3]、三清众经九百三十卷，符录丹灶秘诀七十二卷，雌雄剑二口，都功印一枚，又嘱道："与子刻期，千日之后，会于阆苑[4]。"真人叩头领讫，老君升云而去。

真人从此日味秘文，按法遵修。闻知益州有八部鬼帅，各领鬼兵，动亿万数，周行人间，暴杀万民，枉夭无数。真人奉老君诰命，佩《盟威秘录》，往青城山，置琉璃高座，左供大道元始天尊，右置三十六部真经，立十绝灵幡，周匝法席，鸣钟叩磬，布下龙虎神兵，欲擒鬼帅。鬼帅乃驱率众鬼，挟兵刃矢石，来害真人。真人将左手竖起一指，那指头变成一大朵莲花，千叶扶疏，兵矢皆不能入。众鬼又持火千余炬来，欲行烧害。真人把袖一拂，其火即返烧众鬼。众鬼乃遥谓真人曰："吾师自住鹤鸣山中，何为来侵夺我居处？"真人曰："汝等残害众生，罪通于天，吾奉太上老君之命，是以来伐汝。汝若知罪，速避西方不毛之地，勿复行病[5]人间，可保无事。如仍前作业，即行诛戮，不留余种。"鬼帅不服，次日复会六大魔王，率鬼兵百万，安营下寨，来攻真人。真人欲服其心，乃谓曰："试与尔各尽法力，观其胜负。"六魔应诺。真人乃命王长积薪放火，火势正猛。真人投身入火，火中忽生青莲花，托真人两足而出。六魔笑曰："有何难哉！"把手分

---

① 精舍——指佛道修行者所居的庐舍。

② 丹台——神仙所居的地方。

③ 《正一盟威秘录》——即《太上正一盟威法箓》，为一部道家的符箓书。

④ 阆苑——神仙居住的地方。

⑤ 行病——散布疾病。

开火头，㧐身① 便跳。两个魔王先跳下火的，须眉皆烧坏了，负痛奔回。那四个魔王，更不敢动弹。真人又投身入水，即乘黄龙而出，衣服毫不濡湿。六魔又笑道："火其实利害，这水打甚紧？"扑通的一声，六魔齐跳入水，在水中连翻几个筋斗。忙忙爬起，已自吃了一肚子淡水。真人复以身投石，石忽开裂，真人从后而出。六魔又笑道："论我等气力，便是山也穿得过，况于石乎？"硬挺着肩胛捱进石去。真人诵咒一遍，六个魔王半身陷于石中，展动不得，哀号欲绝。其时八部鬼帅大怒，化为八只吊睛老虎，张牙舞爪，来攫真人。真人摇身一变，变成狮子逐之。鬼帅再变八条大龙，欲擒狮子。真人又变成大鹏金翅鸟，张开巨喙，欲啄龙睛。鬼帅再变五色云雾，昏天暗地。真人变化一轮红日，升于九霄，光辉照曜，云雾即时流散。

鬼帅变化已穷，真人乃拈取片石，望空撇去，须臾化为巨石，如一座小山相似；空中一线系住，如藕丝之细，悬罩于鬼营之上；石上又有二鼠争啮那一线，岌岌欲堕。魔王和鬼帅在高处看见，恐怕灭绝了营中鬼子鬼孙，乃同声哀告饶命，愿往西方娑罗国居住，再不敢侵扰中土。真人遂判令六大魔王归于北酆，八部鬼帅窜于西域。

其时魔王身离石中，和鬼帅合成一党，兀自踌躇不去。真人知众鬼不可善遣，乃口敕神符一道，飞上层霄。须臾之间，只见风伯招风，雨师降雨，雷公兴雷，电母闪电，天将神兵各持刃兵，一时齐集，杀得群鬼形消影绝。真人方才收了法力，谓王长曰："蜀人今始得安寝矣。"有《西江月》为证：

鬼帅空施伎俩，魔王枉逞英雄，谁知大道有神通，一片精神运动。
水火不加寒热，腾身陷石如空；一场风雨众妖空，才识仙家妙用。

真人复谓王长曰："吾上升之期已近，壁鲁洞乃吾得道之地，不可忘本。"于是再至豫章，结庐于龙虎山中，师徒二人潜修九还七返② 之功。

---

① 㧐(sǒng)身——挺身；纵身。

② 九还七返——道家烧炼丹药，有九还七返的说法。还和返都是循环变化的意思，据说烧炼时间愈久，还返次数愈多，则药力愈大。七返灵砂，可以起死回生；九还金丹，服之三日成仙。

忽一日,复聆銮佩天乐之音,与鹤鸣山所闻无二。真人急忙整身,叩伏阶前。见千乘万骑,簇拥着老君,在云端徘徊不下。真人再拜,老君乃命使者告曰:“子之功业,合得九真上仙。吾昔使子入蜀,但区别人鬼,以布清净之化;子杀鬼过多,又擅兴风雨,役使鬼神,阴景翳昼,杀气秽空,殊非天道好生之意。上帝正责子过,所以吾今日不得近子也。子且退居,勤行修道。同时飞举者,数合三人。俟数到之日,吾待子于上清八景宫中。”言讫,圣驾复去。真人乃精心忏悔,再与王长回鹤鸣山去。

山中诸弟子晓得真人法力广大,只有王长一人私得其传,纷纷议论,尽疑真人偏向,有吝法之心。真人曰:“尔辈俗气未除,安能遗世?止可得吾导引房中之术,或服食草木以延寿命耳。明年正月七日午时,有一人从东方来,方面短身,貂裘锦袄,此乃真正道中之人,不弱于王长也。”诸弟子闻言,半疑不信。

到来年正月初七日,当正午,真人乃谓王长曰:“汝师弟至矣,可使人……”如此如此。王长领了法旨,步出山门,望东而看,果见一人来至,衣服状貌,一如真人所言,诸弟子暗暗称奇。王长私谓诸弟子曰:“吾师将传法于此人,若来时切莫与通信,更加辱骂,不容入门,彼必去矣。”诸弟子相顾,以为得计。那人到门,自称姓赵名升,吴郡人氏,慕真人道法高妙,特来拜谒。诸弟子回言:“吾师出游去了,不敢擅留。”赵升拱立伺候,众人四散走开了。到晚,径自闭门不纳。赵升乃露宿于门外。

次日,诸弟子开门看时,赵升依前拱立,求见师长。诸弟子曰:“吾师甚是私刻①,我等伏侍数十年,尚无丝毫秘诀传授,想你来之何益?”赵升曰:“传与不传,惟凭师长。但某远跡而来,只愿一见,以慰平生仰慕耳。”诸弟子又曰:“要见亦由你,只吾师实不在此,知他何日还山?足下休得痴等,有误前程。”赵升曰:“某之此来,出于积诚。若真人十日不归,愿等十日;百日不来,愿等百日。”

众人见赵升连住数日,并不转身,愈加厌恶,渐渐出言侮慢,以后竟把作乞儿看待,恶言辱骂。赵升愈加和悦,全然不校②。每日只于午前往村中买一餐,吃罢便来门前伺候。晚间众人不容进门,只就阶前露宿。如此

---

① 私刻——藏私;吝啬。

② 不校——不加计较。

四十余日，诸弟子私相议论道："虽然辞他不去，且喜得瞒过师父，许久尚不知觉。"只见真人在法堂鸣钟集众曰："赵家弟子到此四十余日，受辱已足了，今日可召入相见。"众弟子大惊，才晓得师父有前知之灵也。王长受师命，去唤赵升进见。赵升一见真人，涕泣交下，叩头，求为弟子。真人已知他真心求道，再欲试之，过了数日，差往田舍中看守黍苗。

赵升奉命，来到田边，只有小小茅屋一间，四围无倚，野兽往来极多。赵升朝暮伺候赶逐，全不懈怠。忽一夜，月明如昼。赵升独坐茅屋中，只见一女子，美貌非常。走进屋来，深深道个万福，说道："妾乃西村农家之女，随伴出来玩月。因往田中小解，失了伴侣，追寻不着，迷路至此。两足走得疼痛，寸步难移，乞善士可怜容妾一宿，感恩非浅。"赵升正待推阻，那女子径往他床铺上，倒身睡下，口内娇啼宛转，只称脚痛。赵升认是真情，没奈何，只得容他睡了。自己另铺些乱草，和衣倒地，睡了一夜。次日，那女子又推脚痛，故意不肯行走，撒娇撒痴的要茶要饭，赵升只得管顾他。那女子倒说些风话①，引诱赵升。到晚来，先自脱衣上铺，央赵升与他扯被加衣。赵升心如铁石，见女子着邪，连茅屋也不进了，只在田塍边露坐到晓。至第四日，那女子已不见了，只见土墙上题诗四句，道是：

美色人皆好，如君铁石心。
少年不作乐，辜负好光阴。

字画柔媚，墨迹如新。赵升看罢，大笑道："少年作乐，能有几时？"便脱下鞋底，将字迹挞没了。正是：

落花有意随流水，流水无情恋落花。

光阴荏苒，不觉春去秋来。赵升奉真人之命，担了樵斧，去山后砍柴。偶然砍倒一株枯松，去得力大，喲喇一声，松根迸起。赵升将双手拔起松根看时，下面显出黄灿灿的一窖金子。忽听得空中有人云："天赐赵升。"赵升想道："我出家之人，要这黄金何用？况且无功，岂可贪天之赐？"便将山土掩覆。收拾了柴担，觉得身子困倦，靠石而坐，少憩片时。忽然狂风大作，山凹里跳出三只黄斑老虎。赵升安坐不动，那三只虎攒着② 赵升，咬他的衣服，只不伤身。赵升全然不惧，颜色不变，谓虎曰："我赵升生平

---

① 风话——此指风情话，不正经的话。

② 攒(cuán)着——攒，是簇聚的意思。攒着，就是围簇着。

不作昧心之事，今弃家入道，不远千里，来寻明师，求长生不死之路。若前世欠你宿债，今生合供你啖嚼，不敢畏避；如其不然，便可速去，休在此蒿恼人。”三虎闻言，皆弭耳低头而去。赵升曰：“此必山神遣来试我者，死生有命，吾何惧哉！”当日荷柴而归，也不对同辈说知见金逢虎之事。

又一日，真人吩咐赵升往市上买绢十匹。赵升还值① 已毕，取绢而归。行至中途，忽闻背后有人叫喊云：“劫绢贼慢走！”赵升回头看时，乃是卖绢主人飞奔而来，一把扯住赵升，说道：“绢价一些未还，如何将我绢去？好好还我，万事全休！”赵升也不争辨，但念：“此绢乃吾师欲用之物，若还了他，如何回覆师父？”便脱下貂裘与绢主，准② 其绢价。绢主尚嫌其少，又脱锦袄与之，绢主方去。赵升持绢献上真人，真人问道：“你身上衣服，何处去了？”赵升道：“偶然病热③，不曾穿得。”真人叹曰：“不吝己财，不谈人过，真难及也。”乃将布袍一件赐与赵升，赵升欣然穿之。

又一日，赵升和同辈在田间收谷，忽见路旁一人叩头乞食，衣裳破弊，面目尘垢，身体疮脓，臭秽可憎，两脚皆烂，不能行走。同辈人人掩鼻，叱喝他去。赵升心中独怀不忍，乃扶他坐于茅屋之内，问其疾苦，将自己饭食省与他吃。又烧下一桶热汤，替他洗涤臭秽。那人又说身上寒冷，欲求一衣。赵升解开布袍，卸下里衣一件，与之遮寒。夜间念他无倚，亲自作伴。到夜半，那人又叫呼要解，赵升闻呼，慌忙起身扶他解手，又扶进来。日间省饭食养他，常自半饥的过了，夜间用心照管，如此十余日，全无倦怠。那人疮患将息渐好，忽然不辞而去，赵升也无怨心。后人有诗赞云：

逢人患难要施仁，望报之时亦小人。
不吝施仁不望报，分明天地布阳春。

时值初夏，真人一日会集诸弟子，同登天柱峰绝顶。那天柱峰在鹤鸣山之左，三面悬绝，其状如城。真人引弟子于峰头下视，有一桃树，傍生石壁，如人舒出一臂相似，下临不测深渊。那桃树上结下许多桃子，红得可爱。真人谓诸弟子曰：“有人能得此桃实，当告以至道之要。”那时诸弟子除了王长、赵升外，共二百三十四人。皆临崖窥瞰，莫不股战流汗，连脚头

① 还值——付钱。
② 准——抵；折。
③ 病热——嫌热；怕热。

也站不定。略看一看,慌忙退步,惟恐坠下。只有一人挺然而出,乃赵升也。对众人曰:“吾师命我取桃,必此桃有可得之理;且圣师在此,鬼神呵护,必不使我死于深谷之中。”乃看准了桃树之处,扨身望下便跳。有这等异事,那一跳不歪不斜,不上不下,两脚分开,刚刚的跨于桃树之上。将桃实姿意采摘,遥望石壁上面,悬绝二三丈,四旁又无攀缘,无从爬上,乃以所摘桃子,向上掷去,真人用手一一接之。掷了又摘,摘了又掷;下边掷,上边接,把一树桃子,摘个干净。真人接完桃子,自吃了一颗,王长吃了一颗,把一颗留与赵升,恰好余下二百三十四颗,分派诸弟子,每人一颗,不多不少。

真人问诸弟子中,那个有本事,引得赵升上来。诸弟子面面相觑,谁敢答应。真人自临岩上,舒出一臂,接引赵升。那臂膊忽长二三丈,直到赵升身边,赵升随臂而上。众弟子莫不大惊。真人将所留桃实一颗与赵升食毕,真人笑而言曰:“赵升心正,能投树上,足不蹉跌。吾今欲自试投下,若心正时,当得大桃。”众弟子皆谏曰:“吾师虽然广有道法,岂可自试于不测之崖乎?方才赵升幸赖吾师接引,若吾师坠下,更有何人接引吾师者?万万不可也。”有数人牵住衣裾苦劝,惟王长、赵升默然无言。真人不从众人之劝,遂向空自掷。众人急觑桃树上,不见真人踪迹;看着下面,茫茫无底,又无道路可通,眼见得真人坠于深谷,不知死活存亡。诸弟子人人惊叹,个个悲啼。赵升对王长说道:“师犹父也,吾师自投不测之崖,吾何以自安?不若同投下去,看其下落。”于是升、长二人各奋身投下,刚落在真人之前。只见真人端坐于磐石之上,见升、长坠下,大笑曰:“吾料定汝二人必来也。”这几桩故事,小说家① 唤做“七试赵升”。那见得七试?

第一试:辱骂不去;第二试:美色不动心;

第三试:见金不取;第四试:见虎不惧;

第五试:偿绢不吝,被诬不辨;第六试:存心济物;

第七试:舍命从师。

原来这七试,都是真人的主意。那黄金、美女、大虫、乞丐,都是他役使精灵变化来的;卖绢主人,也是假的:这叫做将假试真。凡人道之人,先

① 小说家——为说话四家之一,专门讲说烟粉、灵怪、传奇、公案、朴刀杆棒、发迹变泰等故事。

要断除七情,那七情?喜、怒、忧、惧、爱、恶、欲。真人先前对诸弟子说过的:“汝等俗气未除,安能遗世?”正谓此也。且说如今世俗之人,骄心傲气,见在的师长说话略重了些,兀自气愤愤地,况肯为求师上,受人辱骂?着甚要紧加添四十余日露宿之苦?只这一件,谁人肯做?至于“色”之一字,人都在这里头生,在这里头死,那个不着迷的?列位看官们,假如你在闲居独宿之际,偶遇个妇人,不消一分半分颜色,管请你失魂落意,求之不得;况且十分美貌,颠倒挜身就你,你却不动心,古人中除却柳下惠只怕没有第二个人了。又如今人为着几贯钱钞上,兄弟分颜[①],朋友破口;在路上拾得一文钱,却也叫声吉利,眉花眼笑,眼见这一窖黄金无主之物,那个不起贪心?这件又不是难得的?今人见一只恶犬走来,心头也谎一跳;况三个大虫,全不怖畏,便是吕纯阳祖师舍身馁虎,也只好是这般了。再说买绢这一节,你看如今做买做卖的,讨得一分便宜,兀自欢喜;平日间冤枉他一言半字,便要赌神罚咒,那个肯重叠还价?随他天大冤枉加来,付之不理,脱去衣裳,绝无吝色,不是眼孔十二分大,怎容得人如此?又如父母生了恶疾,子孙在床前服事,若不是足色孝顺的,口中虽不说,心下未免憎嫌;何况路旁乞食之人,那解衣推食,又算做小事了?结末[②]来,两遍投崖,是信得师父十分真切,虽死不悔。这七件都试过,才见得赵升七情上一毫不曾粘带,俗气尽除,方可入道。正是:

道意坚时尘趣少,俗情断处法缘生。

闲话休提。真人见升、长二人道心坚固,乃将生平所得秘诀,细细指授。如此三日三夜,二人尽得其妙。真人乃飞身上崖,二人从之。重归旧舍,诸弟子相见,惊悼不已。真人一日闭目昼坐,既觉,谓王长、赵升曰:“巴东有妖,当同往除之。”师弟三人,行至巴东,忽见十二神女,笑迎于山前。真人问曰:“此地有咸泉,今在何处?”神女答曰:“前面大湫[③]便是。近为毒龙所占,水已浊矣。”真人遂书符一道,向空掷去。那道符从空盘旋,忽化为大鹏金翅鸟,在湫上往来飞舞。毒龙大惊,舍湫而去,湫水遂清。十二神女各于怀中,探出一玉环来献,曰:“妾等仰慕仙真,愿操箕

① 分颜——也叫分颜面,即翻脸。

② 结末——末了。

③ 大湫(qiū)——大水池。

帚。"真人受其环,将手绢之,十二环合而为一。真人将环投于井中,谓神女曰:"能得此环者,应吾夙命,吾即纳之。"十二神女要取神环,争先解衣入井。真人遂书符投于井中,约曰:"千秋万世,永作井神。"即时唤集居民,汲水煎煮,皆成食盐。嘱咐今后煮盐者,必祭十二神女。那十二神女都是妖精,在一方迷惑男子,降灾降祸;被真人将神符镇压,又安享祭祀,再不出现了。从此巴东居民,无神女之害,而有咸井之利。

真人除妖已毕,复归鹤鸣山中。一日午时,忽见一人,黑帻,绢衣,佩剑,捧一玉函,进曰:"奉上清真符,召真人游阆苑。"须臾有黑龙驾一紫舆,玉女二人引真人登车,直至金阙。群仙毕集,谓真人曰:"今日可朝太上元始天尊也。"俄有二青童,朱衣绛节,前行引导。至一殿,金阶玉砌,真人整衣趋进,拜舞已毕。殿上敕青童持玉册,授真人正一天师之号,使以《正一盟威》之法,世世宣布,为人间天师,劝度未悟之人;又密谕以飞升之期。

真人受命回山,将《盟威》、《都功》等诸品秘箓,及斩邪二剑,玉册、玉印等物,封置一函,谓诸弟子曰:"吾冲举[①]有日,弟子中有能举此函者,便为嗣法。"弟子争先来举,如万觔之重,休想移动得分毫。真人乃曰:"吾去后三日,自有嫡嗣至此,世为汝师也。"

至期,真人独召王长、赵升二人谓曰:"汝二人道力已深,数合冲举,尚有余丹,可分饵之,今日当随吾上升矣。"亭午[②],群仙仪从毕至,天乐拥导,真人与王长、赵升在鹤鸣山中,白日升天。诸弟子仰视云中,良久而没。时桓帝永寿元年九月九日事,计真人年已一百二十三岁矣。

真人升天后三日,长子张衡从龙虎山适至,诸弟子方悟嫡嗣之语,指示封函,备述真人遗命。张衡轻轻举起,揭封开看,遂向空拜受玉册、玉印。于是将诸品秘箓,尽心参讨,斩妖缚邪,其应如响。至今子孙嗣法,世世为天师。后人论七试赵升之事,有诗为证:

世人开口说神仙,眼见何人上九天?
不是仙家尽虚妄,从来难得道心坚。

---

① 冲举——飞升成仙。
② 亭午——中午;正午。

第十四卷　陈希夷四辞朝命

人人尽说清闲好，谁肯逢闲闲此身？

不是逢闲闲不得，清闲岂是等闲人？

则今且说个“闲”字，是“门”字中着个“月”字①，你看那一轮明月，只见他忙忙的穿窗入户，那天上清光不动，却是冷淡无心。人学得他，便是闹中取静，才算做真闲。有的说：人生在世，忙一半，闲一半。假如日里做事是忙，夜间睡去便是闲了。却不知日里忙忙做事的，精神散乱，昼之所思，夜之所梦，连睡去的魂魄，都是忙的，那得清闲自在？古时有个仙长，姓庄名周，睡去梦中化为蝴蝶，栩栩而飞，其意甚乐。醒将转来，还只认做蝴蝶化身。只为他胸中无事，逍遥洒落，故有此梦。世上多少渴睡汉②，怎不见第二个人梦为蝴蝶？可见梦睡中也分个闲忙在。且莫论闲忙，一入了名利关，连睡也讨不得个足意。所以古诗云：

朝臣待漏五更寒，铁甲将军夜度关。

山寺日高僧未起，算来名利不如闲。

《心相篇》③ 有云：“上床便睡，定是高人；支枕无眠，必非闲客。”如今人名利关心，上了床，千思万想，那得便睡？比及睡去，忽然又惊醒将来。尽有一般昏昏沉沉，以昼为夜，睡个没了歇的，多因酒色过度，四肢困倦，或因愁绪牵缠，心神浊乱所致，总来④ 不得睡趣，不是睡的乐境。

则今且说第一个睡中得趣的，无过陈抟先生。怎见得？有诗为证：

昏昏黑黑睡中天，无暑无寒也没年。

彭祖⑤ 寿经八百岁，不比陈抟一觉眠。

---

① “门”中着个“月”字——闲的繁体字为“閒”。

② 渴睡汉——贪睡之徒。

③ 《心相篇》——书名，宋陈抟著。专论人的心术、品性和命运之间的联系。

④ 总来——全都；总归。

⑤ 彭祖——传说为尧时人，名彭铿，善导引行气，年八百岁。

俗说陈抟一觉睡了八百年，按陈抟寿止一百十八岁，虽说是尸解为仙去了，也没有一睡八百年之理。此是诨话①，只是说他睡时多，醒时少。他曾两隐名山，四辞朝命，终身不近女色，不亲人事，所以步步清闲。则他这睡，也是仙家伏气② 之法，非他人所能学也。说话的，你道他隐在那两处的名山？辞那四朝的君命？有诗为证：

纷纷五代战尘嚣，转眼唐周又宋朝。
多少彩禽投笼罩，云中仙鹤不能招。

话说陈抟先生，表字图南，别号扶摇子，亳州真源人氏。生长五六岁，还不会说话，人都叫他“哑孩儿”。一日，在水边游戏，遇一妇人，身穿青色之衣，自称毛女，将陈抟抱去山中，饮以琼浆，陈抟便会说话，自觉心窍开爽。毛女将书一册，投他怀内，又赠以诗云：

药苗不满笥，又更上危巅。
回指归去路，相将入翠烟。

陈抟回到家中，忽然念这四句诗出来。父母大惊，问道：“这四句诗，谁教你的？”陈抟说其缘故，就怀中取出书来看时，乃是一本《周易》。陈抟便能成诵，就晓得八卦的大意。自此无书不览，只这本《周易》，坐卧不离。又爱读《黄庭》、《老子》诸书，洒然有出世之志。十八岁上，父母双亡，便把家财抛散，分赠亲族乡党，自只携一石铛③，往本县隐山居住。梦见毛女授以炼形归气、炼气归神、炼神归虚之法，遂奉而行之，足迹不入城市。梁唐士大夫慕陈先生之名，如活神仙，求一见而不可得。有造谒者，先生辄侧卧不与交接。人见他鼾睡不起，叹息而去。

后唐明宗皇帝长兴年间，闻其高尚之名，御笔亲书丹诏，遣官招之，使者络绎不绝。先生违不得圣旨，只得随使者取路到洛阳帝都，谒见天子，长揖不拜。满朝文武失色，明宗全不嗔怪，御手相搀，锦墩④ 赐坐，说道：“劳苦先生远来，朕今得睹清光，三生之幸。”陈抟答道：“山野鄙夫，自比朽木，无用于世。过蒙陛下采录，有负圣意，乞赐放归，以全野性。”明宗道：

---

① 诨话——玩笑话。
② 伏气——同服气，道家的一种修养法，也叫吐纳。
③ 石铛——三脚石釜。
④ 锦墩——一种表面为丝织物的墩状坐具。

“既荷先生不弃而来，朕正欲侍教，岂可轻去？”陈抟不应，闭目睡去了。明宗叹道：“此高士也，朕不可以常礼待之。”乃送至礼贤宾馆，饮食供帐甚设。先生一无所用，早晚只在个蒲团上打坐。明宗屡次驾幸礼贤馆，有时值他睡卧，不敢惊醒而去。明宗心知其为异人，愈加敬重，欲授以大官，陈抟那里肯就。

有丞相冯道奏道：“臣闻七情莫甚于爱欲，六欲莫甚于男女；方今冬天雨雪之际，陈抟独坐蒲团，必然寒冷，陛下差一使命，将嘉酝一樽赐之，妙选[1] 美女三人前去，与他侑酒暖足，他若饮其酒，留其女，何愁他不受官爵矣。”明宗从其言，于宫中选二八女子三人，美丽无比，装束华整，更自动人，又将尚方[2] 美酝一樽，遣内侍宣赐。内侍口传皇命道：“官家见天气奇冷，特赐美酝消遣，又赐美女与先生暖足，先生万勿推辞。”只见陈抟欣然对使开樽，一饮而尽，送来美人也不推辞。内侍入宫复命，明宗龙颜大悦。次日早朝已毕，明宗即差冯丞相亲诣礼贤馆，请陈抟入朝见驾。只等来时，加官授爵。冯丞相领了圣旨，上马前去。你道请得来，请不来？正是：

神龙不贪香饵，彩凤不入雕笼。

冯丞相到礼贤宾馆，看时，只见三个美女，闭在一间空室之中，已不见了陈抟。问那美女道：“陈先生那里去了？”美女答道：“陈先生自饮了御酒，便向蒲团睡去。妾等候至五更方醒，他说：‘劳你们辛苦一夜，无物相赠。’乃题诗一首，教妾收留，回复天子。遂闭妾等于此室，飘然出门而去，不知何往。”冯丞相引着三个美人，回朝见驾。明宗取诗看之，诗曰：

“雪为肌体玉为腮，多谢君王送得来。
处士不兴巫峡梦，空烦神女下阳台。”

明宗读罢书，叹息不已。差人四下寻访陈抟踪迹，直到隐山旧居，并无影响，不在话下。

却说陈抟这一去，直走到均州武当山。原来这山初名太岳，又唤做太

---

① 妙选——精选。

② 尚方——汉代官名，专管制造御用器物。

和山，有二十七峰，三十六岩，二十四涧，是真武[①] 修道白日昇天之处。后人谓此山非真武不足以当之，更名武当山。陈抟至武当山，隐于九石岩。

忽一日，有五个白须老叟来问《周易》八卦之义。陈抟与之剖晰微理，因见其颜如红玉，亦问以导养之方。五老告之以蛰法。怎唤做蛰法？凡寒冬时令，天气伏藏，龟蛇之类，皆蛰而不食。当初有一人因床脚损坏，偶取一龟支之，后十年移床，其龟尚活，此乃服气所致。陈抟得此蛰法，遂能辟谷，或一睡数月不起；若没有这蛰法，睡梦中腹中饥饿，肠鸣起来，也要醒了。

陈抟在武当山住了二十余年，寿已七十余岁。忽一日，五老又来，对陈抟说道："吾等五人，乃日月池中五龙也。此地非先生所栖，吾等受先生讲诲之益，当送先生到一个好所在去。"令陈抟闭目休开，五老翼之而行。觉两足腾空，耳边惟闻风雨之声。顷刻间，脚跟着地，开眼看时，不见了五老，但见空中五条龙夭矫而逝。陈抟看那去处，乃西岳太华山石上，已不知来了多少路，此乃神龙变化之妙。

陈抟遂留居于此。太华山道士见其所居没有锅灶，心中甚异。悄地察之，更无他事，惟鼾睡而已。一日，陈抟下九石岩，数月不归。道士疑他往别处去了。后于柴房中，忽见一物。近前看之，乃先生也。正不知几时睡在那里的，搬柴的堆积在上，直待烧柴将尽，方才看见。又一日，有个樵夫在山下钊草[②]，见山凹里一个尸骸，尘埃起寸。樵夫心中怜悯，欲取而埋之。提起来看时，却认得是陈抟先生。樵夫道："好个陈抟先生，不知如何死在这里。"只见先生把腰一伸，睁开双眼说道："正睡得快活，何人搅醒我来？"樵夫大笑。

华阴令王睦亲到华山求见先生，至九石岩，见光光一片石头，绝无半间茅舍，乃问道："先生寝止在于何所？"陈抟大笑，吟诗一首答之，诗曰：

蓬山高处是吾宫，出即凌风跨晓风。

---

① 真武——传说为汉时净乐国王太子，渡东海，遇天神授以宝剑，入武当山修炼，后来白日飞升，奉上帝之命，镇守北方。本名玄武，宋真宗时改称"真武"。

② 钊草——割草。

台榭不将金锁闭，来时自有白云封。

王睦要与他伐木建庵，先生固辞不要。此周世宗显德年间事也。这四句诗直达帝听，世宗知其高士，召而见之，问以国祚长短。陈抟说出四句，道是：

好块木头，茂盛无赛。若要长久，添重宝盖。

世宗皇帝本姓柴名荣，木头茂盛，正合姓名，又有“长久”二字，只道是佳兆；却不知赵太祖代周为帝，国号宋，“木”字添盖乃是“宋”字。宋朝享国长久，先生已预知矣。

且说世宗要加陈抟以极品之爵，陈抟不愿，坚请还山。世宗采其“来时自有白云封”之句，赐号白云先生。后因陈桥兵变，赵太祖披了黄袍，即了帝位。先生适乘驴到华阴县，闻知此事，在驴背上拍掌大笑。有人问道：“先生笑甚么？”先生道：“你们众百姓造化造化，天下是今日定了。”

原来后唐末年间，契丹兵起，百姓纷纷避乱。先生在路上闲步，看见一妇人挑着一个竹篮而走，篮内两头坐两个孩子。先生口吟二句，道是：

莫言皇帝少，皇帝上担挑。

你道那两个孩子是谁？那大的便是宋太祖赵匡胤，那小的便是宋太宗赵匡义，这妇人便是杜太后。先生二十五六年前，便识透宋朝的真命天子了。

又一日，先生游长安市上，遇赵匡胤兄弟和赵普，共是三人，在酒肆饮酒。先生亦入肆沽饮，看见赵普坐于二赵之右，先生将赵普推下去道：“你不过是紫微垣边一个小小星儿，如何敢占在上位？”赵匡胤奇其言。有认得的指道：“这是白云先生陈抟。”匡胤就问前程之事，陈抟道：“你弟兄两个的星，比他大得多哩。”匡胤自此自负，后来定了天下，屡次差官迎取陈抟入朝，陈抟不肯。后来赵太祖手诏促之，陈抟向使者说道：“创业之君，必须尊崇体貌以示天下。我等以山野废人，入见天子，若下拜，则违吾性；若不下拜，则亵其体。是以不敢奉诏。”乃于诏书之尾，写四句附奏云：

九重天诏，休教丹凤衔来；一片野心，已被白云留住。

使者复命，太祖笑而置之。

后太祖晏驾，太宗皇帝即位，念酒肆中之旧，召与相见，说过待以不臣之礼。又赐御诗云：

曾向前朝号白云，后来消息杳无闻。

如今若肯随征召，总把三峰乞与君。

先生见诗，乃服华阳巾①，布袍草履，来到东京，见太宗于便殿，只是长揖道："山野废人，与世隔绝，不习跪拜，望陛下优容之。"太宗赐坐，问以修养之道。陈抟对道："天子以天下为一身，假令白日升天，竟何益于百姓？今君明臣良，兴化勤政，功德被乎八荒，荣名流于万世，修炼之道，无出于此。"太宗点头称善，愈加敬重，问道："先生心中有何所欲？可为朕言之。"陈抟答道："臣无所欲，只愿求一静室。"乃赐居于建隆道观②。

其时太宗正用兵征伐河东，遣人问先生胜负消息。先生在使者掌中，写一"休"字。太宗见之不乐，因军马已发，不曾停止。再遣人问先生时，但见他闭目而睡，鼾齁之声，直达户外。明日去看，仍复如此，一连睡了三个月，不曾起身。河东军将果然无功而返。太宗正当嗟叹，忽见陈抟道冠野服，逍遥而来，直上金銮宝殿。太宗见其不召自来，甚以为异。陈抟道："老夫今日还山，特来辞驾。"太宗闻言，如有所失，欲加抟以帝师之号，筑宫奉事，时时请教。陈抟固辞求去，呈诗一首，诗云：

草泽吾皇诏，图南抟姓陈。
三峰千载客，四海一闲人。
世态从来薄，诗情自得真。
乞全獐鹿性，何处不称臣？

又道："二十年之后，老夫再来候见圣颜。"太宗知不可留，特赐御宴于都堂③，使宰相两禁官员俱侍坐。每人制送行诗一首，以宠其归。又将太华全山，御笔判与陈抟，为修真之所，他人不得侵渔。赐号为白云洞主希夷先生，听其还山。此太平兴国元年事也。

到端拱五年，太宗皇帝管二十年的乾坤，尚不曾立得太子。长子楚王元佐，因九月九日，不曾预得御宴，纵火烧宫。太宗大怒，废为庶人。心爱第三子襄王元侃，未知他福分如何。口中不言，心下思想："惟有希夷先生陈抟，最善相人，当初在酒肆中，就相定我兄弟二人当为皇帝，赵普为宰

---

① 华阳巾——一种头巾名，以罗或漆纱制成，前后有两版，随风飞扬。

② 建隆道观——北宋东京道观名。在梁门外西北，周世宗所建，原名太清观；宋太祖建隆改元，更名为建隆观。后为金兵焚毁。

③ 都堂——尚书省的大厅，为宋代宰相处理政事的地方。

相。如今得他一来，决断其事便好。”转念犹未了，内侍报道：“有太华山处士陈抟叩宫门求见。”太宗大惊，即时宣进问道：“先生此来何意？”陈抟答道：“老夫知陛下胸中有疑，特来决之。”太宗大笑道：“朕固疑先生有前知之术，今果然也。朕东宫未定，有襄王元侃，宽仁慈爱，有帝王之度，但不知福分如何，烦先生到襄府一看。”陈抟领命，才到襄府门首便回。太宗问道：“朕烦先生到襄府看襄王之相，如何不去而回？”陈抟道：“老夫已看过了，襄府门前奉役奔走之人，都有将相之福，何必见襄王哉？”太宗之意遂决。即日宣诏，立襄王为太子，后来真宗皇帝就是。陈抟在京师，又住了一月，忽然辞去，仍归九石岩。

其时有门人穆伯长、种放等百余人，皆筑室于华山之下，朝夕听讲。惟有五龙蛰法，先生未尝授人。忽一日，遣门人辈于张超谷①口高岩之上，凿一石室，门人不敢违命，室既凿成，先生同门人往观之。其岩最高，望下云烟如翠，先生指道：“此毛女所谓‘相将入翠烟’也，吾其归于此乎？”言未毕，屈膝而坐，挥门人使去，右手支颐②，闭目而逝。年一百一十八岁。门人环守其尸，至七日，容色如生，肢体温软，异香扑鼻。乃制为石匣盛之，仍用石盖，束以铁锁数丈，置于石室。门人方去，其岩自崩，遂成陡绝之势，有五色云封住谷口，弥月不散。后人因名其处为希夷峡。

到徽宗宣和年间，有闽中道士徐知常③，来游华山，见峡上有铁锁垂下。知常攀缘而上，至于石室，见匣盖攲④侧，启而观之，惟有仙骨一具，其色红润，香气逼人。知常再拜毕，为整其盖，复攀缘而下。其时徐知常得幸于徽宗，官拜左街道录⑤，将此事奏知天子。天子差知常赍御香一注，重到希夷峡，要取仙骨，供养在大内。来到峡边，已不见有铁锁。但见云雾重重，危岩壁立，叹息而返。至今希夷先生蜕骨在张超谷，无复有人见之者矣。有诗为证：

---

① 张超谷——在华山毛女峰东北，因东汉张公超（楷）居此而得名。

② 支颐——以手托颊。

③ 徐知常——宋代道士，字子平，建旭人。宣和中得宠于宋徽宗，任冲虚大夫、蕊珠殿侍晨、左街道录。

④ 攲（qī）——倾侧不平。

⑤ 左街道录——道录，是掌道教的官。宋代设有左、右街道录，副道录。

从来处士窃名浮，谁似希夷闲到头？
两隐名山供笑傲，四辞朝命肯淹留。
五龙蛰法前人少，八卦神机后学求。
片片白云迷峡锁，石床高卧足千秋。

第十五卷　史弘肇龙虎君臣会

倦压鳌头① 请左符②，笑寻赪尾③ 为西湖。

二三贤守去非远，六一④ 清风今不孤。

四海共知霜鬓满，重阳曾插菊花无？

聚星堂⑤ 上谁先到？欲傍金尊倒玉壶。

这一首诗，乃宋朝士大夫刘季孙⑥ 寄苏子瞻自翰苑出守杭州诗。原来东坡先生苏学士凡两次到杭州：先一次，神宗皇帝熙宁二年，通判杭州；第二次，元祐年中，知杭州军州事。所以临安府多有东坡古迹诗句。后来南渡过江，文章之士极多。惟有洪内翰⑦ 才名，可继东坡之作。洪内翰曾编了《夷坚》三十二志，有一代之史才。在孝宗朝，圣眷甚隆。因在禁林，乞守外郡，累次上章，圣上方允，得知越州绍兴府。是时淳熙年上，到任时遇春天，有首回文诗，做得极好，乃诗人熊元素所作。诗云：

融融日暖乍晴天，骏马雕鞍绣辔联。

风细落花红衬地，雨微垂柳绿拖烟。

---

① 倦压鳌头——鳌头，是翰林院的隐喻。宋哲宗元祐四年，苏轼自翰林侍读出知杭州，所以说他倦压鳌头。

② 左符——符契分左右两半，左符，就是符契的左半。汉代太守赴任，必带左符，与留在郡中的右符合契，以为凭信。

③ 赪(chēng)尾——赪，赤色。古人以为鱼劳则尾变赤，所以用赪尾比喻人之劳瘁。

④ 六一——宋欧阳修晚年自号“六一居士”。

⑤ 聚星堂——在颍州(今安徽阜阳)，宋仁宗皇祐年间，欧阳修知颍州时所建。苏轼于元祐四年出知杭州，六年召还为翰林承旨，此年八月，以龙图阁学士知颍州。

⑥ 刘季孙——字景文，北宋时人，官至隰州知州。

⑦ 洪内翰——指洪迈。洪迈，字景庐，宋高宗绍兴末，曾假翰林学士衔使金，孝宗时拜翰林学士。内翰，是宋代人对翰林学士的称呼。

茸铺草色春江曲，雪剪花梢玉砌前。

同恨此时良会罕，空飞巧燕舞翩翩。

若倒转念时，又是一首好诗：

翩翩舞燕巧飞空，罕会良时此恨同。

前砌玉梢花剪雪，曲江春色草铺茸。

烟拖绿柳垂微雨，地衬红花落细风。

联辔绣鞍雕马骏，天晴乍暖日融融。

这洪内翰遂安排筵席于镇越堂① 上，请众官宴会。那四司六局② 祗应③ 供过④ 的人，都在堂下，甚次第⑤。当日果献时新，食烹异味。酒至三杯，众妓中有一妓，姓王名英。这王英以纤纤春笋柔荑⑥，捧着一管缠金丝龙笛⑦，当筵席品弄一曲。吹得清音嘹亮，美韵悠扬，众官听之大喜。这洪内翰令左右取文房四宝来，诸妓女供侍于面前，对众官乘兴，一时文不加点，扫一只词，唤做《虞美人》。词云：

忽闻碧玉楼头笛，声透晴空碧。宫、商、角、羽任西东，映我奇观惊起碧潭龙。　　数声呜咽青霄去，不舍《梁州序》⑧。穿云裂石响无踪，惊动梅花初谢玉玲珑。

洪内翰珠玑满腹，锦绣盈肠，一只曲儿，有甚难处？做了呈众官，众官看罢，皆喜道："语意清新，果是佳作。"

方才夸羡不已，只见一个官员，在众中呵呵大笑，言曰："学士作此龙笛词，虽然奇妙，此词八句，偷了古人作的杂诗词中各一句也。"洪内翰看

---

① 镇越堂——宋宁宗嘉定年间汪纲所建，在今浙江绍兴。

② 四司六局——宋时官府及富豪人家宴会，都置四司六局人供役。四司：帐设司、茶酒司、厨司、台盘司。六局：果子局、蜜饯局、菜蔬局、油烛局、香药局、排办局。

③ 祗应——侍候；承应。

④ 供过——当差；供役。

⑤ 甚次第——很有气派，非常整齐。

⑥ 柔荑(tí)——指白嫩柔滑。荑，荑草的嫩芽，柔软而色白。《诗经》有"手如柔荑"的话，所以古人常用柔荑比喻女子的手。

⑦ 龙笛——一种笛的名称，一端制成龙头形。

⑧ 《梁州序》——《梁州》，大曲名。序，是大曲中的一遍。

那官人,乃孔通判讳德明。洪内翰大惊道:“孔丈既知如此,可望见教否?”孔通判乃就筵上,从头一一解之。

第一句道:“忽闻碧玉楼头笛。”偷了张紫微① 作《道隐》诗中第四句。诗道:

试问清轩可嗷② 青,霜天孤月照蓬瀛。
广寒宫里琴三弄,碧玉楼头笛一声。
金井辘轳秋水冷,石床茅舍暮云清。
夜来忽作瑶池梦,十二阑干独步行。

第二句道:“声透晴空碧。”偷了骆解元作《王娇姿唱词》中第三句。诗道:

谢氏筵③ 中闻雅唱,何人隔幕在帘帷?
一声点破晴空碧,遏住行云不敢飞。

第三句道:“宫、商、角、羽任西东。”偷了曹仙姑④ 作《风响》诗中第二句。诗道:

碾玉悬丝挂碧空,宫、商、角、羽任西东。
依稀似曲才堪听,又被风吹别调中。

第四句道:“映我奇观惊起碧潭龙。”偷了东坡作《橹》诗中第三、第四句。诗道:

伊轧江心激箭冲,天涯无际去无踪。
遥遥映我奇观处,料应惊起碧潭龙。

过处⑤ 第五句道:“数声呜咽青霄去。”偷了朱淑真⑥ 作《雁》诗中第四句。诗道:

伤怀遣我肠千缕,征雁南来无定据。
嘹嘹呖呖自孤飞,数声呜咽青霄去。

---

① 张紫微——指张嵲,字巨川,襄阳人。宣和三年登第。有《紫微集》。

② 嗷——同煞。

③ 谢氏筵——南朝宋王昙首,善唱歌,谢安很想听一听。别人把谢的意思告诉了王昙首。一天,谢安在东土山宴乐,王昙首骑马去土山下,作一曲歌唱,唱毕便去。

④ 曹仙姑——宋代女道士,初名希蕴,后见知于宋徽宗,赐名道冲。

⑤ 过处——从词的上片转入下片的地方。

⑥ 朱淑真——宋代女词人,钱塘人,号幽栖居士,有《断肠词》、《断肠集》。

第六句道："不舍《梁州序》。"偷了秦少游作《歌舞》诗中第四句。诗道：

纤腰如舞态，歌韵如莺语。
似锦罩厅前，不舍《梁州序》。

第七句道："穿云裂石响无踪。"偷了刘两府[1] 作《水底火炮》诗中第三句。诗道：

一激轰然如霹雳，万波鼓动鱼龙息。
穿云裂石响无踪，却虏驱邪归正直。

临了第八句道："惊动梅花初谢玉玲珑。"偷了士人刘改之[2] 来谒见婺州陈侍郎[3] 作《元宵望江南》词中第四句。词道：

元宵景，天气正融融。柳线正垂金落索，梅花初谢玉玲珑，明月映高空。　贤太守，欢乐与民同。箫鼓聒残灯火市，轮蹄踏破广寒宫，良夜莫匆匆。

孔通判从头解说罢，洪内翰大喜。众官称叹道："奇哉！奇哉！"洪内翰教左右别办一劝，劝罢，与孔通判道："适间门下解说得甚妙，甚妙！欲求公作《龙笛》词一首，永为珍赐。"孔通判相谢罢，遂作一词，唤做《水调歌头》。词云：

玉人揎皓腕，纤手映朱唇。龙吟越调孤喷，清浊最堪听。欲度宁王一曲[4]，莫学桓伊三弄[5]，听答兀中丁。忆昔知音客，鉴别在柯亭[6]。
至更深，宜月朗，称疏星。天高气爽，霜重水绿与山青。幸遇良宵佳景，轰起一声蕲州[7]，耳畔觉泠泠。裂石穿云去，万鬼尽潜形。

---

① 刘两府——此指南宋大将刘锜。

② 刘改之——刘过，字改之，号龙洲道人，宋吉州人，著有《龙洲词》、《龙洲集》。

③ 婺州陈侍郎——当指陈岩肖，字子象，金华人。宋高宗时，官至兵部侍郎。

④ 宁王一曲——宁王，唐玄宗李隆基之兄，名宪，善吹横笛。

⑤ 桓伊三弄——晋桓伊善吹笛。王微之泊舟于清溪畔，桓伊从岸上经过，王微之遣人去请桓伊吹笛。桓伊即下车，为作三调，弄毕登车而去，宾主不交一语。

⑥ 柯亭——东汉蔡邕有一次经过会稽柯亭，见屋上竹椽，知是良材，取以制笛，果有异声。其后桓伊得到此笛，常自己吹奏。

⑦ 蕲州——蕲州产竹，称为蕲竹，为制笛良材。

兀的[①] 正是：

高才得见高才客，不枉留传纪好音。

说话的，你因甚的，头回[②] 说这“八难龙笛词”？自家[③] 今日不说别的，说两个客人将一对龙笛蕲材，来东峰东岱岳烧献。只因烧这蕲材，却教郑州奉宁军[④] 一个上厅行首[⑤]，有分做两国夫人，嫁一个好汉，后来为当朝四镇令公，名标青史，直到如今，做几回花锦似话说。这未发迹的好汉，却姓甚名谁？怎地发迹变泰[⑥]？直教：

纵横宇宙三千里，威镇华夷四百州。

有一诗单道五代兴亡，诗云：

自从唐季坠朝纲，天下生灵被扰攘。
社稷安危悬卒伍，朝廷轻重系藩方。
深冬寒木固不脱，未旦小星犹有光。
五十三年更五姓，始知迅扫待真王。

却说是五代唐朝里，有两个客人：王一太，王二太；乃兄弟两人。获得一对蕲州出的龙笛材，不曾开成笛，天生奇异，根似龙头之状，世所无者。特地将来兖州奉符县东峰东岱岳殿下火池内烧献。烧罢，圣帝[⑦] 赐与炳灵公[⑧]。炳灵公遂令康、张二圣[⑨] 前去郑州奉宁军，唤开笛阎招亮来。康、张二圣领命，即时到郑州，变做两个凡人，径来见阎招亮。这阎招亮正在门前开笛，只见两个人来相揖。作揖罢，道：“一个官员，有两管龙笛蕲材，欲请待诏[⑩] 便去开则个。这官员急性，开毕重重酬谢，便等同去。”阎

---

① 兀的——这个。
② 头回——说话（书）的引首。也叫得胜头回。
③ 自家——我。
④ 郑州奉宁军——宋代以郑州荥阳郡为奉宁军节度。
⑤ 上厅行（háng）首——对官妓的尊称。色技最佳的官妓。
⑥ 变泰——发迹亨通。
⑦ 圣帝——指东岳神，宋真宗大中祥符四年加封为“天齐仁圣帝”。
⑧ 炳灵公——东岳神的第三个儿子，后唐明宗长兴三年封为“威雄将军”，宋大中祥符元年，加封为“炳灵公”。
⑨ 康、张二圣——为东岳之佐神，即康元帅与张元帅。
⑩ 待诏——宋时对一般手艺人的尊称。此指制笛工匠。

招亮即时收拾了作仗①,厮赶② 二人来。顷刻间,到一个所在。阎招亮抬头看时,只见牌上写道:"东峰东岱岳。"但见:

群山之祖,五岳为尊。上有三十八盘,中有七十二司。水帘映日,天柱插空。九间大殿,瑞光罩碧瓦凝烟。四面高峰,偃仰见金龙吐雾。竹林寺③ 有影无形,看日山④ 藏真隐圣。

阎招亮理会不下⑤,康、张二圣相引去,参拜了炳灵公。将至一阁子内,已安蕲材在卓上,教阎招亮就此开笛。吩咐道:"此乃阴间,汝不可远去;倘行远失路,难以回归。"吩咐毕,二圣自去。招亮片时,开成龙笛,吹其声,清幽可爱。等半晌,不见康、张二圣来。招亮默思量起:"既到此间,不去看些所在,也须可惜。"遂出阁子来,行不甚远,见一座殿宇。招亮走至廊下,听得静鞭⑥ 声急,遂去窗缝里偷眼看时,只见:

虾须帘卷,雉尾扇开。冕旒升殿,一人端拱坐中间;簪笏随朝,众圣趋蹡⑦ 分左右。金钟响动,玉磬声频。悠扬天乐五云间,引领百神朝圣帝。

圣帝降辇升殿,众神起居毕,传圣旨,押过公事⑧ 来。只见一个汉,项戴长枷,臂连双杻⑨,推将来。阎招亮肚里道:"这个汉,好面熟!"一时间急省不起他是兀谁。再传圣旨,令押去换铜胆铁心,却令回阳世,为四镇令公;告戒切勿妄杀人命。招亮听得,大惊。忽然一鬼吏喝道:"凡夫怎得在此偷看公事?"当时阎招亮听得鬼吏叫,急慌走回来开笛处阁子里坐地。良久之间,康、张二圣来那阁子里来,见开笛了,同招亮将龙笛来呈。吹其笛,声清韵长。炳灵公大喜,道:"教汝福上加福,寿上加寿。"招亮告曰:

---

① 作仗——工具。
② 厮赶——相赶;紧跟。
③ 竹林寺——在泰山北丈崖附近。每逢雨后,有云覆寺,日光折射,云中常现寺的倒影,好似蜃楼一般。
④ 看日山——指日观峰。
⑤ 理会不下——解决不了;不能明白。
⑥ 静鞭——帝王仪仗的一种,鞭形。振动发声,叫人肃静。
⑦ 趋蹡——进退;趋前退后。
⑧ 公事——此指公事人,即犯人。
⑨ 杻——手梏。

"不愿加其福寿,招亮有一亲妹阎越英,见为娼妓。但求越英脱离风尘,早得从良,实所愿也。"炳灵公道:"汝有此心,乃凡夫中贤人也,当令汝妹嫁一四镇令公。"招亮拜谢毕,康、张二圣送归。行至山半路高险之处,指招亮看一去处,正看里①,被康、张二圣用手打一推,攧② 将下峭壁岩崖里去。阎待诏吃一惊,猛闪开眼,却在屋里床上,浑家和儿女都在身边。问那浑家道:"做甚的你们都守着我眼泪出?"浑家道:"你前日在门前正做生活里,蓦然倒地,便死去。摸你心头时,有些温,扛你在床上两日。你去下世③ 做甚的来?"招亮从康、张二圣来叫他去许多事,一一都说。屋里人见说,尽皆骇然。自后过了几时,没话说。

时遇冬间,雪降长空。石信道有一首《雪》诗,道得好:

六出飞花夜不收,朝来佳景有宸州④。
重重玉宇三千界,一一琼台十二楼。
庾岭⑤ 寒梅何处放?章台⑥ 飞絮几时休?
还思碧海银蟾畔,谁驾丹山碧凤游?

其雪转大。阎待诏见雪下,当日手冷,不做生活,在门前闲坐地⑦。只见街上一个大汉过去,阎待诏见了,大惊道:"这个人便是在东岳换铜胆铁心未发迹的四镇令公,却打门前过去。今日不结识,更待何时?"不顾大雪,撩衣大步赶将来。不多几步,赶上这大汉。进一步,叫道:"官人拜揖。"那大汉却认得阎招亮是开笛的,还个喏,道:"待诏没甚事?"阎待诏道:"今日雪下,天色寒冷,见你过去,特赶来相请,同饮数杯。"便拉入一个酒店里去。这个大汉,姓史双名弘肇,表字化元,小字憨儿。开道营长行军兵。按《五代史》本传上载道:"郑州荥泽人也。为人趫勇,走及奔马。"酒罢,各

---

① 里——同哩。
② 攧(diān)——跌。
③ 下世——地下;阴世。
④ 宸州——帝京。
⑤ 庾岭——即大庾岭,岭上多梅树,也叫梅岭。在今江西大庾县南。
⑥ 章台——本是战国时秦宫中台名,汉代长安有章台街。唐时韩翃寄词给留在长安的妾说:"章台柳,章台柳,昔日青青今在否?"所以后来常把章台当作杨柳的故事。
⑦ 坐地——坐着。

自归家。

明日,阎待诏到妹子阎越英家,说道:“我昨日见一个人来,今日特地来和你说。我多时曾死去两日,东岳开龙笛,见这个人换了铜胆铁心,当为四镇令公,道令你嫁这四镇令公。我日多时只省不起这个人,昨日忽然见他,我请他吃酒来。”阎越英问道:“是兀谁?”阎招亮接口道:“是那开道营有情的史大汉。”阎越英听得说是他,好场恶气:“我元来合当嫁这般人?我不信!”

自后阎待诏见史弘肇,须买酒请他。史大汉数次吃阎待诏酒食,一日路上相撞见,史弘肇遂请阎招亮去酒店里,也吃了几多酒共食。阎待诏要还钱,史弘肇那里肯:“相扰待诏多番,今日特地还席。”阎招亮相别了,先出酒店自去,史弘肇看着量酒① 道:“我不曾带钱来,你厮赶我去营里讨还你。”量酒只得随他去,到营门前,遂吩咐道:“我今日没一文,你且去,我明日自送来还你主人。”量酒厮殢② 道:“归去吃骂,主人定是不肯。”史大汉道:“主人不肯后③,要如何? 你会事时,便去;你若不去,敬你吃顿恶拳。”量酒没奈何,只得且回。

这史弘肇却走去营门前卖糕糜④ 王公处,说道:“大伯,我欠了店上酒钱,没得还。你今夜留门,我来偷你锅子。”王公只当做要话,归去和那大姆子⑤ 说:“世界上不曾见这般好笑,史憨儿今夜要来偷我锅子,先来说教我留门。”大姆子见说,也笑。当夜二更三点前后,史弘肇真个来推大门,力气大,推折了门闩,走入来。两口老的听得,大姆子道:“且看他怎地。”史弘肇大惊小怪,走出灶前,掇那锅子在地上,道:“若还破后,难折还他酒钱。”拿条棒敲得当当响。掇将起来,翻转覆在头上。不知那锅底里有些水,浇了一头一脸,和身上都湿了。史弘肇那里顾得干湿,戴着锅儿便走。王公大叫:“有贼!”披了衣服,赶将来。地方听得,也赶将来。史弘

---

① 量酒——酒店里卖酒的伙计;酒保。

② 厮殢(tì)——踌躇。

③ 后——假设之词。主人不肯后,意思是:如果主人不肯,主人不肯的话。

④ 糕糜(méi)——一种用糯米舂捣制成的点心。

⑤ 大姆子——对一般老妇人的通称。

肇吃赶得慌，撇下了锅子，走入一条巷去躲避。谁知筑底巷[1]，却走了死路。鬼慌[2]盘上去人家萧墙，吃一滑，攧将下去。地方也赶入巷来，见他攧将下去。地方叫道："阎妈妈，你后门有贼，跳入萧墙来。"阎行首听得，教妳子[3]点蜡烛去来看时，却不见那贼，只见一个雪白异兽：

光闪烁浑疑素练，貌狰狞恍似堆银。遍身毛抖擞九秋霜，一条尾摇动三尺雪。流星眼争闪电，巨海口露血盆。

阎行首见了，吃一惊。定睛再看时，却是史大汉弯跧[4]蹲在东司[5]边，见了阎行首，失张失志走起来，唱个喏。这阎行首先时见他异相，又曾听得哥哥阎招亮说道他有分发迹，又道我合当嫁他，当时不叫地方捉将去，倒教他入里面藏躲。地方等了一饷，不听得阎行首家里动静，想是不在了，各散去讫。阎行首开了前门，放史弘肇出去。

当夜过了。明日饭后，阎行首教人去请哥哥阎待诏来。阎行首道："哥哥，你前番说，史大汉有分发迹，做四镇令公，道我合当嫁他。我当时不信你说，昨夜后门叫有贼，跳入萧墙来。我和妳子点蜡烛去照，只见一只白大虫，蹲在地上。我定睛再看时，却是史大汉。我看见他这异相，必竟是个发迹的人。我如今情愿嫁他，哥哥，你怎地做个道理，与我说则个？"阎招亮道："不妨，我只就今日便要说成这头亲。"阎待诏知道史弘肇是个发迹变泰底人，又见妹子又嫁他，肚里好欢喜，一径来营里寻他。史弘肇昨夜不合去偷王公锅子，日里先少了酒钱，不敢出门。阎待诏寻个恰好，遂请他出来，和他说道："有头好亲，我特来与你说。"史弘肇道："说甚么亲？"阎待诏道："不是别人，是我妹子阎行首。他随身有若干房财，你意下如何？"史弘肇道："好便好，只有三件事，未敢成这头亲。"阎招亮道："有那三件事？但说不妨。"史弘肇道："第一，他家财由吾使；第二，我入门后，不许再着[6]人客；第三，我有一个结拜的哥哥，并南来北往的好汉，若来

---

[1] 筑底巷——死胡同。
[2] 鬼慌——着急；心慌。
[3] 妳(nǎi)子——奶妈。
[4] 弯跧(quán)——身体蜷缩着。
[5] 东司——茅厕。
[6] 着——接触；挨上。

寻我，由我留他饮食宿卧。如依得这三件事，可以成亲。”阎招亮道：“既是我妹子嫁你了，是事① 都由你。”当日说成这头亲，回复了妹子。两相情愿了，料没甚下财纳礼，拣个吉日良时，倒做一身新衣服，与史弘肇穿着了，招他归来成亲。

约过了两个月，忽上司指挥差往孝义店，转递军期文字。史弘肇到那孝义店，过未得一个月，自押铺② 已下，皆被他无礼过。只是他身边有这钱肯使，舍得买酒请人，因此人都让他。

忽一日，史弘肇去铺屋③ 里睡。押铺道：“我没兴添这厮来蒿恼人。”正埋怨哩，只见一个人面东背西而来，向前与押铺唱个喏，问道：“有个史弘肇可在这里？”押铺指着道：“见在那里睡。”只因这个人来寻他，有分教：史弘肇发迹变泰。这来底人姓甚名谁？正是：

两脚无凭寰海内，故人何处不相逢。

这个来寻史弘肇的人，姓郭名威，表字仲文，邢州尧山县人。排行第一，唤做郭大郎。怎生模样？

抬左脚，龙盘浅水；抬右脚，凤舞丹墀。红光罩顶，紫雾遮身。尧眉舜目，禹背汤肩。除非天子可安排，以下诸侯压不得。

这郭大郎因在东京不如意，曾扑了潘八娘子钗子。潘八娘子看见他异相，认做兄弟，不教解去官司，倒养在家中。自好了，因去瓦里④ 看，杀了构栏⑤ 里的弟子，连夜逃走。走到郑州，来投奔他结拜兄弟史弘肇。到那开道营前问人时，教来孝义店相寻。当日史弘肇正在铺屋下睡着，押铺遂叫觉他来，道：“有人寻你，等多时。”史弘肇焦躁，走将起来，问：“兀谁来寻我？”郭大郎便向前道：“吾弟久别，且喜安乐。”史弘肇认得是他结拜的哥哥，扑翻身便拜。拜毕，相问动静了。史弘肇道：“哥哥，你莫向别处去，只在我这铺屋下，权且宿卧。要钱盘缠，我家里自讨来使。”众人不敢道他甚的，由他留这郭大郎在铺屋里宿卧。郭大郎那里住得几日，□□史

---

① 是事——诸事，凡事。

② 押铺——军巡铺的头目。

③ 铺屋——军巡铺的铺房。

④ 瓦里——宋元时对剧场、妓院、赌场等场所的总称。

⑤ 构栏——宋元时说书、演戏、表演杂技的场所。

弘肇无礼上下。兄弟两人在孝义店上，日逐趁赌，偷鸡盗狗，一味干颡[1]不美，蒿恼得一村疃[2]人过活不得，没一个人不嫌，没一个人不骂。

话分两头。却说后唐明宗归天，闵帝登位。应有内人[3]，尽令出外嫁人。数中有掌印柴夫人，理会得些个风云气候，看见旺气在郑州界上，遂将带房奁[4]，望旺气而来。来到孝义店王婆家安歇了，要寻个贵人。柴夫人住了几日，看街上往来之人，皆不入眼，看着王婆道："街上如何直恁地冷静？"王婆道："覆夫人，要热闹容易。夫人放买市[5]，这经纪人都来赶趁[6]，街上便热闹。"夫人道："婆婆也说得是。"便教王婆四下说教人知：来日柴夫人买市。

郭大郎兄弟两人听得说，商量道："我们何自撰[7]几钱买酒吃？明朝卖甚的好？"史弘肇道："只是卖狗肉。问人借个盘了，和架子、砧刀，那里去偷只狗子，把来打杀了，煮熟去卖，却不须去上行[8]。"郭大郎道："只是坊佐[9]人家，没这狗子；寻常被我们偷去煮吃尽了，近来都不养狗了。"史弘肇道："村东王保正[10]家，有只好大狗子，我们便去对付休[11]。"两个径来王保正门首，一个引那狗子，一个把条棒，等他出来，要一棒捍杀打将去。王保正看见了，便把三百钱出来道："且饶我这狗子，二位自去买碗酒吃。"史弘肇道："王保正，你好不近道理[12]！偌大一只狗子，怎地只把三百钱出来？须亏我。"郭大郎道："看老人家面上，胡乱拿去罢。"两个连夜又去别

---

① 干颡(sǎng)——无事生非、惹闲气。

② 村疃(tuǎn)——村庄。

③ 内人——这里指后宫的女子。

④ 房奁(lián)——妆奁；嫁妆。

⑤ 买市——官方或豪门定期把商贩聚起来，组成集市，以买卖财物为名犒赏百姓。

⑥ 赶趁——赶买卖或赶活。

⑦ 撰——赚。

⑧ 上行(háng)——批发；进货。

⑨ 坊佐——邻舍。

⑩ 保正——宋代行保甲法，十家为一保，设保长一人；五十家为一大保，设大保长一人；十大保为一都保，设都保正、副保正各一人。

⑪ 休——句尾词，相当于罢。

⑫ 不近道理——不近人情、不讲理。

处偷得一只狗子，挦[1] 剥干净了，煮得稀烂。

明日，史弘肇顶着盘子，郭大郎驼着架子，走来柴夫人幕次前，叫声："卖肉。"放下架子，搁那盘子在上。夫人在帘子里看见郭大郎，肚里道："何处不觅？甚处不寻？这贵人却在这里。"使人从把出盘子来，教簇一盘。郭大郎接了盘子，切那狗肉。王婆正在夫人身边，道："覆夫人，这个是狗肉，贵人如何吃得？"夫人道："买市为名，不成[2] 要吃！"教管钱的，支一两银子与他。郭大郎兄弟二人接了银子，唱喏谢了自去。

少间，买市罢。柴夫人看着王婆道："问婆婆，央你一件事。"王婆道："甚的事？"夫人道："先时卖狗肉的两个汉子，姓甚的？在那里住？"王婆道："这两个最不近道理。切肉的姓郭，顶盘子姓史，都在孝义坊铺屋下睡卧。不知夫人问他两个做甚么？"夫人说："奴要嫁这一个切肉姓郭的人，就央婆婆做媒，说这头亲则个。"王婆道："夫人偌大个贵人，怕没好亲得说，如何要嫁这般人？"夫人道："婆婆莫管，自看见他是个发迹变泰的贵人，婆婆便去说则个。"王婆既见夫人恁地说，即时便来孝义店铺屋里寻郭大郎，寻不见。押铺道："在对门酒店里吃酒。"王婆径过来酒店门口，揭那青布帘，入来见了他弟兄两个，道："大郎，你却吃得酒下！有场天来大喜事来投奔你，刬地[3] 坐得牢里！"郭大郎道："你那婆子，你见我撰得些个银子，你便来要讨钱。我钱却没与你，要便请你吃碗酒。"王婆便道："老媳妇不来讨酒吃。"郭大郎道："你不来讨酒吃，要我一文钱也没。你会事[4] 时吃碗了去。"史弘肇道："你那婆子，忒不近道理！你知我们性也不好，好意请你吃碗酒，你却不吃。一似你先时破[5] 我的肉是狗肉，几乎教我不撰一文；早是夫人教买了。你好羞人，兀自有那面颜来讨钱！你信道[6] 我和[7] 酒也没，索性请你吃一顿拳踢去了。"王婆道："老媳妇不是来讨酒和钱。适来夫人问了大郎，直是欢喜，要嫁大郎，教老媳妇来说。"郭大郎

---

① 挦(xián)——取；撕。

② 不成——难道；莫非。

③ 刬(chǎn)地——反而；却。

④ 会事——晓事；懂事。

⑤ 破——揭穿；泄露。

⑥ 信道——知道；料知。

⑦ 和——连。

听得说，心中大怒，用手打王婆一个漏掌风[①]。王婆倒在地上道："苦也！我好意来说亲，你却打我！"郭大郎道："兀谁调发[②]你来厮取笑！且饶你这婆子，你好好地便去，不打你。他偌大个贵人，却来嫁我？"王婆鬼慌，走起来，离了酒店，一径来见柴夫人。夫人道："婆婆说亲不易。"王婆道："教夫人知，因去说亲，吃他打来。道老媳妇去取笑他。"夫人道："带累婆婆吃亏了，没奈何，再去走一遭。先与婆婆一只金钗子，事成了，重重谢你。"王婆道："老媳妇不敢去，再去时，吃他打杀了也没人劝。"夫人道："我理会得。你空手去说亲，只道你去取笑他；我教你把这件物事将去为定，他不道得[③]不肯。"王婆问道："却是把甚么物事去？"夫人取出来，教那王婆看了一看，唬杀那王婆。这件物却是甚的物？

君不见张负有女妻陈平[④]，家居陋巷席为门？门外多逢长者辙，丰姿不是寻常人。又不见单父吕公[⑤]善择婿，一事樊侯一刘季？风云际会十年间，樊作诸侯刘作帝。从此英名传万古，自然光采生门户。君看如今嫁女家，只择高楼与豪富。

夫人取出定物来，教王婆看，乃是一条二十五两金带，教王婆把去，定这郭大郎。王婆虽然适间吃了郭大郎的亏，凡事只是利动人心，得了夫人金钗子，又有金带为定，便忍脚不住。即时提了金带，再来酒店里来。王婆路上思量道："我先时不合空手去，吃他打来。如今须有这条金带，他不成又打我？"来到酒店门前，揭起青布帘，他兄弟两个兀自吃酒未了。走向前，看着郭大郎道："夫人教传语，恐怕大郎不信，先教老媳妇把这条二十五两金带来定大郎，却问大郎讨回定[⑥]。"郭大郎肚里道："我又没一文，你自要来说，是与不是，我且落得拿了这条金带，却又理会。"当时叫王婆且坐地，

---

① 漏掌风——五指伸开的巴掌。

② 调发——调唆；怂恿。

③ 不道得——不至于；不会。

④ 张负有女妻陈平——汉陈平年少时家贫，富人张负见了他，觉得他很不平凡，于是跟到陈平家里。陈平家在穷巷之中，以席为门，而门外多长者车辙。张负便把自己的孙女嫁给了陈平。

⑤ 单父吕公——吕公，即汉高祖吕后的父亲，单父人，封临泗侯。吕后的妹妹吕嬃，嫁给舞阳侯樊哙。

⑥ 回定——旧时定婚礼节，男家送定礼至女家，女家答礼叫"回定"。

叫酒保添只盏来,一道吃酒,吃了三盏酒。郭大郎觑着王婆道:“我那里来讨物事做回定?”王婆道:“大郎身边胡乱有甚物,老媳妇将去,与夫人做回定。”郭大郎取下头巾,除了一条鏖糟臭油边子来,教王婆把去做回定。王婆接了边子,忍笑不住,道:“你的好省事!”王婆转身回来,把这边子递与夫人。夫人也笑了一笑,收过了。

自当日定亲以后,免不得拣个吉日良时,就王婆家成这亲。遂请叔叔史弘肇,又教人去郑州请婶婶阎行首来相见了。柴夫人就孝义店嫁了郭大郎,却卷帐[①] 回到家中,住了几时。

夫人忽一日看着丈夫郭大郎道:“我夫若只在此相守,何时会得发迹?不若写一书,教我夫往西京河南府去见我母舅符令公,可求立身进步之计,若何?”郭大郎道:“深感吾妻之意。”遂依其言,柴夫人修了书,安排行装,择日教这贵人上路。

行时红光罩体,坐后紫雾随身。朝登紫陌,一条捍棒[②] 作朋俦;暮宿邮亭[③],壁上孤灯为伴侣。他时变豹[④] 贵非常,今日权为途路客。

这贵人路上离不得饥餐渴饮,夜住晓行,不则一日,到西京河南府,讨了个下处。这郭大郎当初来西京,指望投奔符令公,发迹变泰。怎知道却惹一场横祸,变得人命交加。正是:

未酬奋翼冲霄志,翻作连天大地囚。

郭大郎到西京河南府看时,但见:

州名豫郡,府号河南。人烟聚百万之多,形势尽一时之胜。城池广阔,六街[⑤] 内士女骈阗;井邑繁华,九陌[⑥] 上轮蹄来往。风传丝竹,谁家别院奏清音?香散绮罗,到处名门开丽景。东连巩县,西接渑池,南通洛口之饶,北控黄河之险。金城缭绕,依稀似偃月之形;雉堞巍峨,仿佛有参天之状。虎符龙节王侯镇,朱户红楼将相家。休言昔日皇都,端

---

① 卷帐——新郎就婚于女家,三日之后,新夫妇携带所有嫁妆回男家,称为卷帐。

② 捍棒——棍棒。

③ 邮亭——驿舍。

④ 变豹——《易经》有“君子豹变”的话,所以后世称人发迹贵显为豹变。

⑤ 六街——唐代长安城中左右六街。此泛指京城中的街衢。

⑥ 九陌——此指都城中的街道。

的今时胜地。正是:春如红锦堆中过,夏若青罗帐里行。

郭大郎在安歇处过了一夜,明早却待来将这书去见符令公。猛自思量道:“大丈夫倚着一身本事,当自立功名;岂可用妇人女子之书,以图进身乎?”依旧收了书,空手径来衙门前招人牌下,等着部署[①]李霸遇来投见他。李霸遇问道:“你曾带得来么?”贵人道:“带得来。”李部署问:“是甚的?”郭大郎言:“是十八般武艺。”李霸遇所说,本是见面钱。见说十八般武艺,不是头了,口里答应道:“候令公出厅,教你参谒。”比及令公出厅,却不教他进去。

自从当日起,日逐去俟候,担搁了两个来月,不曾得见令公。店都知[②]见贵人许多日不曾见得符令公,多口道:“官人,你枉了日逐去俟候,李部署要钱,官人若不把与他,如何得见符令公?”贵人听得说,怒从心上起,恶向胆边生:“原来这贼却是如此!”

当日不去衙前俟候,闷闷不已,在客店前闲坐。只见一个扑鱼[③]的在门前叫扑鱼,郭大郎遂叫住扑,只一扑,扑过[④]了鱼。扑鱼的告那贵人道:“昨夜迫划[⑤]得几文钱,买这鱼来扑,指望赢几个钱去养老娘。今日出来,不曾扑得一文,被官人一扑扑过了,如今没这钱归去养老娘。官人可以借这鱼去,前面扑赢得几个钱时,便把来还官人。”贵人见他说得孝顺,便借与他鱼去扑。吩咐他道:“如有人扑过,却来说与我知。”扑鱼的借得那鱼去扑,行到酒店门前,只见一个人叫:“扑鱼的在那里?”因是这个人在酒店里叫扑鱼,有分郭大郎拳手相交,就酒店门前变做一个小小战场。这叫扑鱼的是甚么人?

从前积恶欺天,今日上苍报应。

酒店里叫住扑鱼的,是西京河南府部署李霸遇,在酒店里吃酒,见扑鱼的,遂叫入酒店里去扑,扑不过,输了几文钱,径硬拿了鱼。扑鱼的不敢和他

---

① 部署——此指军校。

② 店都知——店小二。

③ 扑鱼——小贩以赌博的方式做买卖,宋元间称为扑卖,或叫关(一作桊)扑。即以铜钱数枚为头钱,就地(或在瓦盆中)掷之,看钱正面或背面的多少定输赢。扑鱼,即扑卖(买)鲜鱼。

④ 扑过——扑到;扑赢。

⑤ 迫划——筹划。

争,走回来,说向郭大郎道:"前面酒店里,被人拿了鱼,却赢得他几文钱,男女纳钱还官人。"贵人听得说,道:"是甚么人?好不谙事!既扑不过,如何拿了鱼?鱼是我的,我自去问他讨。"这贵人不去讨,万事俱休;到酒店里看那人时,

仇人厮见,分外眼睁。

不是别人,却是部署李霸遇。贵人一分焦躁,变做十分焦躁。在酒店门前看着李霸遇道:"你如何拿了我的鱼?"李霸遇道:"我自问扑鱼的要这鱼,如何却是你的?"贵人拍着手道:"我西京投事,你要我钱,担搁我在这里两个来月,不教我见令公。你今日对我,有何理说?"李霸遇道:"你明日来衙门,我周全你。"贵人大骂道:"你这砍头贼,闭塞贤路,我不算你,我和你就这里比个大哥二哥!"郭大郎先脱膊①,众人喊一声。原来贵人幼时曾遇一道士,那道士是个异人,替他右项上刺着几个雀儿,左项上刺几根稻谷,说道:"若要富贵足,直待雀衔谷。"从此人都唤他是郭雀儿。到登极之日,雀与谷果然凑在一处。此是后话。这日郭大郎脱膊,露出花项②,众人喝采。正是:

近觑四川十样锦③,远观洛汭④ 一团花。

李霸遇道:"你真个要厮打?你只不要走!"贵人道:"你莫胡言乱语,要厮打快来!"李霸遇脱膊,露出一身乾乾鞑鞑的横肉,众人也喊一声。好似:

生铁铸在火池边,怪石镌来坟墓畔。

二人拳手厮打,四下人都观看。一肘二拳,三翻四合,打到分际⑤,众人齐喊一声,一个汉子在血泊里卧地。当下却是输了兀谁?

作恶欺天在世间,人人背后把眉攒。

只知自有安身术,岂畏灾来在目前?

郭大郎正打那李霸遇,直打到血流满地,听得前面头踏⑥ 指约,喝道

---

① 脱膊——赤膊;上身不穿衣服。

② 花项——刺花(雕青)的头颈。

③ 四川十样锦——五代蜀时制成十种锦:长安竹锦、天下乐锦、雕团锦、宜男锦、宝界地锦、方胜锦、狮团锦、象眼锦、八答韵锦、铁梗襄荷锦。

④ 洛汭——水曲流,叫汭。洛汭,洛水流入黄河的地方,旧时在河南巩县。

⑤ 分际——中间;紧要处。

⑥ 头踏——官吏出行时,前边排列的仪仗队。

令公来。符令公在马上，见这贵人红光罩定，紫雾遮身，和李霸遇厮打，李霸遇那里奈何得这贵人？符令公教手下人："不要惊动，为我召来。"手下人得了钧旨，便来好好地道："两人且莫厮打，令公钧旨，教来府内相见。"二人同至厅下，符令公看这人时，生得：

尧眉舜目，禹背汤肩。

令公钧旨，便问郭大郎道："那里人氏？因甚行打李霸遇？"贵人覆道："告令公，郭威是邢州尧山县人氏，远来贵府投事。李霸遇要郭威钱，不令郭威参见令公钧颜，担搁在旅店两月有余。今日撞见，因此行打。有犯台颜，小人死罪死罪。"符令公问道："你既然远来投奔，会甚本事？"郭大郎覆道："郭威十八般武艺尽都通晓。"令公钧旨，教李霸遇与郭威就当厅使棒。李霸遇先时已被这贵人打了一顿，奈何不得这贵人，覆令公道："李霸遇使棒不得。适间被郭威暗算，打损身上。"令公钧旨，定要使棒。郭威看着李霸遇道："你道我暗算你，这里比个大哥二哥！"二人把棒在手，唱了喏，部者① 喝教二人放对②。

山东大擂，河北夹枪。山东大擂，鳌鱼口内喷来；河北夹枪，昆仑山头泻出。三转身，两撅脚③。旋风响，卧乌鸣。遮拦架隔，有如素练眼前飞；打龊④ 支撑，不若耳边风雨过。

两人就在厅前使那棒，一上一下，一来一往，斗不得数合，令公符彦卿在厅上看见，喝采不迭。

羊祜病中推杜预⑤，叔牙囚里荐夷吾⑥。

---

① 部者——部属。

② 放对——打对手；对打。

③ 撅脚——顿脚。

④ 龊——捅；刺。

⑤ 羊祜病中推杜预——羊祜，字叔子；杜预，字元凯，晋代人。晋武帝时，羊祜都督荆州军事，镇守襄阳。后病重，推荐杜预代替自己。

⑥ 叔牙囚里荐夷吾——春秋时代鲍叔牙和管夷吾，他们两人是好朋友。起初鲍叔牙在齐公子小白手下做事，管夷吾则在公子纠手下做事；后来小白立为齐桓公，公子纠败死，管仲也被囚。由于鲍叔牙的竭力推荐，桓公终于任用了管仲。

堪嗟四海英雄辈，若个① 男儿识丈夫？

两人就厅下使棒，李霸遇那里奈何得这贵人？被郭大郎一棒打翻。符令公大喜，即时收在帐前，遂差这贵人做大部署，倒在李霸遇之上。郭大郎拜谢了令公，在河南府当职役。过了几时，没话说。

忽一日，郭部署出衙门闲干事，行至市中，只见食店② 前一个官人，坐在店前大惊小怪，呼左右教打碎这食店。贵人一见，遂问过卖③："这官人因甚的在此喧哄寻闹④？"过卖扯着部署在背后去告诉道："这官人乃是地方中有名的尚衙内⑤，半月前见主人有个女儿，十八岁，大有颜色。这官人见了一面，归去教人来传语道：'太夫人教请小娘子过来，说话则个。若是你家缺少钱物，但请见谕。'主人道：'我家岂肯卖女儿？只割舍得死！'尚衙内见主人不肯，今日来此掀打。"贵人见说，

怒从心上起，恶向胆边生。雄威动凤眼圆睁，烈性发龙眉倒竖。两条忿气，从脚底板贯到顶门。心头一把无明火，高三千丈，按捺不下。

郭部署向前与尚衙内道："凡人要存仁义，暗室欺心，神目如电，尊官不可以女色而失正道。郭威言轻，请尊官上马若何？"衙内焦躁道："你是何人？"贵人道："姓郭名威，乃是河南府符令公手下大部署。"衙内说："各无所辖，焉能管我？左右，为我殴打这厮！"贵人大怒道："我好意劝你，却教左右打我，你不识我性！"用左手捽住尚衙内，右手就身边拔出压衣刀⑥在手，手起刀落，尚衙内性命如何？

欲除天下不平事，方显人间大丈夫。

郭部署路见不平，杀了尚衙内。一行人从都走，贵人径来河南府内自首。符令公出厅，贵人覆道："告令公，郭威杀了欺压良善之贼，特来请

---

① 若个——哪个。

② 食店——饭馆。

③ 过卖——店铺中的伙计。

④ 寻闹——寻衅；吵架。

⑤ 衙内：官僚的儿子。

⑥ 压衣刀——一种压衣服用的小佩刀。压，也写作押。

罪。”符令公问了起末[①],喝左右取长枷枷了,押下司理院[②]问罪。怎见得司理院的利害?

古名“廷尉”[③],亦号“推官”。果然是事不通风,端的底令人丧胆。庞眉节级[④],执黄荆俨似牛头;努目押牢,持铁索浑如罗刹。枷分三等[⑤],取勘情重情轻;牢眼四方,分别当生当死。风声紧急,乌鸦鸣噪勘官厅[⑥];日影参差,绿柳遮笼萧相庙。转头逢五道[⑦],开眼见阎王。

当日那承吏[⑧]王琇承了这件公事。罪人入狱,教狱子绑[⑨]在廊上,一面勘问。不多时,符令公钧旨,叫王琇来偏厅上。令公见王琇,遂吩咐几句,又把笔去那桌子面上写四字。王琇看时,乃是:“宽容郭威。”王琇道:“律有明条,领钧旨。”令公焦躁,遂转屏风入府堂去。王琇急慌,唱了喏,闷闷不已,径回来司房[⑩]伏案而睡,见一条小赤蛇儿,戏于案上。王琇道:“作怪!”遂赶这蛇,急赶急走,慢赶慢走;赶至东乙牢,这蛇入牢眼去,走上贵人枷上,入鼻内从七窍中穿过。王琇看这个贵人时,红光罩定,紫雾遮身。理会未下,就司房里飒然睡觉。原来人困后,多是肚中不好了,有那与决不下的事,或是手头窘迫,忧愁思虑。故困字着个贫字,谓之贫困;愁字,谓之愁困;忧字,谓之忧困;不成喜困、欢困?王琇得了这一梦,肚里道:“可知[⑪]符令公教我宽容他,果然好人识好人。”王琇思量半晌,只是未有个由头出脱他。不知这贵人直有许多攧扑[⑫]:自幼便没了亲

---

① 起末——前后经过;始末;根由。
② 司理院——五代时各州都设马步院,宋太祖开宝六年改马步院为司理院。专掌刑法。
③ 廷尉——官名,掌管刑狱。
④ 节级——对小军吏或狱吏的称呼。
⑤ 枷分三等——宋制枷重分三等:死罪二十五斤,徒流二十斤,杖以下十五斤。
⑥ 勘官厅——勘问官的官厅。
⑦ 五道——即五道将军。传说中东岳的属神,掌管人的生死。
⑧ 承吏——承办公事的吏员。
⑨ 绑(bēng)——捆绑;缠缚。
⑩ 司房——司吏房;吏的办事房。
⑪ 可知——难怪;当然。
⑫ 攧扑——蹉跌;摔跌。

爹，随母嫁潞州常家；后来因事离了河北，筑筑磕磕，受了万千不易；甫能得符令公周全做大部署，又去闲管事，惹这场横祸。至夜，居民遗漏①，王琇眉头一纵，计从心上来。只就当夜，教这贵人出牢狱。当时王琇思量出甚计来？正是：

袖中伸出拿云手，提起天罗地网人。

当夜黄昏后，忽居民遗漏。王琇急去禀令公，要就热乱② 里放了这贵人，只做因火狱中走了。令公大喜。原来令公日间已写下书，只要做道理③放他，遂付书与王琇。王琇接了书，来狱中疏了贵人戴的枷，拿顶头巾，教贵人裹了，把符令公的书与贵人，吩咐道："令公教你去汴京见刘太尉，可便去，不宜迟。"贵人得放出，火尚未灭，趁那撩乱之际，急走去部署房里，收拾些钱物，当夜迤逦奔那汴京开封府路上来。

不则一日，到开封府，讨了安歇处。明日早，径往殿司④ 衙门俟候下书。等候良久，刘太尉朝殿而回。只见：

青凉伞招飐如云，马领下珠缨拂火。

乃是侍卫亲军左金吾卫上将军殿前都指挥使刘知远。贵人走向前应声喏，覆道："西京符令公有书拜呈，乞赐台览。"刘太尉教人接了书，随入衙。刘太尉拆开书看了，教下书人来厅前参拜了。刘太尉见郭威生得清秀，是个发迹的人，留在帐前作牙将⑤ 使唤，郭威拜谢讫。

自后过来得数日，刘太尉因操军回衙，打从桑维翰丞相府前过。是日桑维翰与夫人在看街⑥ 里，观着往来军民。刘知远头踏，约有三百余人，真是威严可畏。夫人看着桑维翰道："相公见否？"桑维翰道："此是刘太尉。"夫人说："此人威严若此，想官大似相公。"桑维翰笑曰："此一武夫耳，何足道哉？看我呼至帘前，使此人鞠躬听命。"夫人道："果如是，妾当奉劝；如不应其言，相公当劝妾一杯酒。"桑维翰即时令左右呼召刘太尉，又

---

① 遗漏——失火；火灾。

② 热乱——闹乱；极其混乱。

③ 做道理——想办法；打主意。

④ 殿司——殿前司，管领禁军的衙门。

⑤ 牙将——裨将；偏将。

⑥ 看街——临街大门两旁长方形槅子，可以在内观看街景。

令人安靴在帘里,传钧旨赶上刘太尉,取覆① 道:"相公呼召太尉。"刘知远随即到府前下马,至堂下躬身应喏。正是:

直饶百万将军贵,也须堂下拜靴尖。

刘太尉在堂下俟候,担搁了半日,不闻钧旨。桑维翰与夫人饮酒,忘了发付②,又没人敢去禀覆。至晚,刘太尉只得且归,到衙内焦躁道:"大丈夫功名,自以弓马得之,今反被腐儒相侮。"到明日五更,至朝见处,见桑维翰下马入阁子里去。刘知远心中大怒:昨日侮我,教我看靴尖唱喏,今日有何面目相见?因此怀忿,在朝见处有犯桑维翰。晋帝遂令刘知远出镇太原府。那里是刘知远出镇太原府?则是那史弘肇合当出来,发迹变泰!正是:

特意种花栽不活,等闲携酒却成欢。

刘知远出镇太原府,为节度使,日下朝辞出国门,择了日进发赴任。刘太尉先同帐下官属带行亲随起发,前往太原府,留郭牙将在后管押钧眷。行李担仗,当日起发。

朱旗飐飐,彩帜飘飘。带行军卒,人人腰跨剑和刀;将佐亲随,个个腕悬鞭与简。晨鸡啼后,束装晓别孤村;红日斜时,策马暮登高岭。经野市,过溪桥,歇邮亭,宿旅驿。早起看浮云陪晓翠,晚些见落日伴残霞。

指那万水千山,迤逦前进。刘知远方行得一程,见一所大林:

干耸千寻,根盘百里。掩映绿阴似障,槎牙怪木如龙。下长灵芝,上巢彩凤。柔条微动,生四野寒风;嫩叶初开,铺半天云影。阔遮十里地,高拂九霄云。

刘太尉方欲待过,只见前面走出一队人马,拦住路。刘太尉吃一惊,将为道③ 是强人,却待教手下将佐安排去抵敌。只见众人摆列在前,齐唱一声喏,为首一人禀覆道:"侍卫司④ 差军校史弘肇带领军兵接太尉节使上

① 取覆——禀告;禀覆。

② 发付——打发。

③ 将为道——还以为;当做。

④ 侍卫司——宋代有侍卫亲军马军、侍卫亲军步军两司,与殿前司合称三衙,总领禁军。

太原府。"刘知远见史弘肇生得英雄，遂留在手下为牙将。史弘肇不则一日，随太尉到太原府。后面钧眷到，史弘肇见了郭牙将，扑翻身体便拜。兄弟两人再厮见，又都遭际刘太尉，两人为左右牙将。后因契丹灭了石晋，刘太尉起兵入汴，史郭二人为先锋，驱除契丹，代晋家做了皇帝，国号后汉。史弘肇自此直发迹，做到单、滑、宋、汴四镇令公，富贵荣华，不可尽述。

碧油旌① 拥，皂纛旗开。壮士携鞭，佳人捧扇。冬眠红锦帐，夏卧碧纱厨②。两行红袖引，一对美人扶。

这话本是京师老郎流传，若按欧阳文忠公所编的《五代史》正传上载道：梁末调民七户出一兵，弘肇为兵，隶开道指挥，选为禁军，汉高祖典禁军为军校。其后汉高祖镇太原，使将武节左右指挥，领雷州刺史。以功拜忠武军节度使，侍卫步军都指挥使。再迁侍卫亲军马步军都指挥使，领归德军节度使，同中书门下平章事。后拜中书令。周太祖郭威即位之日，弘肇已死，追封郑王。诗曰：

结交须结英与豪，劝君莫结儿女曹。
英豪际会皆有用，儿女柔脆空烦劳。

---

① 碧油旌——张在车上的碧色油幕。

② 碧纱厨——一种绿色的帏帐，夏天张着，以挡蚊蝇。

第十六卷　范巨卿鸡黍死生交

种树莫种垂杨枝，结交莫结轻薄儿：杨枝不耐秋风吹，轻薄易结还易离。君不见昨日书来两相忆，今日相逢不相识？不如杨枝犹可久，一度春风一回首。

这篇言语，是《结交行》，言结交最难。今日说一个秀才，乃汉明帝时人，姓张名劭，字元伯，是汝州南城人氏。家本农业，苦志读书。年三十五岁，不曾婚娶。其老母年近六旬，并弟张勤努力耕种，以供二膳。时汉帝求贤，劭辞老母，别兄弟，自负书囊，来到东都洛阳应举。在路非只一日，到洛阳不远，当日天晚，投店宿歇。是夜，常闻邻房有人声唤。劭至晚，问店小二间壁声唤的是谁，小二答道："是一个秀才，害时症①，在此将死。"劭曰："既是斯文，当以看视。"小二曰："瘟病过人，我们尚自不去看他，秀才你休去。"劭曰："死生有命，安有病能过人之理？吾须视之。"小二劝不住，劭乃推门而入。见一人仰面卧于土榻之上，面黄肌瘦，口内只叫救人。劭见房中书囊衣冠，都是应举的行动②，遂扣头边而言曰："君子勿忧，张劭亦是赴选之人，今见汝病至笃，吾竭力救之，药饵粥食，吾自供奉，且自宽心。"其人曰："若君子救得我病，容当厚报。"劭随即挽人请医用药调治，早晚汤水粥食，劭自供给。

数日之后，汗出病减，渐渐将息，能起行立。劭问之，乃是楚州山阳人氏，姓范名式，字巨卿，年四十岁。世本商贾，幼亡父母，有妻小。近弃商贾，来洛阳应举。比及范巨卿将息得无事了，误了试期。范曰："今因式病，有误足下功名，甚不自安。"劭曰："大丈夫以义气为重，功名富贵，乃微末耳。已有分定，何误之有？"范式自此与张劭情如骨肉，结为兄弟。式年长五岁，张劭拜范式为兄。

结义后，朝暮相随，不觉半年。范式思归，张劭与计算房钱，还了店

---

① 时症——时疫。季节性流行病。

② 行动——行头，衣服，工具之类物品。

家，二人同行。数日，到分路之处，张劭欲送范式，范式曰："若如此，某又送回；不如就此一别，约再相会。"二人酒肆共饮，见黄花红叶，妆点秋光，以助别离之兴。酒座间杯泛茱萸，问酒家，方知是重阳佳节。范式曰："吾幼亡父母，屈在商贾。经书虽则留心，奈为妻子所累。幸贤弟有老母在堂，汝母即吾母也，来年今日，必到贤弟家中，登堂拜母，以表通家之谊。"张劭曰："但村落无可为款，倘蒙兄长不弃，当设鸡黍以待，幸勿失信。"范式曰："焉肯失信于贤弟耶？"二人饮了数杯，不忍相舍。张劭拜别范式，范式去后，劭凝望堕泪，式亦回顾泪下，两各悒怏而去。有诗为证：

手采黄花泛酒卮，殷勤先订隔年期。
临歧不忍轻分别，执手依依各泪垂。

且说张元伯到家，参见老母。母曰："吾儿一去，音信不闻，令我悬望，如饥似渴。"张劭曰："不孝男于途中遇山阳范巨卿，结为兄弟，以此逗留多时。"母曰："巨卿何人也？"张劭备述详细。母曰："功名事皆分定，既逢信义之人结交，甚快我心。"少刻弟归，亦以此事从头说知，各各欢喜。

自此张劭在家，再攻书史，以度岁月。光阴迅速，渐近重阳。劭乃预先畜养肥鸡一只，杜酝浊酒。是日早起，洒扫草堂，中设母座，旁列范巨卿位，遍插菊花于瓶中，焚信香于座上，呼弟宰鸡炊饭，以待巨卿。母曰："山阳至此，迢递千里，恐巨卿未必应期而至；待其来，杀鸡未迟。"劭曰："巨卿信士也，必然今日至矣，安肯误鸡黍之约？入门便见所许之物，足见我之待久。如候巨卿来而后宰之，不见我惓惓之意。"母曰："吾儿之友，必是端士。"遂烹炰以待。

是日天晴日朗，万里无云。劭整其衣冠，独立庄门而望。看看近午，不见到来。母恐误了农桑，令张勤自去田头收割。张劭听得前村犬吠，又往望之，如此六七遭。因看红日西沉，现出半轮新月。母出户，令弟唤劭曰：儿久立倦矣，今日莫非巨卿不来？且自晚膳。"劭谓弟曰："汝岂知巨卿不至耶？若范兄不至，吾誓不归。汝农劳矣，可自歇息。"母弟再三劝归，劭终不许。

候至更深，各自歇息。劭倚门如醉如痴，风吹草木之声，莫是范来，皆自惊讶。看见银河耿耿，玉宇澄澄，渐至三更时分，月光都没了，隐隐见黑影中一人随风而至。劭视之，乃巨卿也，再拜踊跃而大喜曰："小弟自早直候至今，知兄非爽信也，兄果至矣。旧岁所约鸡黍之物，备之已久。路远风尘，别不曾有人同来。便请至草堂，与老母相见。”范式并不答话，径入草堂。张劭指座榻曰：“特设此位，专待兄来，兄当高座。”张劭笑容满面，再拜于地曰：“兄既远来，路途劳困，且未可与老母相见。杜酿鸡黍，聊且充饥。”言讫又拜。范式僵立不语，但以衫袖反掩其面。劭乃自奔入厨下，取鸡黍并酒，列于面前，再拜以进曰：“酒殽虽微，劭之心也，幸兄勿责。”但见范于影中以手绰① 其气而不食。劭曰：“兄意莫不怪老母并弟不曾远接，不肯食之？容请母出与同伏罪。”范摇手止之。劭曰：“唤舍弟拜兄，若何？”范亦摇手而止之。劭曰：“兄食鸡黍后进酒，若何？”范蹙其眉，似教张退后之意。劭曰：“鸡黍不足以奉长者，乃劭当日之约，幸勿见嫌。”范曰：“弟稍退后，吾当尽情诉之。吾非阳世之人，乃阴魂也。”劭大惊曰：“兄何故出此言？”范曰：“自与兄弟相别之后，回家为妻子口腹之累，溺身商贾中。尘世滚滚，岁月匆匆，不觉又是一年。向日鸡黍之约，非不挂心，近被蝇利所牵，忘其日期。今早邻右送茱萸② 酒至，方知是重阳，忽记贤弟之约，此心如醉。山阳至此，千里之隔，非一日可到。若不如期，贤弟以我为何物？鸡黍之约，尚自爽信，何况大事乎？寻思无计，常闻古人有云：‘人不能行千里，魂能日行千里。’遂嘱咐妻子曰：‘吾死之后，且勿下葬，待吾弟张元伯至，方可入土。’嘱罢，自刎而死。魂驾阴风，特来赴鸡黍之约。万望贤弟怜悯愚兄，恕其轻忽之过，鉴其凶暴之诚，不以千里之程，肯为辞亲到山阳一见吾尸，死亦瞑目无憾矣。”言讫，泪如迸泉，急离坐榻，下阶砌。劭乃趋步逐之，不觉忽踏了苍苔，颠倒③ 于地。阴风拂面，不知巨卿所在。有诗为证：

风吹落月夜三更，千里幽魂叙旧盟。
只恨世人多负约，故将一死见平生。

张劭如梦如醉，放声大哭。那哭声惊动母亲并弟，急起视之，见堂上陈列鸡黍酒果，张元伯昏倒于地。用水救醒，扶到堂上，半晌不能言，又哭至死。母问曰：“汝兄巨卿不来，有甚利害？何苦自哭如此！”劭曰：“巨卿以鸡黍之约，已死于非命矣。”母曰：“何以知之？”劭曰：“适间亲见巨卿到

---

① 绰——抓。按照迷信的说法，鬼不能吃东西，只能享其气。
② 茱萸(zhūyú)——落叶乔木。
③ 颠倒——跌倒；摔倒。

来，邀迎入坐，具鸡黍以迎。但见其不食，再三恳之，巨卿曰：为商贾用心，失忘了日期。今早方醒，恐负所约，遂自刎而死。阴魂千里，特来一见。母可容儿亲到山阳，葬兄之尸，儿明早收拾行李便行。”母哭曰：“古人有云：‘囚人梦赦，渴人梦浆。’此是吾儿念念在心，故有此梦警耳。”劭曰：“非梦也，儿亲见来，酒食见在，逐之不得，忽然颠倒，岂是梦乎？巨卿乃诚信之士，岂妄报耶！”弟曰：“此未可信，如有人到山阳去，当问其虚实。”劭曰；“人禀天地而生，天地有五行，金、木、水、火、土，人则有五常，仁、义、礼、智、信以配之，惟信非同小可。仁所以配木，取其生意也；义所以配金，取其刚断也；礼所以配水，取其谦下也；智所以配火，取其明达也；信所以配土，取其重厚也。圣人云：‘大车无輗①，小车无軏②，其何以行之哉？’又云：‘自古皆有死，民无信不立。’巨卿既已为信而死，吾安可不信而不去哉？弟专务农业，足可以奉老母。吾去之后，倍加恭敬，晨昏甘旨，勿使有失。”遂拜辞其母曰：“不孝男张劭，今为义兄范巨卿为信义而亡，须当往吊。已再三叮咛张勤，令侍养老母。母须早晚勉强饮食，勿以忧愁，自当善保尊体。劭于国不能尽忠，于家不能尽孝，徒生于天地之间耳。今当辞去，以全大信。”母曰；“吾儿去山阳千里之遥，月余便回，何故出不利之语？”劭曰：“生如浮沤③，死生之事，旦夕难保。”恸哭而拜。弟曰：“勤与兄同去，若何？”元伯曰：“母亲无人侍奉，汝当尽力事母，勿令吾忧。”洒泪别弟，背一个小书囊，来早便行。有诗为证：

辞亲别弟到山阳，千里迢迢客梦长。
岂为友朋轻骨肉？只因信义迫中肠。

沿路上饥不择食，寒不思衣。夜宿店舍，虽梦中亦哭。每日早起赶程，恨不得身生两翼。行了数日，到了山阳。问巨卿何处住，径奔至其家门首，见门户锁着。问及邻人，邻人曰：“巨卿死已过二七，其妻扶灵柩往郭外去下葬，送葬之人，尚自未回。”劭问了去处，奔至郭外，望见山林前新筑一所土墙，墙外有数十人，面面相觑，各有惊异之状。劭汗流如雨，走往观之，见一妇人，身披重孝，一子约有十七八岁，伏棺而哭。元伯大叫曰：

---

① 輗(ní)——大车辕端与横木相接的关键。

② 軏(yuè)——古代车辕与横木连接的关键。

③ 浮沤——水泡。

"此处莫非范巨卿灵柩乎?"其妇曰:"来者莫非张元伯乎?"张曰:"张劭自来不曾到此,何以知名姓耶?"妇泣曰:"此夫主再三之遗言也。夫主范巨卿,自洛阳回,常谈贤叔盛德。前者重阳日,夫主忽举止失措,对妾曰:'我失却元伯之大信,徒生何益?常闻人不能行千里,吾宁死,不敢有误鸡黍之约。死后且不可葬,待元伯来见我尸,方可入土。'今日已及二七,人劝云:元伯不知何日得来,先葬讫,后报知未晚。因此扶柩到此,众人拽棺入金井[①],并不能动,因此停住坟前,众都惊怪。见叔叔远来,如此慌速,必然是也。"元伯乃哭倒于地,妇亦大恸。送殡之人,无不下泪。

元伯于囊中取钱,令买祭物,香烛纸帛,陈列于前,取出祭文,酹酒再拜,号泣而读,文曰:

维某年月日,契弟张劭,谨以炙鸡絮酒[②],致祭于仁兄巨卿范君之灵曰:於维巨卿,气贯虹霓,义高云汉。幸倾盖[③]于穷途,缔盍簪[④]于荒店。黄花九日,肝膈相盟;青剑三秋,头颅可断。堪怜月下凄凉,恍似日间眷恋。弟今辞母,来寻碧水青松;兄亦嘱妻,伫望素车白练。故友那堪死别,谁将金石盟寒?丈夫自是生轻,欲把昆吾锷按。历千古而不磨,期一言之必践。倘灵爽[⑤]之犹存,料冥途之长伴。呜呼哀哉!尚飨。

元伯发棺视之,哭声动地,回顾嫂曰:"兄为弟亡,岂能独生耶?囊中已具棺椁之费,愿嫂垂怜,不弃鄙贱,将劭葬于兄侧,平生之大幸也。"嫂曰:"叔何故出此言也?"劭曰:"吾志已决,请勿惊疑。"言讫,掣佩刀自刎而死。众皆惊愕,为之设祭,具衣棺营葬于巨卿墓中。

本州太守闻知,将此事表奏。明帝怜其信义深重,两生虽不登第,亦可褒赠,以励后人。范巨卿赠山阳伯,张元伯赠汝南伯。墓前建庙,号"信义之祠",墓号"信义之墓"。旌表门闾,官给衣粮,以膳其子。巨卿子范纯

---

① 金井——这里指墓穴。

② 炙鸡絮酒——后汉徐稚每次吊丧,在家先炙鸡一只,用一两绵絮渍酒晒干,以裹鸡。来到墓外,用水浸绵,使有酒气,置鸡于前,酾酒毕即去,不见丧主。

③ 倾盖——邂逅结交。

④ 盍簪——聚会。

⑤ 灵爽——灵魂。

绶，及第进士，官鸿胪寺卿①。至今山阳古迹犹存，题咏极多。惟有无名氏《踏莎行》一词最好，词云：

千里途遥，隔年期远，片言相许心无变。宁将信义托游魂，堂中鸡黍空劳动。　　月暗灯昏，泪痕如线，死生虽隔情何限。灵輀② 若候故人来，黄泉一笑重相见。

① 鸿胪寺卿——官名，专司朝贺庆吊的礼节。

② 灵輀(ér)——灵车。

第十七卷　单符郎全州佳偶

郏鄏① 门开城倚天，周公拮构尚依然。

休言道德无关锁，一闭乾坤八百年。

这首诗，单说西京是帝王之都，左成皋，右渑池，前伊阙，后大河，真个形势无双，繁华第一，宋朝九代建都于此。今日说一桩故事，乃是西京人氏，一个是邢知县，一个是单推官，他两个都在孝感坊② 下，并门而居。两家宅眷，又是嫡亲姊妹，姨丈相称。所以往来甚密，虽为各姓，无异一家。先前两家未做官时节，姊妹同时怀孕，私下相约道："若生下一男一女，当为婚姻。"后来单家生男，小名符郎；邢家生女，小名春娘。姊妹各对丈夫说通了，从此亲家往来，非止一日。符郎和春娘幼时，常在一处游戏，两家都称他为小夫妇。以后渐渐长成，符郎改名飞英，字腾实，进馆读书；春娘深居绣阁，各不相见。

其时宋徽宗宣和七年，春三月，邢公选了邓州顺阳县知县，单公选了扬州府推官，各要挈家上任。相约任满之日，归家成亲。单推官带了夫人和儿子符郎，自往扬州去做官不提。却说邢知县到了邓州顺阳县，未及半载，值金鞑子分道入寇。金将斡离不攻破了顺阳，邢知县一门遇害。春娘年十二岁，为乱兵所掠，转卖在全州乐户③ 杨家，得钱十七千而去。春娘从小读过经书，及唐诗千首，颇通文墨，尤善应对。鸨母爱之如宝，改名杨玉，教以乐器及歌舞，无不精绝。正是：

三千粉黛输颜色，十二朱楼让舞歌。

只是一件，他终是宦家出身，举止端详。每诣公庭侍宴，呈艺毕，诸妓调笑谑浪，无所不至，杨玉嘿然④ 独立，不妄言笑，有良人风度。为这个上，前

---

① 郏鄏(jiárǔ)——古代地名，为周代的旧都，在今河南洛阳西。

② 孝感坊——北宋时汴京城内街坊名。

③ 乐户——就是官妓。因为隶于乐籍，所以称为乐户。

④ 嘿然——同默然。

后官府,莫不爱之重之。

话分两头。却说单推官在任三年,时金虏陷了汴京,徽宗、钦宗两朝天子,都被他掳去。亏杀吕好问说下了伪帝张邦昌,迎康王嗣统。康王渡江而南,即位于应天府①,是为高宗。高宗惧怕金虏,不敢还西京,乃驾幸扬州。单推官率民兵护驾有功,累迁郎官之职,又随驾至杭州。高宗爱杭州风景,驻跸建都,改为临安府。有诗为证:

山外青山楼外楼,西湖歌舞几时休?
暖风熏得游人醉,却把杭州作汴州。

话说西北一路地方,被金虏残害,百姓从高宗南渡者,不计其数,皆散处吴下。闻临安建都,多有搬到杭州入籍安插。单公时在户部,阅看户籍册子,见有一邢祥名字,乃西京人。自思邢知县名祯,此人名祥,敢是同行兄弟?自从游宦以后,邢家全无音耗相通,正在悬念。乃遣人密访之,果邢知县之弟,号为"四承务"② 者。急忙请来相见,问其消息。四承务答道:"自邓州破后,传闻家兄举家受祸,未知的否。"因流泪不止。单公亦愀然不乐。念儿子年齿已长,意欲别图亲事;犹恐传言未的,媳妇尚在,且待干戈宁息,再行探听。从此单公与四承务仍认做亲戚,往来不绝。

再说高宗皇帝初即位,改元建炎。过了四年,又改元绍兴。此时绍兴元年,朝廷追叙南渡之功,单飞英受父荫,得授全州司户③,谢恩过了,择日拜别父母起程,往全州到任。时年十八岁,一州官属,只有单司户年少,且是仪容俊秀,见者无不称羡。上任之日,州守设公堂酒会饮,大集声妓。原来宋朝有这个规矩,凡在籍娼户,谓之官妓,官府有公私筵宴,听凭点名唤来祗应。这一日,杨玉也在数内。单司户于众妓中,只看得他上眼,大有眷爱之意。诗曰:

曾绾红绳到处随,佳人才子两相宜。

---

① 应天府——宋代以宋州(今河南商丘县)为应天府,建为南京。

② 四承务——唐宋文官散阶,都有承务郎。承务,即承务郎的省称。宋代官僚的子弟,多荫叙承务郎。四承务,等于四舍人。

③ 司户——掌管地方上的户口、帐册等。

风流的是张京兆①，何日临窗试画眉？

司理姓郑名安，荥阳旧族，也是个少年才子，一见单司户，便意气相投，看他顾盼杨玉，已知其意。一日郑司理去拜单司户，问道："足下清年② 名族，为何单车赴任，不携宅眷？"单司户答道："实不相瞒，幼时曾定下妻室，因遭虏乱，存亡未卜，至今中馈尚虚③。"司理笑道："离索④ 之感，人孰无之？此间歌妓杨玉，颇饶雅致，且作望梅止渴何如？"司户初时逊谢不敢，被司理言之再三，说到相知的分际，司户隐瞒不得，只得吐露心腹。司理道："既才子有意佳人，仆当为曲成之耳。"自此每遇宴会，司户见了杨玉，反觉有些避嫌，不敢注目，然心中思慕愈甚。司理有心要玉成其事，但惧怕太守严毅，做不得手脚。

如此二年，旧太守任满升去，新太守姓陈，为人忠厚至诚，且与郑司理是同乡故旧，所以郑司理屡次在太守面前，称荐单司户之才品，太守十分敬重。一日，郑司理置酒，专请单司户到私衙清话，只点杨玉一名祗候⑤。这一日，比公堂筵宴不同，只有宾主二人，单司户才得饱看杨玉，果然美丽。有词名《忆秦娥》，词云：

香馥馥，樽前有个人如玉。人如玉，翠翘金凤，内家妆束⑥。
娇羞惯把眉儿蹙，逢人只唱伤心曲。伤心曲，一声声是怨红愁绿。

郑司理开言道："今日之会，并无他客，勿拘礼法，当开怀畅饮，务取尽欢。"遂斟巨觥来劝单司户，杨玉清歌侑酒。酒至半酣，单司户看着杨玉，神魂飘荡，不能自持，假装醉态不饮。郑司理已知其意，便道："且请到书斋散步，再容奉劝。"那书斋是司理自家看书的所在，摆设着书画琴棋，也有些古玩之类。单司户那有心情去看，向竹榻上倒身便睡。郑司理道："既然仁兄困酒，暂请安息片时。"忙转身而出，却教杨玉斟下香茶一瓯送去。单司户素知司理有玉成之美，今番见杨玉独自一个送茶，情知是放松了，忙

---

① 张京兆——汉代张敞，宣帝时任京兆尹，所以称为张京兆。张敞常给他的妻子画眉毛。

② 清年——盛年。

③ 中馈尚虚——尚未娶妻。

④ 离索——孤单；孤独。

⑤ 祗候——侍候；服事。

⑥ 内家妆束——宫中妃子妆束。

起身把门掩上，双手抱住杨玉求欢。杨玉佯推不允，单司户道："相慕小娘子，已非一日。难得今番机会，司理公平昔见爱，就使知觉，必不嗔怪。"杨玉也识破三分关窍，不敢固却，只得顺情。有诗为证：

相慕相怜二载余，今朝且喜两情舒。

虽然未得通宵乐，犹胜阳台梦是虚。

单司户私问杨玉道："你虽然才艺出色，偏觉雅致，不似青楼习气，必是一个名公苗裔，今日休要瞒我，可从实说与我知道，果是何人？"杨玉满面羞惭，答道："实不相瞒，妾本宦族，流落在此，非杨妪所生也。"司户大惊，问道："既系宦族，汝父何官何姓？"杨玉不觉双泪交流，答道："妾本姓邢，在东京孝感坊居住，幼年曾许与母姨之子结婚。妾之父授邓州顺阳县知县，不幸胡寇猖獗，父母皆遭兵刃，妾被人掠卖至此。"司户又问道："汝夫家姓甚？作何官职？所许嫁之子，又是何名？"杨玉道："夫家姓单，那时为扬州推官。其子小名符郎，今亦不知存亡如何。"说罢，哭泣不止。司户心中已知其为春娘了，且不说破，只安慰道："汝今日鲜衣美食，花朝月夕，够你受用。官府都另眼看觑，谁人轻贱你？况宗族远离，夫家存亡未卜，随缘快活，亦足了一生矣。何乃自生悲泣耶？"杨玉蹙颎答道："妾闻'女子生而愿为之有家'，虽不幸风尘，实出无奈。夫家宦族，即使无恙，妾亦不作团圆之望。若得嫁一小民，荆钗布裙，啜菽饮水，亦是良人家媳妇。比在此中迎新送旧，胜却千万倍矣。"司户点头道："你所见亦是。果有此心，我当与汝作主。"杨玉叩头道："恩官若能拔妾于苦海之中，真乃万代阴德也。"

说未毕，只见司理推门进来道："阳台梦醒也未？如今无事，可饮酒矣。"司户道："酒已过醉，不能复饮。"司理道："一分酒醉，十分心醉。"司户道："一分醉酒，十分醉德。"大家都笑起来。重来筵上，洗盏更酌，是日尽欢而散。

过了数日，单司户置酒，专请郑司理答席，也唤杨玉一名答应。杨玉先到，单司户不复与狎昵，遂正色问曰；"汝前日有言，为小民妇亦所甘心；我今丧偶，未有正室，汝肯相随我乎？"杨玉含泪答道："枳棘岂堪凤凰所栖，若恩官可怜，得蒙收录，使得备巾栉之列，丰衣足食，不用送往迎来，固妾所愿也。但恐他日新孺人[1] 性严，不能相容。然妾自当含忍，万一征色发声，妾情愿持斋佞佛，终身独宿，以报恩官之德耳。”司户闻言，不觉惨然，方知其厌恶风尘，出于至诚，非诳语也。

少停，郑司理到来，见杨玉泪痕未干，戏道：“古人云‘乐极生悲’，信有之乎？”杨玉敛容答道：“忧从中来，不可断绝耳。”单司户将杨玉立志从良说话，向郑司理说了。郑司理道：“足下若有此心，下官亦愿效一臂。”这一日饮酒无话。

席散后，单司户在灯下修成家书一封，书中备言岳丈邢知县全家受祸，春娘流落为娼，厌恶风尘，志向可悯。男情愿复联旧约，不以良贱为嫌。单公拆书亲看，大惊，随即请邢四承务到来，商议此事，两家各伤感不已。四承务要亲往全州，主张亲事，教单公致书于太守，求为春娘脱籍。单公写书，付与四承务收讫，四承务作别而行。不一日，来到全州，径入司户衙中相见，道其来历。单司户先与郑司理说知其事，司理一力撺掇，道：“谚云：‘贵易交，富易妻。’今足下甘娶风尘之女，不以存亡易心，虽古人高义，不是过也。”遂同司户到太守处，将情节告诉。单司户把父亲书札呈上，太守看了，道：“此美事也，敢不奉命。”次日，四承务具状告府，求为释贱归良，以续旧婚事，太守当面批准了。

候至日中，还不见发下文牒。单司户疑有他变，密使人打探消息，见厨司正在忙乱，安排筵席。司户猜道：“此酒为何而设？岂欲与杨玉举离别觞耶？事已至此，只索听之。”少顷，果召杨玉祗候，席间只请通判一人。酒至三巡，食供两套，太守唤杨玉近前，将司户愿续旧婚，及邢祥所告脱籍之事，一一说了。杨玉拜谢道：“妾一身生死荣辱，全赖恩官提拔。”太守道：“汝今日尚在乐籍，明日即为县君[2]，将何以报我之德？”杨玉答道：“恩官拔人于火宅[3] 之中，阴德如山，妾惟有日夕吁天，愿恩官子孙富贵而已。”太守叹道：“丽色佳音，不可复得。”不觉前起抱持杨玉，说道：“汝必有以报我。”那通判是个正直之人。见太守发狂，便离席起立，正色发作道：“既司户有宿约，便是孺人，我等俱有同僚叔嫂之谊。君子进退当以礼，不

---

① 孺人——指普通官员的妻子。
② 县君——宋代官员妻子的一种封号。
③ 火宅——佛家比喻烦恼的世界，火海，苦海。

可苟且,以伤雅道。”太守踧踖,谢道:“老夫不能忘情,非判府之言,不知其为过也。今得罪于司户,当谢过以质耳。”乃令杨玉入内宅,与自己女眷相见。却教人召司理、司户二人到后堂同席,直吃到天明方散。

太守也不进衙,径坐早堂,便下文书与杨家翁媪,教除去杨玉名字。杨翁、杨媪出其不意,号哭而来,拜着太守,诉道:“养女十余年,费尽心力。今既蒙明判,不敢抗拒。但愿一见而别,亦所甘心。”太守遣人传语杨玉,杨玉立在后堂,隔屏对翁妪说道:“我夫妻重会,也是好事,我虽承汝十年抚养之恩,然所得金帛已多,亦足为汝养老之计。从此永诀,休得相念。”妪兀自号哭不止。太守喝退了杨翁、杨妪,当时差州司人从,自宅堂中抬出杨玉,径送至司户衙中,取出私财十万钱,权佐资奁之费。司户再三推辞,太守定教受了。是日郑司理为媒,四承务为主婚,如法成亲,做起洞房花烛。有诗为证:

风流司户心如渴,文雅娇娘意似狂。
今夜官衙寻旧约,不教人话负心郎。

次日,太守同一府官员都来庆贺,司户置酒相待,四承务自归临安,回复单公去讫。司户夫妻相爱,自不必说。

光阴似箭,不觉三年任满。春娘对司户说道:“妾失身风尘,亦荷翁妪爱育,其他姊妹中相处,也有情分契厚的。今将远去,终身不复相见。欲具少酒食,与之话别,不识官人肯容否?”司户道:“汝之事,合州莫不闻之,何可隐讳?便治酒话别,何碍大体。”春娘乃设筵于会胜寺中,教人请杨翁、杨妪,及旧时同行姊妹相厚者十余人,都来会饮。至期,司户先差人在会胜寺等候众人到齐,方才来禀。杨翁、杨妪先到,以后众妓陆续而来,从人点客已齐,方敢禀知司户,请孺人登舆,仆从如云,前呼后拥,到会胜寺中,与众人相见,略叙寒暄,便上了筵席。饮至数巡,春娘自出席送酒。内中一妓姓李名英,原与杨妪家连居,其音乐技艺,皆是春娘教导,常呼春娘为姊,情似同胞,极相敬爱。自从春娘脱籍,李英好生思想,常有郁郁之意。是日,春娘送酒到他面前。李英忽然执春娘之手,说道:“姊今超脱污泥之中,高翔青云之上,似妹子沉沦粪土,无有出期,相去不啻天堂地狱之隔,姊今何以救我?”说罢,遂放声大哭。春娘不胜凄惨,流泪不止。原来李英有一件出色的本事,第一手好针线,能于暗中缝纫,分际不差。正是:

织发夫人[①] 昔擅奇，神针娘子古来稀。

谁人乞得天孙[②] 巧？十二楼中一李姬。

春娘道："我司户正少一针线人，吾妹肯来与我作伴否？"李英道："若得阿姊为我方便，得脱此门路，是一段大阴德事。若司户左右要觅针线人，得我为之，素知阿姊心性，强似寻生分人也。"春娘道："虽然如此，但吾妹平日与我同行同辈，今日岂能居我之下乎？"李英道："我在风尘中每自退姊一步，况今日云泥迥隔，又有嫡庶之异，即使朝夕奉侍阿姊，比于侍婢，亦所甘心，况敢与阿姊比肩耶？"春娘道："妹既有此心，奴当与司户商之。"

当晚席散，春娘回衙，将李英之事对司户说了。司户笑道："一之为甚，岂可再乎！"春娘再三撺掇，司户只是不允。春娘闷闷不悦，一连几日。李英遣人以问安奶奶为名，就催促那事。春娘对司户说道："李家妹情性温雅，针线又是第一，内助得如此人，诚所罕有。且官人能终身不纳姬侍则已，若纳他人，不如纳李家妹，与我少小相处，两不见笑。官人何不向守公求之，万一不从，不过拚一没趣而已，妾亦有词以回绝李氏。倘侥幸相从，岂非全美？"司户被孺人强逼数次，不得已，先去与郑司理说知了，捉了他同去见太守，委曲道其缘故。太守笑道："君欲一箭射双雕乎？敬当奉命，以赎前此通判所责之罪。"当下太守再下文牒，与李英脱籍，送归司户。司户将太守所赠十万钱一半给与李妪，以为赎身之费，一半给与杨妪，以酬其养育之劳。自此春娘与李英姊妹相称，极其和睦。当初单飞英只身上任，今日一妻一妾，又都是才色双全，意外良缘，欢喜无限。后人有诗云：

官舍孤居思黯然，今朝采线喜双牵。

符郎不念当时旧，邢氏徒怀再世缘。

空手忽擎双块玉，污泥挺出并头莲。

姻缘不论良和贱，婚牒书来五百年。

单司户选吉起程，别了一府官僚，挈带妻妾，还归临安宅院。单飞英率春娘拜见舅姑，彼此不觉伤感，痛哭了一场。哭罢，飞英又率李英拜见。单公问是何人，飞英述其来历。单公大怒，说道："吾至亲骨肉流落失所，

---

① 织发夫人——古代传说，吴王赵夫人用胶粘联丝发，织成轻幔。

② 天孙——即织女星。

理当收拾，此乃万不得已之事。又旁及外人，是何道理？”飞英皇恐谢罪，单公怒气不息。老夫人从中劝解，遂引去李英于自己房中，要将改嫁。李英那里肯依允，只是苦苦哀求。老夫人见其至诚，且留作伴。过了数日，看见李氏小心婉顺，又爱他一手针线，遂劝单公收留与儿子为妾。单飞英迁授令丞，上司官每闻飞英娶娼之事，皆以为有义气，互相传说，无不加意钦敬，累荐至太常卿①。春娘无子，李英生一子，春娘抱之爱如己出。后读书登第，遂为临安名族，至今青楼传为佳话。有诗为证：

山盟海誓忽更迁，谁向青楼认旧缘？

仁义还收仁义报，宦途无梗子孙贤。

---

① 太常卿——官名，掌宗庙礼仪。

第十八卷　杨八老越国奇逢

君不见平阳公主马前奴①，一朝富贵嫁为夫？又不见咸阳东门种瓜者②，昔日封侯何在也？荣枯贵贱如转丸，风云变幻诚多端。达人知命总度外，傀儡场中一例看。

这篇古风，是说人穷通有命，或先富后贫，先贱后贵，如云踪无定，瞬息改观，不由人意想测度。且如宋朝吕蒙正秀才未遇之时，家道艰难。三日不曾饱餐，天津桥③ 上赊得一瓜，在桥柱上磕之，失手落于桥下。那瓜顺水流去，不得到口。后来状元及第，做到宰相地位，起造落瓜亭，以识穷时失意之事。你说做状元宰相的人，命运未至，一瓜也无福消受。假如落瓜之时，向人说道："此人后来荣贵。"被人做一万个鬼脸，啐干了一千担吐沫，也不为过，那个信他？所以说："前程如黑漆，暗中摸不出。"又如宋朝军卒杨仁杲为丞相丁晋公④ 治第，夏天负土运石，汗流不止，怨叹道："同是一般父母所生，那住房子的，何等安乐？我们替他做工的，何等吃苦？正是：'有福之人人伏侍，无福之人伏侍人。'"这里杨仁杲口出怨声，却被管工官听得了，一顿皮鞭，打得负痛吞声。不隔数年，丁丞相得罪，贬做崖州司户。那杨仁杲从外戚起家，官至太尉，号为皇亲，朝廷就将丁丞相府第，赐与杨仁杲居住。丁丞相起夫治第，分明是替杨仁杲做个工头。正是：

桑田变沧海，沧海变桑田。
穷通无定准，变换总由天。

---

① 平阳公主马前奴——指汉卫青。卫青本是平阳侯曹寿家的奴仆，曹寿娶汉武帝姊阳信长公主。后来卫青征匈奴有功，拜大将军，平阳公主嫁给了卫青。

② 咸阳东门种瓜者——秦东陵侯召平，秦亡以后，种瓜于长安东青门外。

③ 天律桥——在洛阳西洛水上，始建于隋炀帝时，宋初重修。

④ 丁晋公——丁谓封晋国公，所以称丁晋公。

闲话休提。则今说一节故事，叫做“杨八老越国奇逢”。那故事，远不出汉、唐，近不出二宋，乃出自胡元之世，陕西西安府地方。这西安府乃《禹贡》① 雍州之域，周曰王畿，秦曰关中，汉曰渭南，唐曰关内，宋曰永兴，元曰安西。话说元朝至大年间，一人姓杨名复，八月中秋节生日，小名八老，乃西安府盩厔县人氏。妻李氏，生子才七岁，头角秀异，天资聪敏，取名世道。夫妻两口儿爱惜，自不必说。一日，杨八老对李氏商议道：“我年近三旬，读书不就，家事日渐消乏。祖上原在闽、广为商，我欲凑些赀本，买办货物，往漳州商贩，图几分利息，以为赡家之资，不知娘子意下如何？”李氏道：“妾闻治家以勤俭为本，守株待兔，岂是良图？乘此壮年，正堪跋踄，速整行李，不必迟疑也。”八老道：“虽然如此，只是子幼妻娇，放心不下。”李氏道：“孩儿幸喜长成，妾自能教训，但愿你早去早回。”当日商量已定，择个吉日出行，与妻子分别。带个小厮，叫做随童，出门搭了船只，往东南一路进发。昔人有古风一篇，单道为商的苦处：

人生最苦为行商，抛妻弃子离家乡；
餐风宿水多劳役，披星戴月时奔忙；
水路风波殊未稳，陆程鸡犬惊安寝；
平生豪气顿消磨，歌不发声酒不饮；
少赀利薄多赀累，匹夫怀璧将为罪；
偶然小恙卧床帏，乡关万里书谁寄？
一年三载不回程，梦魂颠倒妻孥惊；
灯花忽报行人至，阖门相庆如更生；
男儿远游虽得意，不如骨肉长相聚。
请看江上信天翁②，拙守何曾阙生计？

话说杨八老行至漳浦，下在檗妈妈家，专待收买番禺货物。原来檗妈妈无子，只有一女，年二十三岁，曾赘个女婿，相帮过活。那女婿也死了，已经周年之外，女儿守寡在家。檗妈妈看见杨八老本钱丰厚，且是志诚老实，待人一团和气，十分欢喜，意欲将寡女招赘，以靠终身。八老初时不

① 《禹贡》——《尚书》篇名。禹定九州贡法而记其山川、物产；所以名为《禹贡》。

② 信天翁——一种水鸟，常凝立水际，守食经过的游鱼，终日不换地方。

肯，被檗妈妈再三劝道："杨官人，你千乡万里，出外为客，若没有切己的亲戚，那个知疼着热？如今我女儿年纪又小，正好相配官人，做个'两头大'。你归家去有娘子在家，在漳州来时，有我女儿。两边来往，都不寂寞，做生意也是方便顺溜的。老身又不费你大钱大钞，只是单生一女，要他嫁个好人，日后生男育女，连老身门户都有依靠。就是你家中娘子知道时，料也不嗔怪。多少做客的，娼楼妓馆，使钱撒漫①，这还是本分之事。官人须从长计较，休得推阻。"八老见他说得近理，只得允了，择日成亲，入赘于檗家。夫妻和顺，自此无话。不上二月，檗氏怀孕。期年之后，生下一个孩儿，合家欢喜。三朝满月，亲戚庆贺，不在话下。

却说杨八老思想故乡妻娇子幼，初意成亲后，一年半载，便要回乡看觑；因是怀了身孕，放心不下，以后生下孩儿，檗氏又不放他动身。光阴似箭，不觉住了三年，孩儿也两周岁了，取名世德，虽然与世道排行，却冒了檗氏的姓，叫做檗世德。杨八老一日对檗氏说，暂回关中，看看妻子便来。檗氏苦留不住，只得听从。八老收拾货物，打点起身。也有放下人头帐目，与随童分头并日催讨。

八老为讨欠帐，行至州前。只见挂下榜文，上写道："近奉上司明文。倭寇生发，沿海抢劫，各州县地方，须用心巡警，以防冲犯。一应出入，俱要盘诘。城门晚开早闭……"等语。八老读罢，吃了一惊，想道："我方欲动身，不想有此寇警。倘或倭寇早晚来时，闭了城门，知道何日平静？不如趁早走路为上。"也不去讨帐，径回身转来。只说拖欠帐目，急切难取，待再来催讨未迟。闻得路上贼寇生发，货物且不带去；只收拾些细软行装，来日便要起程。檗氏不忍割舍，抱着三岁的孩儿，对丈夫说道："我母亲只为终身无靠，将奴家嫁你。幸喜有这点骨血。你不看奴家面上，须牵挂着小孩子，千万早去早回，勿使我母子悬望。"言讫，不觉双眼流泪。杨八老也命好道："娘子不须挂怀，三载夫妻，恩情不浅，此去也是万不得已，一年半载，便得相逢也。"当晚檗妈妈治杯送行。

次日清晨，杨八老起身梳洗，别了岳母和浑家，带了随童上路。未及两日，在路吃了一惊。但见：

舟车挤压，男女奔忙。人人胆丧，尽愁海寇恁猖狂；个个心惊，只

---

① 撒漫——挥霍、浪费金钱。

恨官兵无备御。扶幼携老，难禁两脚奔波；弃子抛妻，单为一身逃命。不辨贫穷富贵，急难中总则①一般；那管城市山林，藏身处只求片地。正是：宁为太平犬，莫作乱离人。

杨八老看见乡村百姓，纷纷攘攘，都来城中逃难，传说倭寇一路放火杀人，官军不能禁御，声息至近，唬得八老魂不附体。进退两难，思量无计，只得随众奔走。且到汀州城里，再作区处。

又走了两个时辰，约离城三里之地，忽听得喊声震地，后面百姓们都号哭起来，却是倭寇杀来了。众人先唬得脚软，奔跑不动。杨八老望见旁边一座林子，向刺斜里便走，也有许多人随他去林丛中躲避。谁知倭寇有智，惯是四散埋伏。林子内先是一个倭子跳将出来，众人欺他单身，正待一齐奋勇敌他。只见那倭子，把海叵罗②吹了一声，吹得呜呜的响。四围许多倭贼，一个个舞着长刀，跳跃而来，正不知那里来的。有几个粗莽汉子，平昔间有些手脚的，拚着性命，将手中器械，上前迎敌。犹如火中投雪，风里扬尘，被倭贼一刀一个，分明砍瓜切菜一般。唬得众人一齐下跪，口中只叫饶命。

原来倭寇逢着中国之人，也不尽数杀戮。掳得妇女，恣意奸淫，弄得不耐烦了，活活的放了他去。也有有情的倭子，一般私有所赠。只是这妇女虽得了性命，一世被人笑话了。其男子但是老弱，便加杀害；若是强壮的，就把来剃了头发，抹上油漆，假充倭子。每遇厮杀，便推他去当头阵。官军只要杀得一颗首级，便好领赏，平昔百姓中秃发鬎鬁③，尚然被他割头请功，况且见在战阵上拿住，那管真假，定然不饶的。这些剃头的假倭子，自知左右是死，索性靠着倭势，还有捱过几日之理，所以一般行凶出力。那些真倭子，只等假倭挡过头阵，自己都尾其后而出，所以官军屡堕其计，不能取胜。昔人有诗单道着倭寇行兵之法，诗云：

倭阵不喧哗，纷纷正带斜。
螺声飞蛱蝶，鱼贯走长蛇。
扇散全无影，刀来一片花。

---

① 总则——总归、总是。

② 海叵罗——海螺号。

③ 鬎(là)鬁——同瘌痢。指黄癣病。

更兼真伪混，驾祸扰中华。

杨八老和一群百姓们，都被倭奴擒了，好似瓮中之鳖，釜中之鱼，没处躲闪，只得随顺，以图苟活。随童已不见了，正不知他生死如何。到此地位，自身管不得，何暇顾他人。莫说八老心中愁闷，且说众倭奴在乡村劫掠得许多金宝，心满意足。闻得元朝大军将到，抢了许多船只，驱了所掳人口下船。一齐开洋，欢欢喜喜，径回日本国去了。

原来倭奴入寇，国王多有不知者，乃是各岛穷民，合伙泛海，如中国贼盗之类，彼处只如做买卖一般，其出掠亦各分部统，自称大王之号。到回去，仍复隐讳了。劫掠得金帛，均分受用，亦有将十分中一二分，献与本岛头目，互相容隐。如被中国人杀了，只作做买卖折本一般。所掳得壮健男子，留作奴仆使唤，剃了头，赤了两脚，与本国一般模样，给与刀仗，教他跳战之法。中国人惧怕，不敢不从。过了一年半载，水土习服，学起倭话来，竟与真倭无异了。

光阴似箭，这杨八老在日本国，不觉住了一十九年。每夜私自对天拜祷："愿神明护佑我杨复再转家乡，重会妻子。"如此寒暑无间。有诗为证：

异国飘零十九年，乡关魂梦已茫然。
苏卿困虏旄俱脱，洪皓留金① 雪满颠。
彼为中朝甘守节，我成俘虏获何愆？
首丘② 无计伤心切，夜夜虔诚祷上天。

话说元泰定年间，日本国年岁荒歉，众倭纠伙，又来入寇，也带杨八老同行。八老心中一则以喜，一则以忧。所喜者，乘此机会，到得中国；陕西、福建二处，俱有亲属，皇天护佑，万一有骨肉重逢之日，再得团圆，也未可知。所忧者，此身全是倭奴形象，便是自家照着镜子，也吃一惊，他人如何认得？况且刀枪无情，此去多凶少吉，枉送了性命。只是一说，宁作故乡之鬼，不愿为夷国之人。天天可怜，这番飘洋，只愿在陕、闽两处便好；若在他方也是枉然。

原来倭寇飘洋，也有个天数，听凭风势：若是北风，便犯广东一路；若

---

① 洪皓留金——宋洪皓，建炎三年假礼部尚书使金，被金人拘留，十五年始归。

② 首丘——古代有"狐死首丘"的谚语，意思说狐狸虽死，也仍然向往着自己洞窟所在的土丘。所以后人常称归葬故乡为正首丘。

是东风，便犯福建一路；若是东北风，便犯温州一路；若是东南风，便犯淮扬一路。此时二月天气，众倭登船离岸，正值东北风大盛，一连数日，吹个不住，径飘向温州一路而来。那时元朝承平日久，沿海备御俱疏，就有几只船，几百老弱军士，都不堪拒战，望风逃走。众倭公然登岸，少不得放火杀人。杨八老虽然心中不愿，也不免随行逐队。这一番自二月至八月，官军连败了数阵，抢了几个市镇，转掠宁绍，又到余杭，其凶暴不可尽述。各府州县写了告急表章，申奏朝廷。旨下兵部，差平江路普花元帅领兵征剿。这普花元帅足智多谋，又手下多有精兵良将，奉命剋日兴师，大刀阔斧，杀奔浙江路上来。前哨[①] 打探倭寇占住清水闸[②] 为穴，普花元帅约会浙中兵马，水陆并进。那倭寇平素轻视官军，不以为意。谁知普花元帅手下有十个统军，都有万夫不挡之勇，军中多带火器，四面埋伏，一等倭贼战酣之际，埋伏都起，火器一齐发作，杀得他走头没路，大败亏输。斩首千余级，活捉二百余人，其抢船逃命者，又被水路官兵截杀，也多有落水死者。普花元帅得胜，赏了三军。犹恐余倭未尽，遣兵四下搜获。真个是：

饶伊凶暴如狼虎，恶贯盈时定受殃。

话分两头。却说清水闸上有顺济庙，其神姓冯名俊，钱塘人氏。年十六岁时，梦见玉帝遣天神传命割开其腹，换去五脏六腑，醒来犹觉腹痛。从幼失学，未曾知书，自此忽然开悟，无书不晓，下笔成文，又能预知将来祸福之事。忽一日，卧于家中，叫唤不起，良久方醒。自言适在东海龙王处赴宴，被他劝酒过醉。家人不信，及呕吐出来都是海错异味，目所未睹，方知真实。到三十六岁，忽对人说："玉帝命我为江涛之神，三日后，必当赴任。"至期无疾而终。是日，江中波涛大作，行舟将覆，忽见朱旛皂盖，白马红缨，簇拥一神，现形云端间，口中叱咤之声。俄顷，波恬浪息。问之土人，其形貌乃冯俊也。于是就其所居，立庙祠之，赐名顺济庙。绍定年间，累封英烈王之号。其神大有灵应。倭寇占住清水闸时，杨八老私向庙中

① 前哨——前军、前队。

② 清水闸——在浙江上虞县，宋嘉泰元年县尉钱绩修建。

祈祷，问筶① 得个大吉之兆，心中暗喜。与先年一般向被掳去的，共十三人约会，大兵到时，出首投降；又怕官军不分真假，拿去请功，狐疑不决。

到这八月二十八日，倭寇大败，杨八老与十二个人，俱潜躲在顺济庙中，不敢出头。正在两难，急听得庙外喊声大举，乃是老王千户，名唤王国雄，引着官军入来搜庙。一十三人尽被活捉，捆缚做一团儿，吊在廊下。众人口称冤枉，都说不是真倭，那里睬他。此时天色已晚，老王千户权就庙中歇宿，打点明早解官请功。事有凑巧，老王千户带个贴身伏侍的家人，叫做王兴，夜间起来出恭，闻得廊下哀号之声，其中有一个像关中声音，好生奇异。悄地点个灯去，打一看，看到杨八老面貌，有些疑惑，问道："你们既说不是真倭，是那里人氏？如何入了倭贼伙内，又是一般形貌？"杨八老诉道："众人都是闽中百姓，只我是安西府盩厔县人。十九年前在漳浦做客，被倭寇掳去，髡头跣足，受了万般辛苦。众人是同时被难的。今番来到此地，便想要自行出首。其奈形状怪异，不遇个相识之人，恐不相信，因此狐疑不决。幸天兵得胜，倭贼败亡，我等指望重见天日，不期老将军不行细审，一概捆吊；明日解到军门②，性命不保。"说罢，众人都哭起来。王兴忙摇手道："不可高声啼哭，恐惊醒了老将军，反为不美。则你这安西府汉子，姓甚名谁？"杨八老道："我姓杨，名复，小名八老。长官也带些关中语音，莫非同郡人么？"王兴听说，吃了一惊："原来你就是我旧主人！可记得随童么？小人就是。"杨八老道："怎不记得！只是须眉非旧，端的对面不相认了。自当初在闽中分散，如何却在此处？"王兴道："且莫细谈，明早老将军起身发解③ 时，我站在旁边，你只看着我，唤我名字起来，小人自来与你分解④。"说罢，提了灯自去了。众人都向八老问其缘故，八老略说一二，莫不欢喜。正是：

死中得活因灾退，绝处逢生遇救来。

---

① 问筶——筶，即杯珓。珓，也作筊、簐、校，没有一定。杯珓，以两蚌壳制成，也有用玉、竹或木雕成的，在神前投掷，观其俯仰，以卜凶吉。问筶，即掷杯珓。

② 军门——营门；衙署。

③ 发解——起解。

④ 分解——解释清楚。

原来随童跟着杨八老之时，才一十九岁，如今又加十九年，是三十八岁人了，急切如何认得？当先与主人分散，躲在茅厕中，侥幸不曾被倭贼所掠。那时老王千户还是百户之职，在彼领兵，偶然遇见，见他伶俐，问其来历，收在身边伏侍，就便许他访问主人消息，谁知杳无音信。后来老王百户有功，升了千户，改调浙中地方做官。随童改名王兴，做了身边一个得力的家人。也是杨八老命不当尽，禄不当终，否极泰来，天教他主仆相逢。

闲话休提。却说老王千户次早点齐人众，解下一十三名倭犯，要解往军门请功。正待起身，忽见倭犯中一人，看定王兴，高声叫道："随童，我是你旧主人，可来救我！"王兴假意认了一认，两下抱头而哭。因事体年远，老王千户也忘其所以了，忙唤王兴，问其缘故。王兴一一诉说："此乃小人十九年前失散之主人也。彼时寻觅不见，不意被倭贼掳去。小人看他面貌有些相似，正在疑惑，谁想他到认得小人，唤起小人的旧名。望恩主辨其冤情，释放我旧主人，小人便死在阶前，瞑目无怨。"说罢，放声大哭。众倭犯都一齐声冤起来，各道家乡姓氏，情节相似。老王千户道："既有此冤情，我也不敢自专，解在帅府，教他自行分辨。"王兴道："求恩主将小人一齐解去，好做对证。"老王千户起初不允，被王兴哀求不过，只得允了。

当日将一十三名倭犯，连王兴解到帅府。普花元帅道："既是倭犯，便行斩首。"那一十三名倭犯，一个个高声叫冤起来，内中王兴也叫冤枉。王国雄便跪下去，将王兴所言事情，禀了一遍。普花元帅准信，就教王国雄押着一干倭犯，并王兴发到绍兴郡丞杨世道处，审明回报。

故元时节，郡丞即如今通判之职，却只下太守一肩，与太守同理府事，最有权柄。那日，郡丞杨公升厅理事，甚是齐整。怎见得？有诗为证：

吏书站立如泥塑，军卒分开似木雕。

随你凶人奸似鬼，公庭刑法不相饶。

老王千户奉帅府之命，亲押一十三名倭犯到杨郡丞厅前，相见已毕，备言来历。杨公送出厅门，复归公座。先是王兴开口诉冤，那一班倭犯哀声动地。杨公问了王兴口词，先唤杨八老来审，杨八老将姓名家乡备细说了。杨郡丞问道："既是盩厔县人，你妻族何姓？有子无子？"杨八老道："妻族东村李氏，止生一子，取名世道。小人到漳浦为商之时，孩儿年方七岁。在漳浦住了三年，就陷身倭国，经今又十九年。自从离家之后，音耗不通，妻子不知死亡。若是孩儿抚养得长大,算来该二十九岁了。老爷不信时,移文到盩厔县中,将三党亲族姓名,一一对验,小人之冤可白矣。”再问王兴,所言皆同。众人又齐声叫冤。杨公一一细审,都是闽中百姓,同时被掳的。杨公沉吟半晌,喝道:“权且收监,待行文本处查明来历,方好释放。”

当下散堂,回衙见了母亲杨老夫人,口称怪事不绝。老夫人问道:“孩儿今日问何公事?口称怪异,何也?”杨公道:“有王千户解到倭犯一十三名,说起来都是我中国百姓,被倭奴掳去的,是个假倭,不是真倭。内中一人,姓杨名复,乃关中盩厔县人氏。他说二十一年前,别妻李氏,往漳浦经商。三年之后,遭倭寇作乱,掳他到倭国去了。与妻临别之时,有儿年方七岁,到今算该二十九岁了。母亲常说孩儿七岁时,父亲往漳州为商,一去不回。他家乡姓名正与父亲相同,其妻子姓名,又分毫不异,孩儿今年正二十九岁,世上不信,有此相合之事。况且王千户有个家人王兴,一口认定是他旧主。那王兴说旧名随童,在漳浦乱军分散,又与我爷旧仆同名。所以称怪。”老夫人也不觉称道:“怪事,怪事!世上相同的事也颇有,不信件件皆合。事有可疑,你明日再行吊审①,我在屏后窃听,是非顷刻可决。”

杨世道领命,次日重唤取一十三名倭犯,再行细鞫,其言与昨无二。老夫人在屏后大叫道:“杨世道我儿!不须再问,则这个盩厔县人,正是你父亲!那王兴端的是随童了。”惊得郡丞杨世道手脚不迭,一跌跌下公座来,抱了杨八老放声大哭。请归后堂,王兴也随进来。当下母子夫妻三口,抱头而哭,分明是梦里相逢一般。则这随童也哭做一堆。哭了一个不耐烦,方才拜见父亲。随童也来磕头,认旧时主人、主母。杨八老对儿子道:“我在倭国,夜夜对天祷告,只愿再转家乡,重会妻子。今日皇天可怜,果遂所愿。且喜孩儿荣贵,万千之喜。只是那一十二人,都是闽中百姓,与我同时被掳的,实出无奈。吾儿速与昭雪,不可偏枯,使他怨望。”杨世道领了父亲言语,便把一十二人尽行开放,又各赠回乡路费三两,众人谢恩不尽。一面吩咐书吏写下文书,申覆帅府,一面安排做庆贺筵席。衙内整备香汤,伏侍八老沐浴过了,通身换了新衣,顶冠束带。杨世道娶得夫

---

①　吊审——吊,提取。吊审,就是提审。

人张氏，出来拜见公公。一门骨肉团圆，欢喜无限。

这一事闹遍了绍兴府前，本府檠太守听说杨郡丞认了父亲，备下羊酒，特往称贺，定要请杨太公相见。杨复只得出来，见了檠公，叙礼已毕，分宾而坐。檠太守欣羡不已。杨郡丞置酒留款，饮酒中间，檠太守问杨太公何由久客闽中，以致此祸。杨八老答道："初意一年半载便欲还乡，何期下在檠家，他家适有寡女，年二十三岁，正欲招夫帮家过活，老夫人赘彼家，以此淹留三载。"檠公问道："在彼三年，曾有生育否？"八老答道："因是檠家怀孕，生下一儿，两不相舍；不然，也回去久矣。"檠公又问道："所生令郎可曾取名？"八老不知太守姓名，便随口应道："因是本县小儿取名世道，那檠氏所生就取名檠世德，要见两姓兄弟之意。算来檠氏所生之子，今年也该二十二岁了，不知他母子存亡下落。"说罢，下泪如雨。檠太守也不尽欢，又饮了数杯，作别回去，与母亲檠老夫人说知如此如此，"他说在漳浦所娶檠家，与母亲同姓，年庚不差。莫非此人就是我父亲？"檠老夫人道："你明日备个筵席，请他赴宴，待我屏后窥之，便见端的。"

次日，杨八老具个通家名帖，来答拜檠公，檠公也置酒留款。檠老夫人在屏后偷看，那时八老衣冠济楚①，又不似先前倭贼样子，一发容易认了。檠老夫人听不多几句言语，便大叫道："我儿檠世德，快请你父亲进衙相见！"杨八老出自意外，倒吃了一惊。檠太守慌忙跪下道："孩儿不识亲颜，乞恕不孝之罪。"请到私衙，与檠老夫人相见，抱头而哭，与杨郡丞衙中无异。

正叙话间，杨郡丞遣随童到太守衙中，迎接父亲。听说太守也认了父亲，随童大惊，撞入私衙，见了檠老夫人，磕头相见。檠老夫人问起，方知就是随童。此时随童才叙出失散之后，遇了王百户始末根由。阖门欢喜无限，檠太守娶妻蒋氏，也来拜见公公。檠公命重整筵席，请杨郡丞到来，备细说明。一守一丞，到此方认做的亲兄弟。当日连杨衙小夫人张氏都请过来，做个合家欢筵席，这一场欢喜非小。分明是：

苦尽生甘，否极遇泰。丰城之剑再合，合浦之珠复回。高年学

---

① 济楚——整齐；体面。

② 学究——本是唐、宋时代考试科目的名称，凡应试学究科的士子，就称为学究。后渐用作对于一般念书人的通称。

究②，忽然及第连科；乞食贫儿，蓦地发财掘藏。寡妇得夫花发蕊，孤儿遇父草行根。喜胜他乡遇故知，欢如久旱逢甘雨。两叶浮萍归大海，人生何处不相逢？

杨八老在日本国受了一十九年辛苦，谁知前妻李氏所生孩儿杨世道，后妻檗氏所生孩儿檗世德，长大成人，中同年进士，又同选在绍兴一郡为官。今日天遣相逢，在枷锁中脱出性命，就认了两位夫人，两个贵子，真是古今罕有。第三日阖郡官员尽知奇事，都来贺喜。老王千户也来称贺，已知王兴是杨家旧仆，不相争执。王兴已娶有老婆，在老王千户家，老王千户奉承檗太守、杨郡丞，急忙差人送王兴妻子到于府中完聚。檗太守和杨郡丞一齐备个文书，到普花元帅处，述其认父始末。普花元帅奏表朝廷，一门封赠。檗世德复姓归宗，仍叫杨世德。八老在任上安享荣华，寿登耆① 耋而终。此乃是死生有命，富贵在天，荣枯得失，尽是八字安排，不可强求。有诗为证：

才离地狱忽登天，二子双妻富贵全。
命里有时终自有，人生何必苦埋怨？

---

① 耆(qí)——老。

第十九卷　杨谦之客舫遇侠僧

宝剑长琴四海游，浩歌自是恣风流。
丈夫莫道无知己，明月豪僧遇客舟。

杨益，字谦之，浙江永嘉人也。自幼倜傥有大节，不拘细行。博学雄文，授贵州安庄县令。安庄县地接岭表，南通巴蜀，蛮獠错杂，人好蛊毒战斗，不知礼义文字，事鬼信神，俗尚妖法，产多金银珠翠珍宝。原来宋朝制度，外官辞朝，皇帝临轩亲问，臣工各献诗章，以此卜为政能否。建炎二年丁卯三月，杨益承旨辞朝，高宗皇帝问杨益曰："卿为何官？"杨益奏曰："臣授贵州安庄县知县。"帝曰："卿亦询访安庄风景乎？"杨益有诗一首献上，诗云：

蛮烟寥落在东风，万里天涯迢递中。
人语殊方相识少，鸟声睍睆[①] 听来同。
桄榔连碧迷征路，象郡南天绝便鸿。
自愧年来无寸补，还将礼乐俟元功。

高宗听奏是诗，首肯久之，恻然心动，曰："卿处殊方，诚为可悯。暂去摄理，不久取卿回用也。"

杨益挥泪拜辞，出到朝外，遇见镇抚使郭仲威。二人揖毕，仲威曰："闻君荣任安庄，如何是好？"杨益道："蛮烟瘴疫，九死一生，欲待不去，奈日暮途穷，去时必陷死地，烦乞赐教。"仲威答道："要知端的，除是与你去问恩主周镇抚，方知备细。恩主见谪连州，即今也要起身。"二人同来见镇抚周望，杨益叩首再拜曰："杨某近任安庄边县，烦望指示。"周望慌忙答礼，说道："安庄蛮獠出没之处，家户都有妖法，蛊毒魅人。若能降伏得他，财宝尽你得了；若不能处置得他，须要仔细。尊正夫人亦不可带去，恐土官[②] 无礼。"杨益见说了，双泪交流，道言："怎生是好？"周望怜杨益苦切，

---

① 睍睆(xiànhuǎn)——形容鸟鸣宛转悦耳。

② 土官——由本地少数民族世袭的社、州、县军官统称为土官。

说道："我见谪遣连州，与公同路，直到广东界上，与你分别。一路盘缠，足下不须计念。"杨益二人拜辞出来，等了半月有余，跟着周望一同起身。郭仲威治酒送别过，自去了。

二人来到镇江，雇只大船。周望、杨益用了中间几个大舱口，其余舱口，俱是水手搭人觅钱，搭有三四十人。内有一个游方僧人，上湖广武当去烧香的，也搭在众人舱里。这僧人说是伏牛山①来的，且是粗鲁，不肯小心。共舱有十二三个人，都不喜他，他倒要人煮茶做饭与他吃。这共舱的人说道："出家人慈悲小心，不贪欲，那里反倒要讨我们的便宜？"这和尚听得说，回话道："你这一起是小人，我要你伏侍，不嫌你也就够了。"口里千小人，万小人，骂众人。众人都气起来，也有骂这和尚的，也有打这和尚的。这僧人不慌不忙，随手指着骂他的说道："不要骂！"那骂的人就出声不得，闭了口。又指着打他的说道："不要打！"那打的人就动手不得，瘫了手。这几个木呆了，一堆儿坐在舱里，只白着眼看。有一辈不曾打骂和尚的人，看见如此模样，都惊张起来，叫道："不好了，有妖怪在这里！"喊天叫地，各舱人听得，都走来看。也惊动了官舱里周、杨二公，两个走到舱口来看，果见此事，也吃惊起来。正要问和尚，这和尚见周、杨二人是个官府，便起身朝着两个打个问讯②，说道："小僧是伏牛山来的僧人，要去武当随喜③的。偶然搭在宝舟上，被众人欺负，望二位大人做主。"周镇抚说道："打骂你，虽是他们不是；你如此，也不是出家人慈悲的道理。"和尚见说，回话道："既是二位大人替他讨饶，我并不计较了。"把手去摸这哑的嘴，道："你自说！"这哑的人便说得话起来。又把手去扯这瘫的手，道："你自动！"这瘫的人便抬得手起来。就如耍场戏子一般，满船人都一齐笑起来。周镇抚悄悄的与杨益说道："这和尚必是有法的，我们正要寻这样人，何不留他去你舱里问他。"杨益道："说得是，我舱里没家眷，可以住得。"就与和尚说道："你既与众人打伙不便，就到我舱里权住罢。随茶粥饭，不要计较。"和尚说道："取扰不该。"和尚就到杨益舱里住下。

一住过了三四日，早晚说些经典或世务话，和尚都晓得。杨益时常说

---

① 伏牛山——在河南嵩县西南。

② 打个问讯——僧人合掌行礼。

③ 随喜——此指游览，参观寺院。

些路上切要话,打动和尚,又与他说道要去安庄县做知县。和尚说道:“去安庄做官,要打点停当,方才可去。”杨益把贫难之事,备说与和尚。和尚说道:“小僧姓李,原籍是四川雅州人,有几房移在威清县住,我家也有弟兄姊妹。我回去,替你寻个有法术手段得的人,相伴你去,才无事;若寻不得人,不可轻易去。我且不上武当去了,陪你去广里去。”杨益再三致谢,把心腹事备细与和尚说知。这和尚见杨益开心见诚,为人平易本分,和尚愈加敬重杨公;又知道杨公甚贫,去自己搭连内取十来两好赤金子,五六十两碎银子,送与杨公做盘缠。杨公再三推辞不肯受,和尚定要送,杨公方才受了。

不觉在船中半个月余,来到广东琼州地方。周镇抚与杨公说:“我往东去是连州,本该在这里相陪足下,如今有这个好善心的长老在这里,可托付他,不须得我了,我只就此作别,后日天幸再会。”又再三嘱咐长老说道:“凡事全仗。”长老说:“不须吩咐,小僧自理会得。”周镇抚又安排些酒食,与杨公、和尚作别。饮了半日酒,周望另讨个小船自去了。

且说杨公与长老在船中,又行了几日,来到偏桥县地方。长老来对杨公说道:“这是我家的地方了,把船泊在马头去处,我先上去寻人,端的就来下船,只在此等。”和尚自驼上搭连禅杖,别了自去。一连去了七八日,并无信息,等得杨公肚里好焦。虽然如此,却也谅得过[1] 这和尚是个有信行[2] 的好汉,决无诳言之事,每日只悬悬而望。到第九日上,只见这长老领着七八个人,挑着两担箱笼,若干吃食东西;又抬着一乘有人的轿子,来到船边。掀起轿帘儿,看着船舱口,扶出一个美貌佳人,年近二十四五岁的模样。看这妇人生得如何?诗云:

独占阳台万点春,石榴裙染碧湘云。
眼前秋水浑无底,绝胜襄王紫玉君。

又诗云:

海棠枝上月三更,醉里杨妃自出群。
马上琵琶催去急,阿蛮[3] 空恨艳阳春。

---

① 谅得过——信得过。

② 信行——信用,守诺言。

③ 阿蛮——指唐玄宗时女伶谢阿蛮。善舞。

说这长老与这妇人与杨公相见已毕，又叫过有媳妇的一房老小，一个义女，两个小厮，都来叩头。长老指着这妇人说道："他是我的嫡堂侄女儿，因寡居在家里，我特地把他来伏侍大人。他自幼学得些法术，大人前路，凡百事都依着他，自然无事。"就把箱笼东西，叫人着落[①] 停当。天色已晚，长老一行人权在船上歇了。这媳妇、丫鬟去火舱[②] 里安排些茶饭，与各人吃了，李氏又自赏了五钱银子与船家。杨公见不费一文东西，白得了一个佳人并若干箱笼人口，拜谢长老，说道："荷蒙大恩，犬马难报。"长老道："都是缘法，谅非人为。"饮酒罢，长老与众人自去别舱里歇了。杨公自与李氏到官舱里同寝，一夜绸缪，言不能尽。

次日，长老起来，与众人吃了早饭，就与杨公、李氏作别，又吩咐李氏道："我前日已吩咐了，你务要小心在意，不可托大[③]。荣迁之日再会。"长老直看得开船去了，方才转身。

且说这李氏，非但生得妖娆美貌，又兼禀性温柔，百能百俐，也是天生的聪明，与杨公彼此相爱，就如结发一般。又行过十数日，来到牂牁江[④]了。说这个牂牁江，东通巴蜀川江，西通滇池夜郎，诸江会合，水最湍急利害，无风亦浪，舟楫难济。船到江口，水手待要吃饭饱了，才好开船过江。开了船时，风水大，住手不得；况兼江中都是尖锋石插[⑤]，要随着河道放去，若遇着时，这船就罢了。船上人打点端正，才要发号开船，只见李氏慌对杨公说："不可开船，还要躲风三日，才好放过去。"杨公说道："如今没风，怎的倒不要开船？"李氏说道："这大风只在顷刻间来了，依我说，把船快放入浦[⑥] 里去躲这大风。"杨公正要试李氏的本事，就叫水手问道："这里有个浦子么？"水手禀道："前面有个石坨浦，浦西北角上有个罗市，人家也多，诸般皆有，正好歇船。"杨公说："恁的把船快放入去。"水手一齐把船撑动，刚刚才要撑入浦子口，只见那风从西北角上吹将来，初时扬尘，次后

① 着落——安顿；置放。

② 火舱——船上充当厨房的舱。

③ 托大——大意；马虎。

④ 牂牁(zāng gē)江——古水名。

⑤ 石插——礁石。

⑥ 浦——小港。

拔木,一江绿水都乌黑了。那浪掀天括地,鬼哭神号,惊怕杀人。这阵大风不知坏了多少船只,直颠狂到日落时方息。李氏叫过丫鬟媳妇,做茶饭吃了,收拾宿了。

次日,仍又发起风来。到午后风定了,有几只小船儿,载着市上土物来卖。杨公见李氏非但晓得法术,又晓得天文,心中欢喜,就叫船上人买些新鲜果品土物,奉承李氏。又有一只船上叫卖蒟酱①,这蒟酱滋味如何？有诗为证:

白玉盘中簇绛茵,光明金鼎露丰神。

椹精八月枝头熟,酿就人间琥珀新。

杨公说道:"我只闻得说,蒟酱是滇蜀美味,也不曾得吃,何不买些与奶奶吃?"叫水手去问那卖蒟酱的,这一罐子要卖多少钱,卖蒟酱的说:"要五百贯足钱。"杨公说:"恁的,叫小厮进舱里问奶奶讨钱数与他。"小厮进到舱里,问奶奶取钱买酱。李氏说:"这酱不要买他的,买了有口舌。"小厮出来回复杨公,杨公说:"买一罐酱值得甚的,便有口舌！奶奶只是见贵了,不舍得钱,故如此说。"自把些银子与这蛮人,买了这罐酱,拿进舱里去。揭开罐子看时,这酱端的香气就喷出来,颜色就如红玛瑙一般可爱;吃些在口里,且是甜美得好。李氏慌忙讨这罐子酱盖了,说道:"老爹② 不可吃他的,口舌就来了。这蒟酱我这里没有的,出在南越国。其木似穀树,其叶如桑椹,长二三寸,又不肯多生。九月后,霜里方熟。土人采之,酿酝成酱。先进王家,诚为珍味。这个是盗出来卖的,事已露了。"

原来这蒟酱是都堂着县官差富户去南越国用重价购求来的,都堂也不敢自用,要进朝廷的奇味。富户吃了千辛万苦,费了若干财物,破了家,才设法得一罐子,正要换个银罐子盛了,送县官转送都堂,被这蛮子盗出来。富户因失了酱,举家慌张,四散缉获,就如死了人的一般。有人知风,报与富户。富户押着正牌③,驾起一只快船,二三十人,各执刀枪,鸣锣击鼓,杀奔杨知县船上来,要取这酱。那兵船离不远,只有半箭之地。

---

① 蒟(jǔ)酱——一种用胡椒科植物做的酱,味辛而香。

② 老爹——老爷。

③ 正牌——正军。

杨知县听得这风色[1]慌了，躲在舱里说道："奶奶，如何是好？"李氏说道："我教老爹不要买他的，如今惹出这场大事来。蛮子去处，动不动便杀起来，那顾礼法！"李氏又道："老爹不要慌。"连忙叫小厮拿一盆水进舱来，念个咒，望着水里一画，只见那只兵船就如钉钉在水里的一般，随他撑也撑不动，上前也上前不得，落后也落后不得，只钉住在水中间。兵船上人都慌起来，说道："官船上必然有妖法，快去请人来斗法。"这里李氏已叫水手过去，打着乡谈说道："列位不要发恼！官船偶然在贵地躲风，歇船在此；因有人拿蒟酱来卖，不知就里，一时间买了这酱，并不曾动。送还原物便罢，这价钱也不要了。"兵船上人见说得好，又知道酱不曾吃他的，说道："只要还了原物，这原银也送还。"水手回来复杨知县，拿这罐酱送过去，兵船上还了原银，两边都不动刀兵。李氏把手在水盆里连画几画，那兵船便轻轻撑了去，把这偷酱的贼送去县里问罪。杨知县说道："亏杀奶奶，救得这场祸。"李氏说道："今后只依着我，管你没事。"次日，风也不发了。正是：

金波不动鱼龙寂，玉树无声鸟雀栖。

众人吃了早饭，便把船放过江。

一路上要行便行，要止便止，渐渐近安庄地方。本县吏书门皂[2]人役接着，都来参拜。原来安庄县只有一知一典，有个徐典史[3]，也来迎接相见了，先回县里去。到得本次[4]，人夫接着，把行李扛抬起来，把乘四人轿抬了奶奶，又有二乘小轿，几匹马，与从人使女，各乘骑了，先送到县里去。杨知县随后起身，路上打着些蛮中鼓乐，远近人听得新知县到任，都来看。杨知县到得县里，径进后堂衙里，安稳了奶奶家小，才出到后堂，与典史拜见。礼毕，就吃公堂酒席。

饮酒之间，杨知县与徐典史说："我初到这里，不知土俗民情，烦乞指教。"徐典史回话道："不才还要长官扶持，怎敢当此。"因说道："这里地方

① 风色——风声；消息。

② 吏书门皂——吏员、书手、门子、皂隶之总称。

③ 典史——知县之属官，掌管公文出纳。

④ 本次——本人所辖地区。

与马龙连接,马龙有个薛宣尉司①,他是唐朝薛仁贵之后,其富敌国。獠蛮犵狫,只服薛尉司约束。本县虽与宣尉司表里,衙门常规,长官行香②后,先去看望他,他才答礼,彼此酒礼往来。烦望长官在意。"杨知县说道:"我都知得。"又问道:"这里与马龙多远?"徐典史回话道:"离本县四十余里。"又说些县里事务。

饮酒已毕,彼此都散入衙去。杨知县对奶奶说这宣尉司的缘故,李氏说:"薛宣尉年纪小,极是作聪的。若是小心与他相好,钱财也得了他的。我们回去,还在他手里。不可托大,说他是土官,不可怠慢他。"又说道:"这三日内,有一个穿红的妖人无礼,来见你时,切不可被他哄起身来,不要采他。"杨知县都记在心里了。

等待三日,城隍庙行香到任,就坐堂,所属都来参见,发放已毕。只见阶下有个穿红布员领戴顶方头巾的土人,走到杨知县面前,也不下跪,口里说道:"请起来,老人作揖。"知县相公问道:"你是那县的老人?与我这衙门有相干也无相干?"老人也不回报甚么,口里又说道:"请起来,老人作揖。"知县相公虽不采他,被他三番两次在面前如此侮弄,又见两边看的人多了,亵威损重,又恐人耻笑,只记得奶奶说不要立起身来,那时气发了,那里顾得甚么,就叫皂隶:"拿这老人下去,与我着实打!"只见跑过两个皂隶来,要拿下去打时,那老人硬着腰,两个人那里拿得倒,口里又说道:"打不得!"知县相公定要打,众皂隶们一齐上,把这老人拿下,打了十板。众吏典都来讨饶,杨公叱道:"赶出去!"这老人一头走,一头说道:"不要慌!"

知县相公坐堂是个好日子,指望发头③顺利,撞出这个歹人来,恼这一场,只得勉强发落些事,投文画卯④了,闷闷的就散了堂,退入衙里来。李奶奶接着,说道:"我吩咐老爹不要采这个穿红的人,你又与他计较。"杨公说道:"依奶奶言语,并不曾起身,端端的坐着,只打得他十板。"奶奶又

---

① 宣尉司——尉应作慰。土官中的最高一级,由本地人世袭。

② 行香——作佛事时主斋者持香炉绕行道场,叫作行香。凡统治者或官僚进庙烧香,一般也都称为行香。

③ 发头——开始;起头。

④ 画卯——官府每晨于卯时升厅理事,吏员皂役都要前去参谒签到,叫作画卯。

说道："他正是来斗法的人，你若起身时，他便夜来变妖作怪，百般惊吓你；你却怕死讨饶，这县官只当是他做了。那门皂吏书，都是他一路，那里有你我做主？如今被打了，他却不来弄神通惊你，只等夜里来害你性命。"杨公道："怎生是好？"奶奶说道："不妨事，老爹且宽心，晚间自有道理。"杨公又说道："全仗奶奶。"

待到晚，吃了饭，收拾停当。李奶奶先把白粉灰按着四方，画四个符；中间空处，也画个符。就教老爹坐在中间符上，吩咐道："夜里有怪物来惊吓你，你切不可动身，只端端坐在符上，也不要怕他。"李奶奶也结束，箱里取出一个三四寸长的大金针来，把香烛硃符，供养在神前，贴贴的坐在白粉圈子外等候。

约莫着到二更时分，耳边听得风雨之声，渐渐响近；来到房檐口，就如裂帛一声响，飞到房里来。这个恶物，如茶盘大，看不甚明白，望着杨公扑将来。扑到白圈子外，就做住①，绕着白圈子飞，只扑不进来。杨公惊得捉身不住②。李奶奶念动咒，把这道符望空烧了。却也有灵，这恶物就不似发头飞得急捷了。说时迟，那时快，李奶奶打起精神，双眼定睛，看着这恶物，喝声："住！"急忙拿起右手来，一把去抢这恶物，那恶物就望着地扑将下来。这李奶奶随着势，就低身把手按住在地上，双手拿这恶物起来看时，就如一个大蝙蝠模样，浑身黑白花纹，一个鲜红长嘴，看了怕杀人。杨公惊得呆了半晌，才起得身来，李氏对老爹说："这恶物是老人化身来的，若把这恶物打死在这里，那老人也就死了，恐不好解手③，他的子孙也多了，必来报仇；我且留着他。"把两片翼翅双叠做一处，拿过金针钉在白圈子里符上，这恶物动也动不得。拿个蓝儿盖好了，恐猫鼠之类害他。李氏与老爹自来房里睡了。

次日，起来升堂，只见有二十来个老人，衣服齐整，都来跪在知县相公面前，说道："小人都是庞老人的亲邻，庞某不知高低，夜来冲激④老爹，被老爹拿了，烦望开恩，只饶恕这一遭，小人与他自来孝顺老爹。"知县相

---

① 做住——停止。

② 捉身不住——站不稳。

③ 解手——解决；处理。

④ 冲激——冲撞；冒犯。

公说道："你们既然晓得，我若没本事，也不敢来这里做官。我也不杀他，看他怎生脱身。"众老人们说道："实不敢瞒老爹，这县里自来是他与几个把持，不由官府做主。如今晓得老爹的法了，再也不敢冒犯老爹。饶放庞老人一个，满县人自然归顺。"知县相公又说道："你众人且起来，我自有处。"众人喏喏连声而退。知县散了堂，来衙里见李奶奶，备说讨饶一事。李氏道："待明日这干人再来讨饶，才可放他。"

又过了一夜，次日知县相公坐堂，众老人又来跪着讨饶，此时哀告苦切，知县说："看你众人面上，且姑恕他这一次。下次再无礼，决不饶了。"众老人拜谢而去。知县退入衙里来，李氏说："如今可放他了。"到夜来，李氏走进白圈子里，拔起金针，那个恶物就飞去了。这恶物飞到家里，那庞老人就在床上爬起来，作谢众老人，说道："几乎不得与列位见了。这知县相公犹可，这奶奶利害。他的法术，不知那里学来的，比我们的不同。过日同列位备礼去叩头，再不要去惹他了。"请众老人吃些酒食，各人相别，说道："改日约齐了，同去参拜。"

且说杨公退入衙里来，向李氏称谢。李氏道："老爹，今日就可去看薛宣尉了。"杨公道："容备礼方好去得。"李氏道："礼已备下了：金花金缎，两匹文葛，一个名人手卷，一个古砚。"预备的，取出来就是，不要杨公费一些心。杨公出来，拨些人夫轿马，连夜去。天明时分，到马龙地方。这宣尉司，偌大一个衙门，周围都是高砖城裹着；城里又筑个圃子，方圆二十余里；圃子里厅堂池榭，就如王者。知县相公到得宣尉司府门首，着人通报入去。一会间，有人出来请入去。薛宣尉自也来接，到大门上，二人相见，各逊揖同进。到堂上行礼毕，就请杨知县去后堂坐下吃茶。彼此通道寒温已毕，请到花园里厅上赴宴。薛宣尉见杨知县人品虽是瘦小，却有学问，又善谈吐，能诗能饮。饮酒间，薛宣尉要试杨知县才思，叫人拿出一面紫金古镜来，薛宣尉说道："这镜是紫金铸的，冲莹光洁，悉照秋毫。镜背有四卦，按卦扣之，各应四位之声，中则应黄锺之声。汉成帝尝持镜为飞燕画眉，因用不断胶，临镜呢呢而崩。"杨公持看古镜，果然奇古，就作一铭，铭云：

猗与[①]兹器，肇制[②]轩辕。大冶[③]范金，炎帝秉虔；凿开混沌，大明中天。伏氏画卦，四象乃全。因时制律，师旷[④]审焉。高下清浊，宫徵周旋。形色既具，效用不愆。君子视则，冠裳俨然；淑婉临之，朗然而天。妍媸毕见，不为少迁；喜怒在彼，我何与焉？

杨公写毕，文不加点，送与薛宣尉看。薛宣尉把这文章反复细看，又见写得好，不住口称赞，说是汉文晋字，天下奇才，王、杨、卢、骆[⑤]之流。又取出一面小古镜来，比前更加奇古，再要求一铭。杨公又作一铭，铭云：

察见渊鱼，实惟不祥；靡聪靡明，顺帝之光。全神返照，内外两忘。

薛宣尉看了这铭，说道："辞旨精拔，愈出愈奇。"更加敬服杨公。一连留住五日，每日好筵席款洽杨公。薛宣尉问起庞老人之事，杨公备说这来历，二人都笑起来。杨公苦死告辞要回县来，薛宣尉再三不忍抛别，问杨公道："足下尊庚？"杨公道："不才虚度三十六岁。"薛宣尉道："在下今年二十六岁，公长弟十岁。"就拜杨公为兄。二人结义了，彼此欢喜。又摆酒席送行，赠杨公二千余两金银酒器。杨公再三推辞，薛宣尉说道："我与公既为兄弟，不须计较。弟颇得过，兄乃初任，又在不足中，时常要送东西与兄，以后再不必推却。"

杨公拜谢，别了薛宣尉，回到县里来。只见庞老人与一干老人，备羊酒缎匹，每人一百两银子，共有二千余两，送入县里来。杨知县看见许多东西，说道："生受[⑥]你们，恐不好受么。"众老人都说道："小人们些须薄意，老爹不比往常来的知县相公。这地方虽是夷人难治，人最老实一性的，小人们归顺，概县人谁敢梗化？时常还有孝顺老爹。"杨公见如此殷勤，就留这一干人在吏舍里吃些酒饭，众老人拜谢去了。

旧例：夷人告一纸状子，不管准不准，先纳三钱纸价。每限状子多，自有若干银子。如遇人命，若愿讲和，里邻干证估凶身家事厚薄，请知县相

① 猗与——叹美之辞。
② 肇制——创制。
③ 大冶——冶铁工。
④ 师旷——春秋时晋国乐师。
⑤ 王、杨、卢、骆——唐初文学家王勃、杨炯、卢照邻、骆宾王。
⑥ 生受——道谢语。麻烦；辛苦。

公把家私分作三股，一股送与知县，一股给与苦主，留一股与凶身，如此就说好官府。蛮夷中另是一种风俗，如遇时节，远近人都来馈送。杨知县在安庄三年有余，得了好些财物。凡有所得，就送到薛宣尉寄顿，这知县相公宦囊也颇盛了。一日，对薛宣尉说道："'知足不辱'。杨益在此，蒙兄顾爱，尝叨厚赐，况俸资也可过得日子了，杨益已告致仕。只是有这些俸资，如何得到家里？烦望兄长救济。"薛宣尉说道："兄既告致仕，我也留你不得了。这里积下的财物，我自着人送去下船，不须兄费心。"杨公就此相别，薛宣尉又摆酒席送行，又送千金赆① 礼，俱预先送在船里。杨公回到县里来，叫众老人们都到县里来，说道："我在此三年，生受你们多了。我已致仕，今日与你们相别。我也分些东西与你众人，这是我的意思。我来时这几个箱笼，如今去也只是这几个箱笼，当堂上你们自看。"众老人又禀道："没甚孝顺老爹，怎敢倒要老爹的东西？"各人些小受了些，都欢喜拜谢了自去。起身之日，百姓都摆列香花灯烛送行。县里人只见杨公没甚行李，那晓得都是薛宣尉预先送在船里停当了，杨公只像个没东西的一般。杨公与李氏下了船，照依旧路回来。

一路平安，行了一月有余，来到旧日泊船之处，近着李氏家了。泊到岸边，只见那个长老并几个人伴，都在那里等，都上船来，与杨公相见，彼此欢天喜地。李氏也来拜见长老。杨公就教摆酒来，聊叙久别之情。杨公把在县的事都说与长老，长老回话道："我都晓得了，不必说。今日小僧来此，别无甚话，专为舍侄女一事。他原有丈夫，我因见足下去不得，以此不顾廉耻，使侄女相伴足下，到那县里。谢天地，无事故回来，十分好了。侄女其实不得去了，还要送归前夫，财物恁凭你处。"杨公听得说，两泪交流，大哭起来，拜倒在奶奶、长老面前，说道："丢得我好苦！我只是死了罢。"拔出一把小解手刀② 来，望着咽喉便刎。李氏慌忙抱住，夺了刀，也就啼哭起来。长老来劝，说道："不要苦了，终须一别。我原许还他丈夫，出家人不说谎。"杨知县带着眼泪，说道："财物恁凭长老、奶奶取去，只是痛苦不得过。"长老见这杨公如此情真，说道："我自有处。且在船里宿了，明日作别。"

---

① 赆(jìn)——临别时赠给人的财物。

② 解手刀——随身携带的小佩刀。临阵用以割取首级，故称解首刀。

杨公与李氏一夜不曾合眼，泪不曾干，说了一夜。到明日早起来，梳洗饭毕，长老主张把宦资作十分。说："杨大人取了六分，侄女取了三分，我也取了一分。"各人都无话说。李氏与杨公两个抱住，那里肯舍，真个是生离死别。李氏只得自上岸去了，杨公也开了船。那个长老又说道："这条水路最是难走，我直送你到临安才回来。我们不打劫别人的东西也好了，终不成倒被别人打劫了去。"这和尚直送杨知县到临安，杨知县苦死留这僧人在家住了两月。杨公又厚赠这长老，又修书致意李氏，自此信使不绝。有诗为证：

蛮邦薄宦一孤身，全赖高僧觅好音。
随地相逢休傲慢，世间何处没奇人？

第二十卷　陈从善梅岭失浑家

君骑白马连云栈，我驾孤舟乱石滩。

扬鞭举棹① 休相笑，烟波名利大家难。

话说大宋徽宗宣和三年上春间，黄榜招贤，大开选场②。去这东京汴梁城内虎异营③ 中，一秀才姓陈名辛，字从善，年二十岁，故父是殿前太尉。这官人不幸父母早亡，只单身独自。自小好学，学得文武双全。正是文欺孔孟，武赛孙吴；五经三史，六韬三略，无所不晓。新娶得一个浑家，乃东京金梁桥④ 下张待诏之女，小字如春，年方二八，生得如花似玉。比花花解语，比玉玉生香。夫妻二人，如鱼似水，且是说得着，不愿同日生，只愿同日死。这陈辛一心向善，常好斋供僧道，一日与妻言说："今黄榜招贤，我欲赴选，求得一官半职，改换门闾，多少是好！"如春答曰："只恐你命运不通，不得中举。"陈辛曰："我正是'学成文武艺，货与帝王家'。"不数日，去赴选场，偕众伺候挂榜。旬日之间，金榜题名，已登三甲进士。琼林宴罢，谢恩，御笔除授广东南雄沙角镇巡检司巡检。回家说与妻如春道："今我蒙圣恩，除做南雄巡检之职，就要走马上任。我闻广东一路，千层峻岭，万叠高山，路途难行，盗贼烟瘴极多。如今便要收拾前去，如之奈何？"如春曰："奴一身嫁与官人，只得同受甘苦；如今去做官，便是路途险难，只得前去。何必忧心？"陈辛见妻如此说，心下稍宽。正是：

青龙与白虎同行，吉凶事全然未保。

当日陈巡检唤当值王吉吩咐曰："我今得授广东南雄巡检之职，争奈路途崄峻，好生艰难，你与我寻一个使唤的，一同前去。"王吉领命，往街市寻觅，不在话下。

---

① 棹(zhào)——桨。

② 选场——试场；考场。

③ 虎异营——异，应写作翼。在北宋汴京新郑门外，为禁兵虎翼水军屯驻地。

④ 金梁桥——北宋汴京城中桥名，跨汴河。

却说陈巡检吩咐厨下使唤的："明日是四月初三日，设斋多备斋供。不问云游全真道人，都要斋他，不得有缺。"

不说这里斋主备办，且说大罗仙界有一真人，号曰紫阳真君①，于仙界观见陈辛奉真斋道，好生志诚。今投南雄巡检，争奈他妻有千日之灾。吩咐大慧真人："化作道童，听吾法旨：你可假名罗童，权与陈辛作伴当②，护送夫妻二人。他妻若遇妖精，你可护送。"道童听旨，同真君到陈辛宅中，与陈巡检相见礼毕，斋罢。真君问陈辛曰："何故往日设斋欢喜，今日如何烦恼？"陈辛叉手③ 告曰："听小生诉禀：今蒙圣恩，除南雄巡检，争奈路远难行，又无兄弟，因此忧闷也。"真人曰："我有这个道童，唤做罗童，年纪虽小，有些能处。今日权借与斋官，送到南雄沙角镇，便着他回来。"夫妻二人拜谢曰："感蒙尊师降临，又赐道童相伴，此恩难报。"真君曰："贫道物外之人，不思荣辱，岂图报答？"拂袖而去了。陈辛曰："且喜添得罗童做伴。"收拾琴剑书箱，辞了亲戚邻里，封锁门户，离了东京。十里长亭，五里短亭，迤逦而进。一路上，但见：

村前茅舍，庄后竹篱。村醪香透磁缸，浊酒满盛瓦瓮。架上麻衣，昨日芒郎④ 留下当；酒帘大字，乡中学究醉时书。沽酒客暂解担囊，趱路⑤ 人不停车马。

陈巡检骑着马，如春乘着轿，王吉、罗童挑着书箱行李，在路少不得饥餐渴饮，夜住晓行。罗童心中自忖："我是大罗仙中大慧真人，今奉紫阳真君法旨，教我跟陈巡检往南雄沙角镇去。吾故意妆风做痴，教他不识咱真相。"遂乃行走不动，上前退后。如春见罗童如此嫌迟，好生心恼，再三要赶回去，陈巡检不肯，恐背了真人重恩。罗童正行在路，打火造饭，哭哭啼啼不肯吃，连陈巡检也厌烦了，如春孺人执性定要赶罗童回去。罗童越要风，叫："走不动！"王吉搀扶着行，不五里叫："腰疼！"大哭不止。如春说与陈巡检："当初指望得罗童用，今日不曾得他半分之力，不如教他回去。"陈

---

① 紫阳真君——指宋张紫阳，台州人。

② 伴当——同伴；伙伴。

③ 叉手——一种敬礼。两手交叉胸前，俯首至手。

④ 芒郎——村民的通称。

⑤ 趱路——赶路。

巡检不合听了孺人言语，打发罗童回去，有分教如春争些个做了失乡之鬼。正是：

鹿迷郑相[①]应难辨，蝶梦周公[②] 未可知。

当日打发罗童回去，且得耳根清净。陈巡检夫妻和王吉三人前行。

且说梅岭之北，有一洞，名曰申阳洞。洞中有一怪，号曰申阳公，乃猢狲精也。弟兄三人：一个是通天大圣，一个是弥天大圣，一个是齐天大圣。小妹便是泗州圣母。这齐天大圣神通广大，变化多端，能降各洞山魈，管领诸山猛兽。兴妖作法，摄偷可意佳人；啸月吟风，醉饮非凡美酒。与天地齐休，日月同长。这齐天大圣在洞中，观见岭下轿中，抬着一个佳人，娇嫩如花似玉，意欲取他。乃唤山神吩咐："听吾号令：便化客店，你做小二哥，我做店主人。他必到此店投宿，更深夜静，摄此妇人入洞中。"山神听令化作一店，申阳公变作店主坐在店中。却好至黄昏时分，陈巡检与孺人如春并王吉至梅岭下，见天色黄昏，路逢一店，唤招商客店。王吉向前去敲门。店小二问曰："客长[③] 有何勾当?"王吉答道："我主人乃南雄沙角巡检之任，到此赶不着馆驿，欲借店中一宿，来早便行。"申阳公迎接陈巡检夫妻二人入店，头房[④] 安下。申阳公说与陈巡检曰："老夫今年八十余岁，今晚多口，劝官人一句：前面梅岭好生僻静，虎狼劫盗极多；不如就老夫这里安下孺人，官人自先去到任，多差弓兵[⑤] 人等来取却好。"陈巡检答曰："小官三代将门之子，通晓武艺，常怀报国之心，岂怕虎狼盗贼?"申公情知难劝，便不敢言，自退去了。

且说陈巡检夫妻二人到店房中，吃了些晚饭，却好一更，看看二更。陈巡检先上床脱衣而卧，只见就中起一阵风。正是：

吹折地狱门前树，刮起酆都顶上尘。

---

① 鹿迷郑相——古代寓言，郑国有樵者击死一鹿，自己忘记了藏所，便以为只是做梦。旁人闻知，取鹿回家，其妻也说他是做梦。后来两人讼于官，争夺死鹿，郑君问国相，国相说："梦与不梦，我也不能分辨。"

② 蝶梦周公——古代寓言，庄周有一次梦为蝴蝶，一会儿醒来，则又是庄周，也分不清究是庄周梦为蝴蝶，还是蝴蝶梦为庄周。

③ 客长——对出门在外者的尊称。如客官。

④ 头房——客店中前面的房间，即上房。

⑤ 弓兵——宋元间州县专管捕盗的官兵。

那阵风过处，吹得灯半灭而复明。陈巡检大惊，急穿衣起来看时，就房中不见了孺人。开房门叫得王吉，那王吉睡中叫将起来，不知头由，慌张失势。陈巡检说与王吉："房中起一阵狂风，不见了孺人。"主仆二人急叫店主人时，叫不应了。仔细看时，和店房都不见了，连王吉也吃一惊。看时，二人立在荒郊野地上，止有书箱行李并马在面前，并无灯火，客店、店主人皆无踪迹。只因此夜，直教陈巡检三年不见孺人之面。未知久后如何？正是：

雨里烟村雾里都，不分南北路程途。

多疑看罢僧繇画①，收起丹青一轴图。

陈巡检与王吉听谯楼② 更鼓，正打四更。当夜月明星光之下，主仆二人，前无客店，后无人家，惊得魂飞天外，魄散九霄。只得教王吉挑了行李，自跳上马，月光之下，依路径而行。在路陈巡检寻思："不知是何妖法，化作客店，摄了我妻去？从古至今，不见闻此异事。"巡检一头行，一头哭："我妻不知着落。"迤逦而行，却好天明。王吉劝官人："且休烦恼，理会正事。前面梅岭，望着好生崄峻崎岖，凹凸难行，只得捱过此岭，且去沙角镇上了任，却来打听，寻取孺人不迟。"陈巡检听了王吉之言，只得勉强而行。

且说申阳公摄了张如春，归于洞中，惊得魂飞魄散，半晌醒来，泪如雨下。原来洞中先有一娘子，名唤牡丹，亦被摄在洞中日久，向前来劝如春，不要烦恼。申公说与如春娘子："小圣与娘子前生有缘，今日得到洞中，别有一个世界。你吃了我仙桃、仙酒、胡麻饭，便是长生不死之人。你看我这洞中仙女，尽是凡间摄将来的。娘子休闷，且共你兰房同床云雨。"如春见说，哀哀痛哭，告申公曰："奴不愿洞中快乐，长生不死；只求早死。若说云雨，实然不愿。"申公见说如此，自思："我为他春心荡漾，他如今烦恼，未可归顺，其妇人性执，若逼令他，必定寻死，却不可惜了这等端妍少貌之人？"乃唤一妇人，名唤金莲，洞主也是日前摄来的，在洞中多年矣。申公吩咐："好好劝如春，早晚好待他，将好言语诱他，等他回心。"金莲引如春到房中，将酒食管待。如春酒也不吃，食也不吃，只是烦恼。金莲、牡丹二妇人再三劝他："你既被摄到此间，只得无奈何，自古道：'在他矮檐下，怎

① 僧繇画——南朝梁时画家张僧繇，善画山水、佛像。

② 谯楼——筑在城门上的楼，用以瞭望，报时。

敢不低头?'"如春告金莲云:"姐姐,你岂知我今生夫妻分离,被这老妖半夜摄将到此,强要奴家云雨,决不依随,只求快死,以表我贞洁。古云:'烈女不更二夫。'奴今宁死而不受辱。"金莲说:"'要知山下事,请问过来了。'这事我也曾经来。我家在南雄府住,丈夫富贵,也被申公摄来洞中五年。你见他貌恶,当初我亦如此,后来惯熟,方才好过。你既到此,只得没奈何,随顺了他罢。"如春大怒,骂云:"我不似你这等淫贱,贪生受辱,枉为人在世,泼贱之女!"金莲云:"好言不听,祸必临身。"遂自回报申公,说新来佳人,不肯随顺,恶言诽谤,劝他不从。申公大怒而言:"这个贱人,如此无礼!本待将铜锤打死,为他花容无比,不忍下手,可奈他执意不从。"交付牡丹娘子:"你管押着他,将这贱人剪发齐眉,蓬头赤脚,罚去山头挑水,浇灌花木,一日与他三顿淡饭。"牡丹依言,将张如春剪发齐眉,赤了双脚,把一副水桶与他。如春自思,欲投岩涧中而死,"万一天可怜见,苦尽甘来,还有再见丈夫之日"。不免含泪而挑水。正是:

宁为困苦全贞妇,不作贪淫下贱人。

不说张氏如春在洞中受苦,且说陈巡检与同王吉自离东京,在路两月余,至梅岭之北,被申阳公摄了孺人去,千方无计寻觅。王吉劝官人且去上任,巡检只得弃舍而行。乃望面前一村酒店,巡检到店门前下马,与王吉入店买酒饭吃了,算还酒饭钱,再上马而去。见一个草舍,乃是卖卦的,在梅岭下,招牌上写:"杨殿干请仙下笔,吉凶有准,祸福无差。"陈巡检到门前,下马离鞍,入门与杨殿干相见已毕。殿干问:"尊官何来?"陈巡检将昨夜失妻之事,从头至尾,说了一遍。杨殿干焚香请圣,陈巡检跪拜祷祝。只见杨殿干请仙至,降笔判断四名,诗曰:

"千日逢灾厄,佳人意自坚。
紫阳来到日,镜破再团圆。"

杨殿干断曰:"官人且省烦恼,孺人有千日之灾。三年之后,再遇紫阳,夫妇团圆。"陈巡检自思:"东京曾遇紫阳真人,借罗童为伴;因罗童呕气,打发他回去。此间相隔数千里路,如何得紫阳到此?"遂乃心中少宽,还了卦钱,谢了杨殿干,上马同王吉并众人上梅岭来。陈巡检看那岭时,真个崄峻:

欲问世间烟障路,大庾梅岭苦心酸。
磨牙猛虎成群走,吐气巴蛇满地攒。

陈巡检并一行人过了梅岭，岭南二十里，有一小亭，名唤做接官亭。巡检下马，入亭中暂歇。忽见王吉报说："有南雄沙角镇巡检衙门弓兵人等，远来迎接。"陈巡检唤入，参拜毕。过了一夜，次日同弓兵吏卒走马上任。至于衙中升厅，众人参贺已毕。陈巡检在沙角镇做官，且是清正严谨。光阴似箭，正是：

窗外日光弹指过，席前花影坐间移。

倏忽在任，不觉一载有余，差人打听孺人消息，并无踪迹。端的：

好似石沉东海底，犹如线断纸风筝。

陈巡检为因孺人无有消息，心中好闷，思忆浑家，终日下泪。正思念张如春之际，忽弓兵上报："相公，祸事！今有南雄府府尹札付来报军情：有一强人，姓杨名广，绰号'镇山虎'，聚集五七百小喽啰，占据南林村，打家劫舍，杀人放火，百姓遭殃。札付巡检，火速带领所管一千人马，关领军器，前去收捕，毋得迟误。"陈巡检听知，火速收拾军器鞍马，披挂已了，引着一千人马，径奔南林村来。

却说那南林村镇山虎正在寨中饮酒，小喽啰报说："官军到来。"急上马持刀，一声锣响，引了五百小喽啰，前来迎敌。陈巡检与镇山虎并不打话，两马相交，那草寇怎敌得陈巡检过？斗无十合，一矛刺镇山虎于马下，枭其首级，杀散小喽啰。将首级回南雄府，当厅呈献，府尹大喜，重赏了当。自回巡检衙，办酒庆贺已毕。只因斩了镇山虎，真个是：

威名大振南雄府，武艺高强众所钦。

这陈巡检在任，倏忽却早三年官满，新官交替。陈巡检收拾行装，与王吉离了沙角镇，两程并作一程行，相望庾岭之下，红日西沉，天色已晚。陈巡检一行人，望见远远松林间，有一座寺。王吉告官人："前面有一座寺，我们去投宿则个。"陈巡检勒马向前，看那寺时，额上有"红莲寺"三个大金字。巡检下马，同一行人入寺。原来这寺中长老，名号旃大惠禅师，佛法广大，德行清高，是个古佛出世。当时行者报与长老："有一过往官人投宿。"长老教行者相请。巡检入方丈参见长老。礼毕，长老问："官人何来？"陈巡检备说前事，"万望长老慈悲，指点陈辛，寻得孺人回乡，不忘重恩。"长老曰："官人听禀：此怪是白猿精，千年成器，变化难测。你孺人性贞烈，不肯依随，被他剪发赤脚，挑水浇花，受其苦楚。此人号曰申阳公，常到寺中，听说禅机，讲其佛法。官人若要见孺人，可在我寺中住几时。

等申阳公来时，我劝化他回心，放还你妻如何？”陈巡检见长老如此说，心中喜欢，且在寺中歇下。正是：

五里亭亭一小峰，上分南北与西东。
世间多少迷途客，一指还归大道中。

陈巡检在红莲寺中，一住十余日。忽一日，行者报与长老：“申阳公到寺来也。”巡检闻之，躲于方丈中屏风后面。只见长老相迎，申阳公入方丈叙礼毕，分位而坐，行者献茶。茶罢，申阳公告长老曰：“小圣无能断除爱欲，只为色心迷恋本性，谁能虎项解金铃？”长老答曰：“尊圣要解虎项金铃，可解色心本性，色即是空，空即是色，一尘不染，万法皆明。莫怪老僧多言相劝，闻知你洞中有一如春娘子，在洞三年。他是贞节之妇，可放他一命还乡，此便是断却欲心也。”申阳公听罢，回言：“长老，小圣心中正恨此人，罚他挑水三年，不肯回心。这等愚顽，决不轻放！”陈巡检在屏风后听得说，正是：

提起心头火，咬碎口中牙。

陈巡检大怒，拔出所佩宝剑，劈头便砍。申阳公用手一指，其剑反着自身。申阳公曰：“吾不看长老之面，将你粉骨碎身，此冤必报。”道罢，申阳公别了长老回去了。自洞中叫张如春在面前，欲要剖腹取心，害其性命。得牡丹、金莲二人救解，依旧挑水浇花，不在话下。

且说陈巡检不知妻子下落，到也罢了；既晓得在申阳洞中，心下倍加烦恼。在红莲寺方丈中拜告长老：“怎生得见我妻之面？”长老曰：“要见不难，老僧指一条径路，上山去寻。”长老叫行者引巡检去山间寻访，行者自回寺。只说陈辛去寻妻，未知寻得见寻不见？正是：

风定始知蝉在树，灯残方见月临窗。

当日陈巡检带了王吉，一同行者到梅岭山头，不顾崎岖峻崄，走到山岩潭畔，见个赤脚挑水妇人。慌忙向前看时，正是如春。夫妻二人抱头而哭，各诉前情，莫非梦中相见，一一告诉。如春说：“昨日申公回洞，几乎一命不存。”巡检乃言：“谢红莲寺长老指路来寻，不想却好遇你，不如共你逃走了罢。”如春道：“走不得。申公妖法广大，神通莫测。他若知我走，赶上时，和官人性命不留。我闻申公平日只怕紫阳真君，除非求得他来，方解其难。官人可急回寺去，莫待申公知之，其祸不小。”陈巡检只得弃了如春，归寺中拜谢长老，说已见娇妻，言：“申公只怕紫阳真君，他在东京曾与陈辛相会，今此间窎[1]远，如何得他来救？"长老见他如此哀告，乃言："等我与你入定去看，便见分晓。"长老教行者焚香，入定去了一晌。出定回来，说与陈巡检曰："当初紫阳真人与你一个道童，你到半路赶了他回去。你如今便可往，急走三日，必有报应。"陈巡检见说，依其言，急急步行出寺，迤逦行了两日，并无踪迹。

且说紫阳真人在大罗仙境与罗童曰："吾三年前，那陈巡检去上任时，他妻合有千日之灾，今已将满。吾怜他养道修真，好生虔心，吾今与汝同下凡间，去梅岭救取其妻回乡。"罗童听旨，一同下凡，往广东路上行来。这日却好陈巡检撞见真君同罗童远远而来，乃急急向前跪拜，哀告曰："真君，望救度！弟子妻张如春被申阳公妖法摄在洞中三年，受其苦楚，望真君救难则个！"真君笑曰："陈辛，你可先去红莲寺中等，我便到也。"陈辛拜别，先回寺中，备办香案，迎接真君救难。正是：

法箓持身不等闲，立身起业有多般。

千年铁树开花易，一日酆都出世难。

陈巡检在寺中等了一日，只见紫阳真君行至寺中，端的道貌非凡。长老直出寺门迎接，入方丈叙礼毕，分宾主坐定。长老看紫阳真君，端的有神仪八极之表，道貌堂堂，威仪凛凛。陈巡检拜在真君面前，告曰："望真君慈悲，早救陈辛妻张如春性命还乡，自当重重拜答深恩。"真君乃于香案前，口中不知说了几句言语，只见就方丈里起一阵风。但见：

无形无影透人怀，二月桃花被绰[2]开。

就地撮将黄叶去，入山推出白云来。

那风过处，只见两个红巾天将出现，甚是勇猛。这两员神将朝着真君声喏道："吾师有何法旨？"紫阳真君曰："快与我去申阳洞中，擒拿齐天大圣前来，不可有失。"两员天将去不多时，将申公一条铁索锁着，押到真君面前。申公跪下，紫阳真君判断，喝令天将将申公押入酆都天牢问罪。教罗童入申阳洞中，将众多妇女各各救出洞来，各令发付回家去讫。张如春与陈辛夫妻再得团圆，向前拜谢紫阳真人。真人别了长老、陈辛，与罗童冉冉腾空而去了。这陈巡检将礼物拜谢了长老，与一寺僧行别了，收拾行李轿

---

① 窎(diào)——深远。窎远，即距离遥远。

② 绰——拂。

马,王吉并一行从人离了红莲寺。迤逦在路,不则一日,回到东京故乡。夫妻团圆,尽老百年而终。有诗为证:

三年辛苦在申阳,恩爱夫妻痛断肠。
终是妖邪难胜正,贞名落得至今扬。